Inquieta compañía

ALFAGUARA

Carlos Fuentes

Inquieta compañía

El papel utilizado para la impresión de este libro ha sido fabricado a partir de madera
procedente de bosques y plantaciones gestionadas con los más altos estándares ambientales,
garantizando una explotación de los recursos sostenible con el medio ambiente y beneficiosa para las perso

Inquieta compañía

Primera edición: marzo de 2004
Segunda edición: octubre de 2021

D. R. © 2003, Carlos Fuentes y herederos de Carlos Fuentes

D. R. © 2021, derechos de edición mundiales en lengua castellana:
Penguin Random House Grupo Editorial, S. A. de C. V.
Blvd. Miguel de Cervantes Saavedra núm. 301, 1er piso,
colonia Granada, alcaldía Miguel Hidalgo, C. P. 11520,
Ciudad de México

penguinlibros.com

D. R. © Alejandro Magallanes, por el diseño de portada

ISBN: 978-607-380-762-3

Impreso en México – *Printed in Mexico*

Índice

El amante del teatro

A Harold Pinter y Antonia Fraser

La ventana

1

Ocupo un pequeño apartamento en una callecita a la vuelta de Wardour Street. Wardour es el centro de negocios y de edición de cine y televisión en Londres y mi trabajo consiste en seguir las indicaciones de un director para asegurar una sola cosa: la fluidez narrativa y la perfección técnica de la película.

Película. La palabra misma indica la fragilidad de esos trocitos de "piel", ayer de nitrato de plata, hoy de acetato de celulosa que me paso el día digitalizando para lograr continuidad; eliminando, para evitar confusiones, fealdad o, lo peor, inexperiencia en los autores del film. La palabra inglesa quizás es mejor por ser más técnica o abstracta que la española. *Film* indica membrana, frágil piel, bruma, velo, opacidad. Lo he buscado en el diccionario a fin de evitar fantasías verbales y ceñirme a lo que film es en mi trabajo: un rollo flexible de celulosa y emulsión. Ya no: ahora se llama Beta Digital.

Sin embargo, si digo "película" en español no me alejo de la definición académica ("cinta de celuloide preparada para ser impresionada cinematográficamente") pero tampoco puedo (o quiero) separarme de una visión de la piel humana frágil, superficial, el delgado ropaje de la apariencia. La piel con la que nos presentamos ante la mirada de otros, ya que sin esa capa que nos cubre de pies a cabeza seríamos solamente una desparramada carnicería de vísceras perecederas, sin más armadura final que el esqueleto —la calavera. Lo que la muerte nos permite mostrarle a la eternidad. *Alas, poor Yorick!*

Mi trabajo ocupa la mayor parte de mi día. Tengo pocos amigos, por no decir, francamente, ninguno. Los británicos no son particularmente abiertos al extranjero. Y quizás —voy averiguando— no hay nación que dedique tantos y tan mayores sobrenombres despectivos al *foreigner: dago, yid, frog, jerry, spik, hun, polack, russky…*

Yo me defiendo con mi apellido irlandés —O'Shea— hasta que me obligan a explicar que hay mucho nombre gaélico en Hispanoamérica. Estamos llenos de O'Higgins, O'Farrils, O'Reillys y Fogartys. Cierto, pude engañar a los isleños británicos haciéndome pasar por isleño vecino —irlandés—. No. Ser mexicano renegado es repugnante. Quiero ser aceptado como soy y por lo que soy. Lorenzo O'Shea, convertido por razones de facilidad laboral y familiaridad oficinesca en Larry O'Shea, mexicano descendiente de angloirlandeses emigrados a América desde el siglo XIX. Vine a los veinticuatro años a estudiar técnicas del cine en la Gran Bretaña con una beca y me fui quedando aquí, por costumbre, por inercia si ustedes prefieren, acaso debido a la ilusión de que en Inglaterra llegaría a ser alguien en el mundo del cine.

No medí el desafío. No me di cuenta hasta muy tarde, al cumplir los treinta y tres que hoy tengo, de la competencia implacable que reina en el mundo del cine y la televisión. Mi carácter huraño, mi origen extranjero, acaso una abulia desagradable de admitir, me encadenaron a una mesa de edición y a una vida solitaria porque, por partes idénticas, no quería ser parte del party, vida de pubs y deportes y fascinación por los *royals* y sus ires y venires… Quería reservarme la libre soledad de la mirada tras nueve horas pegado a la AVID.

Por la misma razón evito ir al cine. Eso sería lo que aquí llaman "la vacación del conductor de autobús" —*busman's holiday*—, o sea repetir en el ocio lo mismo que se hace en el trabajo.

De allí también —estoy poniendo todas mis cartas sobre la mesa, curioso lector, no quiero sorprender a nadie más de lo que me he engañado y sorprendido a mí mismo— mi preferencia por el teatro. No hay otra ciudad del mundo que ofrezca la cantidad y calidad del teatro londinense. Voy a un espectáculo por lo menos dos veces a la semana. Prácticamente gasto mi sueldo, la parte que emplearía en cines, viajes, restoranes, en comprar entradas de teatro. Me he vuelto insaciable. La escena me proporciona *la distancia viva* que requiere mi espíritu (que exigen mis ojos). Estoy *allí* pero me separa de la escena la ilusión misma. Soy la "cuarta pared" del escenario. La actuación es en vivo. Un actor de teatro me libera de la esclavitud de la imagen filmada, intangible, siempre la misma, editada, cortada, recortada e incluso eliminada, pero siempre la misma. En cambio, no hay dos representaciones teatrales idénticas. A veces repito cuatro veces una representación sólo para anotar las diferencias, grandes o pequeñas, de la actuación. Aún no encuentro un actor que no varíe día con día la interpretación. La afina. La perfecciona. La transforma. La disminuye porque ya se aburrió. Quizás esté pensando en otra cosa. Pongo atención a los actores que *miran* a otro actor, pero también a los que no hacen debido contacto visual con sus compañeros de escena. Me imagino las vidas personales que los actores deben dejar atrás, abandonadas, en el camerino, o la indeseada invasión de la privacidad en el escenario. ¿Quién dijo que la única obligación de un actor antes de entrar en escena es haber orinado y asegurarse de que tiene cerrada la bragueta?

El canon shakespeariano, Ibsen, Strindberg, Chejov, O'Neill y Miller, Pinter y Stoppard. Ellos son mi vida personal, la más intensa, fuera del tedio oficinesco. Ellos me elevan, nutren, emocionan. Ellos me hacen creer que *no vivo en balde*. Regreso del teatro a mi pequeño apartamento —salón, recámara, baño, cocina— con la sensación de haber vivido intensamente a través de Electra o Coriolano, de Willy Loman o la señorita Julia, sin necesidad de otra compañía. Esto me da fuerzas para levantarme al día siguiente y marchar a la oficina. Estoy a un paso de Wardour Street. Pero también soy vecino de la gran avenida de los teatros, Shaftesbury Avenue. Es un territorio perfecto para un paseante solitario como yo. Una nación pequeña, bien circunscrita, a la mano. No necesito, para vivir, tomar jamás un transporte público.

Vivo tranquilo.

Miro por la ventana de mi flat y sólo veo la ventana del apartamento de enfrente. Las calles entre avenida y avenida en Soho son muy estrechas y a veces se podría tocar con la mano la del vecino en el edificio frentero. Por eso hay tantas cortinas, persianas y hasta batientes antiguos a lo largo de la calle. Podríamos observarnos detenidamente los unos a los otros. La reserva inglesa lo impide. Yo mismo nunca he tenido esa tentación. No me interesaría ver a un matrimonio disputar, a unos niños jugar o hacer tareas, a un anciano agonizar… No miro. No soy mirado.

Mi vida privada refrenda y regula mi vida "pública", si así se la puede llamar. Quiero decir: vivo en mi casa como vivo en la calle. No miro hacia fuera. Sé que nadie me mira a mí. Aprecio esta especie de *ceguera* que entraña, qué se yo, privacidad o falta de interés o desatención o, incluso, respeto…

2

Todo cambió cuando ella apareció. Mi mirada accidental absorbió primero, sin prestarle demasiada atención, la luz encendida en el apartamento frente al mío. Luego me fijé en que las cortinas estaban abiertas. Finalmente, observé el paso distraído de la persona que ocupaba el flat de enfrente. Me dije, distraído yo también:

—Es una mujer.

Olvidé la novedad. Ese apartamento llevaba años deshabitado. Yo cumplía mis horarios de trabajo. Luego iba al teatro. Y sólo al regresar, hacia las once de la noche, a mi casa, notaba el brillo nocturno de la ventana vecina. Como "vecina" era la mujer que se movía dentro de las habitaciones opuestas a las mías, apareciendo y desapareciendo de acuerdo con sus hábitos personales.

Empezó a interesarme. La miraba siempre de lejos, moviéndose, arreglando la cama, sacudiendo los muebles, sentada frente a la televisión y paseándose en silencio, con la cabeza baja, de una pared a la opuesta. Todo esto sólo a partir de las once de la noche cuando yo terminaba mi jornada teatral, o a partir de las siete cuando regresaba de la oficina.

De día, cuando me iba a la oficina, las cortinas de enfrente estaban cerradas, pero de noche, al regresar, siempre las encontraba abiertas.

Esperé, de manera involuntaria, que la mujer se acercara a la ventana para verla mejor. Era natural —me dije— que a las once de la noche se atareara en los afanes finales del día antes de apagar las luces e irse a dormir.

Una inquietud empezó a rasguñarme poco a poco la cabeza. Hasta donde podía ver, la mujer vivía sola. A menos que recibiera a alguien después de cerrar las cortinas. ¿A qué horas las abría de mañana? Cuando yo partía a las 8:30, aún estaban cerradas. La curiosidad me ganó. Un jueves cualquiera, llamé a la oficina fingiendo enfermedad. Luego me instalé de pie junto a mi ventana, esperando que ella abriese la suya.

Su sombra cruzó varias veces detrás de las delgadas cortinas. Traté de adivinar su cuerpo. Rogué que apartase las cortinas.

Cuando lo hizo, hacia las once de la mañana, pude finalmente verla de cerca.

Apartó las cortinas y permaneció así un rato, con los brazos abiertos. Pude ver su camisón blanco, sin mangas, muy escotado. Pude admirar sus brazos firmes y jóvenes, sus limpias axilas, la división de los senos, el cuello de cisne, la cabeza rubia, la cabellera revuelta por el sueño pero los ojos entregados ya al día, muy oscuros en contraste con la cabellera blonda. No tenía cejas —es decir, las había depilado por completo—. Esto le daba un aire irreal, extraño, es cierto. Pero me bastó bajar la mirada hacia sus senos, prácticamente visibles debido a lo pronunciado del escote, para descubrir en ellos una *ternura* que no me atreví a calificar. Ternura maravillosa, amante, materna quizás, pero sobre todo deseable, ternura del deseo, eso era.

El marco de la ventana cortaba a la muchacha —no tendría más de veinticinco años— a la altura del busto. Yo no podía ver nada más de su cuerpo.

Me bastó lo que vi. Supe en ese instante que nunca más me desprendería de mi puesto en la ventana. Habría interrupciones. Accidentes, quizás. Sí, azares imprevisibles, pero nunca más fuertes que la necesidad nacida instantáneamente como compañera de la fortuna de haberla descubierto.

¿Cuál sería su horario?

Sólo podía averiguarlo apostándome en mi ventana todo el tiempo, día y noche. Al principio, intenté disciplinarme a mi trabajo, resignarme a verla sólo de noche, a partir de las 7:30 o de las 11:00. Luego sacrifiqué mi amor al teatro. Regresé urgido, todas las noches, al apartamento apenas pasadas las siete. A esa hora ya estaban prendidas las luces y ella se movía, hacendosa, por el flat. Pero a las doce apagaba las luces y cerraba las cortinas. Entonces yo debía esperar hasta las once de la mañana para volver a verla. Eso significaba que no podía llegar a la oficina antes de las once o permanecer en el trabajo después de esa hora.

Intenté llegar al AVID y sus resoluciones digitales a las nueve y excusarme a las once. Ustedes adivinan lo que pasó. Entonces pedí licencia por enfermedad. Me la concedieron por un mes a cambio de un certificado médico. Le pedí a un doctor español, un tal Miquis, mi g. p. habitual, que me hiciera la balona. Se resistió. Me pidió una explicación. Sólo le dije:

—Por amor.

—¿Amor?

—Tengo que conquistar a una muchacha.

Sonrió con complicidad amistosa. Me dio el certificado. Cómo no me lo iba a dar. En esto, los hispanos nos entendemos por completo. Oponerle obstáculos al amor es un delito superior a extender un falso certificado de enfermedad. La latinidad, cuando no es ejercicio que perfecciona la envidia, es complicidad nutrida por el sentimiento de que, siendo culturalmente superiores, recibimos trato de segundones en tierras imperiales.

Ya está. Ahora podía pasarme la jornada entera apostado en mi ventana, esperando la aparición de ella. No sabía su nombre. En el tablero de timbres de su edificio sólo había nombres masculinos o razones comerciales. Ningún nombre femenino. Y una sola ranura vacía. Allí tenía que estar, pero no estaba, su nombre. Estuve a punto de apretar el botón de ese apartamento. Me detuve a tiempo, con el dedo índice tieso, en el aire. Un instinto incontrolable me dijo que debía contentarme con el deleite de *mirarla*. Me vi a mí mismo, torpe e inútil, tocando el timbre, inventando un pretexto, ¿qué iba a decir?, quiero convertirla a una religión, traigo un inexistente paquete, soy un mensajero —o la verdad insostenible, soy su vecino, quiero conocerla, con la probable respuesta.

—Perdone. No sé quién es usted.

O: —Deje de importunarme.

O acaso: —Algún día, quizás. Ahora estoy ocupada.

No fue ninguno de estos motivos lo que me alejó de su puerta. Fue una marea interna que inundó mi corazón. Sólo quería verla desde la ventana. Me había enamorado de la muchacha de la ventana. No quería romper la ilusión de esa belleza intocable, muda, apartada de mi voz y de mi tacto por un estrecho callejón de Soho, aunque cercana a mí gracias al misterio de mi propia mirada, fija en ella.

Y la mirada de ella, siempre apartada de la mía, ocupada con su quehacer doméstico durante ciertas horas del día y de la noche, invisible desde la medianoche hasta el mediodía… Era mía gracias a mis ojos, nada más.

Esta era la situación. Dejé de ir al trabajo. Dejé de ir al teatro. Pasé la jornada entera frente a mi ventana abierta —era el mes de agosto, sofocante—, esperando la aparición de la muchacha en su propio marco. Ausente a veces, alejada otras, sólo de vez en cuando se acercaba a mi mirada. Nunca, durante estos largos y lánguidos días de verano, me dirigió la vista. Miraba hacia el cielo invisible. Miraba a la calle demasiado visible. Pero no me miraba a mí.

Empecé a temer que lo hiciera. Me deleitaba de tal modo verla sin que ella se fijara en mí. La razón es obvia. Si ella no me miraba, yo podía observarla con insistencia. Con impunidad. ¿Qué no vi en mi maravillada criatura? Su larga cabellera rubia, mecida en realidad por el ventilador que ronroneaba a sus espaldas aunque, a mis ojos, mecida por el flujo de un maravilloso e invisible río que le bañaba el pelo en ondas refulgentes. Y sus ojos, por oscuros, eran más líquidos que el verde del mar o el azul del cielo. Me imaginaba una noche en la que el mar y el cielo se fundían sexualmente en los ojos de esa "hermosa ninfa", como empecé a llamarla. Que me diera trato de ajeno, de invisible, sólo aumentaba, en el gozo de verla sin obstáculos, mi placer y mi deseo, aunque éste consistiese más en verla que en poseerla. En adivinarla más que en saberla…

¿No era su lejanía —natural, indiferente a mi persona o inconsciente de ella— el trato *perfecto* que por ahora deseaba?

¿Iba a enriquecerme más cualquier acuerdo cotidiano con ella que esta idealización a la que la sometí durante el mes de ausencia con goce de sueldo que le sonsaqué a la compañía?

¿Viviría yo mejor de mis deseos que de su realización?

¿Era mi mal —la lejanía— el bien mayor del amor, del arrebato, de la pasión erótica que esta mujer sin nombre hizo nacer en mi pecho?

Mi ninfa.

¿Podían su piel, su tacto, sus inciertos besos, satisfacerme más que la distancia que me permitía mirarla —poseerla— por completo?

¿Por completo? No, ya indiqué que por más que se asomara a la ventana, el marco la cortaba debajo de los senos. Lo demás, del pecho para abajo, era el misterio de mi amor.

Mi amor.

Me atreví a llamarla así no porque ignorase su nombre, sino porque ella no era, ni sería nunca, otra cosa: Mi amor. Dos palabras dichas y sentidas, cuando son verdaderas, siempre por primera vez, jamás precedidas de una sensación, no sólo anterior, sino más poderosa y cierta, que ellas mismas. Mi amor.

Imaginen un ánfora vacía, una vida joven como la mía, sin proximidad afectiva, sin relación sexual femenina o masculina, pero también sin sustitutos fáciles —pornografía, onanismo— que me rebajasen ante mí mismo. Educado por los jesuitas, nunca me dejé engañar por sus prédicas de castidad, sabiendo que ellos mismos no las practicaban. El rigor de la abstinencia me lo impuse por voluntad propia y para someter a prueba mi voluntad. Alguna vez sucumbí a la tentación del prostíbulo. ¿Por qué no me metí de cura sólo para dar el ejemplo? El hecho es que en Londres encontré la necesaria sublimación de mis instintos animales.

El teatro. El teatro era mi catarsis no sólo emocional sino sexual. Toda mi energía erótica, mi libido entera, la dejaba en la butaca del teatro. Mi fuerza viril se me desparramaba. Mediante la emoción escénica ascendía de mi sexo a mi plexo y de allí a mi corazón batiente sólo para instalarse como una reina en mi cabeza. Mi cabeza ya no de *espectador* sino de *actor* a la orilla del escenario, viviendo la emoción del teatro como un participante indispensable. La audiencia. Yo era el público de la obra. Sin mi presencia, la obra tendría lugar ante un teatro vacío.

Ven ustedes cómo pude trasladar esta emoción teatral a la pura visión de mi amor, la chica de la ventana, y convencerme de que bastaba esta liga visual para satisfacerme plenamente. La florecilla, en una escena de película que edité hace tiempo, le pide a un hombre que está a punto de cortarla que no lo haga. Que no la condene a perecer a cambio de uno o dos días de placer. Yo tampoco quería que mi amor se marchitara si lo arrancaba de la tierra de mis ojos.

Esta era, ven ustedes, la intención verdadera, pura en extremo, de mi obsesiva relación con la muchacha de la ventana. Y sin embargo, tenía que luchar contra la perversa noción de mi persona que me pedía hablarle, establecer contacto, escucharla…

Una sola vez supe que ella estaba a punto de desviar esa su mirada ausente para fijarla en mí. Sentí terror. Con un movimiento brusco me aparté de la ventana y me cubrí, cobardemente, con la cortina. Allí, como una araña invisible, quise ver con lucidez las dimensiones de mi estrategia. Como una cucaracha me hundí en la oscuridad anónima del cortinaje, más temeroso de lo que deseaba que de lo que temía. Miedo al miedo.

Acaso mi terror no era vano. Cuando me asomé de nuevo a la ventana, vi a mi amada con la cabeza coronada de flores. Caminaba acercándose y alejándose de la ventana. Cuando más cerca estuvo, vi claramente que cerraba los ojos y movía los labios, como si rezara…

3

Los días pasaban y nada agotaba el manantial de mi deseo. La mujer, para ser mía (de mi deseo), me era vedada. Las luces de mi habitación se prendían y se apagaban. Se me ocurrió que así como yo la miro cuando enciende la luz o corre las cortinas o la ilumina el sol, ¿me miraría ella a mí sólo cuando sepa que yo no la estoy observando? Nunca me mira cuando podría verme. ¿Me verá cuando yo no lo sepa?

Ya anticipan ustedes la decisión que entonces tomé. Yo no dormiría nunca en espera de que ella me dirigiese la mirada. Al principio, acomodé mis horarios de sueño a los suyos. De doce de la noche a once de la mañana, ella desaparecía detrás de las cortinas... Pero un día tuve una sospecha fatal. ¿Y si ella aprovechaba los horarios del sueño para dirigirme la mirada y sólo encontraba unos batientes cerrados? Podía, acaso, ser tan pudorosa que sólo buscase mi mirada cuando sabía que yo no se la podía devolver.

Nada confirmaba esta sospecha. Por eso se convirtió en acertijo y me condenó a una vigilia perpetua. Quiero decir: me instalé en el centro del marco de mi ventana día y noche, dispuesto a no perder el momento en que mi ninfa sucumbiese a la atracción de mi mirada y me ofrendase la suya.

Debo añadir que a estas alturas una especie de razón de la sinrazón había penetrado mi cerebro. Era esta. Ella me obedecía. Era yo quien anticipaba los movimientos de ella. Yo, sólo yo, le impedía dirigirme la mirada. Yo era el autor de mi propia tortura. Yo, sólo yo, podía ordenarle:

—Mírame.

Me pregunto: ¿es la necesidad tan loable como la paciencia o la bondad?

Mi médico español me había dado dosis suficientes de diazepam para apacentar mi insomnio. Me juzgaba un hombre, a pesar de todo, razonable. La soledad no espanta a los hispanos. La cultivamos, la nombramos, la ponemos a la cabeza —es el título— de nuestros libros. Ningún latino se ha muerto de soledad. Eso se lo dejamos a los escandinavos. Somos capaces de desterrar la soledad con el sueño y suplir la compañía con la imaginación. De tal suerte que me bastaba abandonar los barbitúricos para instalarme en una vigilia salvadora que no perdiese un instante de lo que aconteciera en la obsesiva ventana de mi amada. Y si la vigilia me traicionaba, el doctor me daría anfetaminas.

Claro que no pude mantener este programa de vigilia perpetua. Cabeceando a veces, profundamente dormido otras, despertando con el sobresalto de un íncubo, azotándome mentalmente por la indisciplina de caer dormido, temblando de miedo porque ella pudo aparecer y verme durmiendo, aplazando la visita al doctor (¿quién no lo hace?) me compensaba de estos terrores la convicción de que, viviendo un silencio tan sólido, hasta la mirada haría ruido. Si ella me mirase, me despertaría con sus ojos sonoros como una campana. Esto me consolaba. Quizá nuestro destino sería sólo este. Vernos de lejos.

Se cumplían ya veinticinco días de la vida con mi amor de la ventana. Mi ninfa.

Una noche, con mis luces apagadas para que ella no se sintiera observada —aunque supiese que esto no era cierto, ya que lo desmentían las horas de sol—, la muchacha se acercó a la ventana. La miré como siempre. Pero esta vez, por vez primera, ella no sólo movió los labios. Los unió primero. Enseguida los movió en silencio y lanzó un mugido.

Un mugido animal, de vaca, pero también elemental como el poderoso rumor del viento y terrible como el grito iracundo de una amante despechada.

Mugió.

Mugió y me miró por primera vez.

Creí que me iba a convertir en piedra.

Pero ella no era la Medusa.

Su mirada, acompañada de ese mugido feroz y plañidero a un tiempo, era de abandono, era de socorro, era de locura.

La voz me atravesó con tal fuerza que me obligó a cerrar los ojos.

Cuando los abrí, la ventana de enfrente estaba cerrada. Las cortinas unidas. Y el apartamento, desde ese momento, vacío.

Ella se fue.

El escenario

4

Regresé a mi rutina. La salud mental me ordenaba que pusiese detrás de mí la enfermiza obsesión que me mantuvo casi un mes pegado a la ventana. El ejercicio de la vigilia, debo admitirlo, aguza las facultades. Regresé al trabajo con un renovado sentido del deber. Esto fue notado y aprobado (a regañadientes) por mis superiores. Como tenían el prejuicio de que todos los mexicanos somos holgazanes y que sólo aspiramos a dormir largas siestas a la sombra del sombrero, mi diligencia les llamaba la atención, aunque la reserva inglesa les impidiese alabarla. A lo sumo, un *Right on, old chap*.

No esperaba diplomas en la oficina. Mi deleite era nuevamente ver teatro y ahora, a medida que se disipaba mi obsesión amorosa, regresó con ímpetu acrecentado mi deseo de sentarme en una platea y elevarme a ese cielo del verbo y de la imaginación que es la obra teatral. Como siempre, ese verano del año 03, había de dónde escoger. Ibsen y Strindberg estaban de moda. Ian MacKellan bailaba en el Lyric una *Danza de la muerte* en la que el genio de Strindberg arranca con la disputa agria de un matrimonio intolerable y termina, contra toda expectativa, en la reconciliación con la esposa —Frances de la Tour—, revelando que el rostro de esa pareja agria ha sido el amor y su máscara, el odio. Me encaramé a las gradas del Donmar para admirar a Michael Sheen resucitando el *Calígula* de Camus como si lo cegara la misma luz que lo revela, la luz del poder.

—Regresaré —dice el monstruoso César cuando acaba de morir—. Estoy vivo.

Siempre regresan, porque son uno solo. La tiranía es una hidra. Corta una de sus cabezas y renacen cien, dijo Corneille en *Cinna*.

Como contraste, fui ese verano al apartado Almeida a ver a Natasha Richardson en *La dama del mar* de Ibsen, el doble papel de una mujer que vive la vida cotidiana en tierra y otra vida, la de excepción, en el mar. Sólo encuentra la paz en el silencio, protegida por el cuerpo de su esposo… Y al céntrico Wyndhams a ver el *Cosi è se vi pare* de Pirandello. Un brillante ejercicio de Joan Plowright sobre la locura como pretensión personal. Pero acaso nada me reservó más gusto que aplaudir a Ralph Fiennes en otra resurrección tan temida como la del emperador Calígula, el Brand fundamentalista, intransigente, el pastor protestante que todo lo condena porque nada puede satisfacer la exigencia absoluta de Dios. El genio de Ibsen, su profunda intuición política, aparece dramáticamente cuando el antagonista de Brand se le enfrenta con una intolerancia superior a la de Brand. Ver esta obra en los trágicos días de la invasión y ocupación de Iraq por el fundamentalismo norteamericano me convenció de que el siglo XXI será peor que el XX, sus crímenes mayores, e impunes los criminales, porque ahora el agresor no tiene, por primera vez desde la Roma de Calígula, contrincante a la vista. Calígula pasó como una sombra por el escenario de Brand.

Bueno, esto —el verano teatral del año 2003 en Londres— me compensaba, digo, de todo lo demás. Los desastres de la guerra. La rutina del trabajo. Y la desaparición de la mujer de la ventana. Noten bien: ya no era "la muchacha", "la chica", ya no era "mi amor". Era, como en un reparto teatral de vanguardia, "la mujer". Yo sabía, parafraseando a Cortázar, que nunca más encontraría a La Ninfa…

Brand se representaba en mi teatro favorito, el Royal Haymarket a dos cuadras de Picadilly. Si asociamos el teatro británico a una riquísima tradición ininterrumpida, ¿hay espacio que la confirme con más bella visibilidad que éste? Data de 1720 y lo construyó un carpintero, lo remodeló el famoso John Nash en 1821 y por sus tablas han pasado Ellen Terry y Marie

Tempest, Ralph Richardson y Alec Guinness. Colecciono datos curiosos, dada mi insaciable voracidad teatral. Aquí se inauguró la costumbre de la matiné, se inauguró también la luz eléctrica teatral y se abolió —con escándalo— el foso orquestal.

Si distraigo al lector con estos detalles es sólo para dar prueba de mi pasión por la escena.

Sí, soy el amante del teatro.

A la salida de la representación de Ibsen vi el anuncio.

Próximamente se presentaría en el Haymarket un *Hamlet* protagonizado por Peter Massey. Di un salto de alegría. Massey era, junto con Fiennes, Mark Rylance y Michael Sheen, la promesa, más joven aún que éstos, de la escena inglesa. Tarde o temprano debía abordar el papel más prestigioso del teatro mundial, la prueba que en su momento, para ceñir sus lauros, debieron pasar Barrymore, Gielgud, Olivier, Burton, O'Toole… ¿Cuándo se estrenaría la obra? pregunté en taquilla.

—Están ensayando.

—¿Cuándo?

—Octubre.

—¿Tanto?

—El director es muy exigente. Ensaya la obra por lo menos con tres meses de anticipación.

—¿Puedo comprar ya un boleto para el estreno?

—Primero ven la obra los patrocinadores, luego los críticos.

—Ya lo sé. Y yo, ¿cuándo?

—La tercera semana de octubre.

—¿Quién trabaja, además de Massey?

El taquillero sonrió.

—Señor. Cuando Massey es la estrella, sobra y basta. No se dan a conocer los nombres de los demás actores.

—Y ellos, ¿soportan tanta vanidad?

El agrio señor de la taquilla se encogió de hombros.

Perdí la paz tan anhelada. Una explicable impaciencia atribuló mis días. La expectativa me devoraba. ¡Massey en *Hamlet*! Era un sueño. Jamás había conseguido boletos para aplaudir a este muy joven actor. Su carrera, fulgurante, se había iniciado hace apenas un año, con una reposición de *Fantasmas* de Ibsen donde Massey hacía el papel del condenado joven Oswald en una adaptación moderna que sustituía la mortífera sífilis del siglo XIX por el no menos terrible sida del XX. Unánimemente, el público y la crítica se volcaron en elogios a la inteligencia y sensibilidad de Peter Massey para cambiar los calendarios del joven Oswald ahondando, en vez de disiparlo, el drama de la madre culpable y del hijo moribundo.

Llegué temprano al Royal Haymarket la noche de octubre indicada en mi boleto. Quería integrarme, si fuese posible en soledad, al teatro opulento, con sus tres niveles de butacas y sus cuatro balcones dando la cara al soberbio marco dorado de la escena, la cortina azul rey y el escudo triunfal a la cabeza del cuadro escénico, *Dieu et mon droit*, el león y el unicornio. Los espacios de mármol a ambos lados del marco de oro le daban aún más solidez a la escena, invisible en ese momento, destilando su misterio para acostumbrarnos al silencio expectante que acompaña el lento ascenso del telón sobre las almenas de Elsinore y la noche del fantasma del padre de Hamlet.

Shakespeare, sabiamente, excluye al protagonista de esta escena inicial. Hamlet no está presente en las almenas. Lo precede el fantasma y ese fantasma es su padre. Hamlet sólo aparece en la segunda escena, la corte de Claudio el rey usurpador y la madre del príncipe, Gertrudis. Se trata aquí de darle permiso a Laertes de regresar a Francia. Hamlet queda solo y recita el primer gran monólogo,

Ay, que esta mancillada carne se disuelva
y se derrita hasta ser rocío…

que en realidad es una diatriba antifemenina —*Fragilidad, tu nombre es mujer*— y antimaternal. Acusa a la suya de gozar en sábanas de incesto y sólo entonces, bien establecidas las razones de Hamlet contra el rey usurpador y la madre infiel, entran los amigos a contarle que el fantasma del padre recorre las murallas del castillo. Sale Hamlet con violencia a esperar, pacientemente, el arribo de la noche.

Ahora entran al escenario vacío Laertes y su hermana Ofelia.

Me clavé en el asiento como un ajusticiado a la silla eléctrica. Hundí mi espalda al respaldo. Estiré involuntariamente las piernas hasta pegar contra el respaldo de la butaca que me precedía. Una mirada de enojo se volvió a mirarme. Yo ya no estaba allí. Quiero decir, estaba como está un árbol plantado en la tierra o los torreones del castillo a las rocas de la costa. Lo que el público debió agradecerme es que no gritara en voz alta.

La muchacha, la mujer de la ventana, mi amor perdido, había entrado al escenario, acompañando a Laertes.

Era ella, no podía ser sino ella. La distancia entre mi butaca y el tablado era mayor, es cierto, que el corto espacio entre mi ventana y la suya, pero mis sentidos enteros, después de veinticinco días de vigilia suprema, no podían equivocarse.

Mi amada era Ofelia.

Sólo la distinguían las cejas, antes depiladas, ahora pintadas. Supe por qué. Su máscara requería antes un rostro similar a una tela vacía. Yo conocí la tela. Ahora miraba la máscara.

No escuché las primeras palabras de la joven actriz, las sabía de memoria, me las dirigía a mí, claro que sí, lo supe sin oírla, pues mis oídos estaban taponeados por la emoción.

Ofelia: ¿Lo dudas?

¿A quién le hablaba? ¿A Laertes? ¿A mí? ¿Al hermano? ¿Al amante?

El lector comprenderá que la emoción me avasalló a tal grado que hube de levantarme y pedir excusas —mal recibidas— para salir, atropelladamente, de la fila asignada, correr por el pasillo sin atreverme a mirar hacia atrás, ganar la calle, apoyarme contra una de las columnas del pórtico de entrada, contarlas idiotamente —eran seis— y encaminar mis pasos inciertos hacia mi propia casa…

Allí, recostado, sosegado, con las manos unidas en la nuca, me dije con toda sencillez que mi excitación —¿mi arrobo?— era natural. ¿No había sido intensa mi relación con la muchacha vecina? ¿No era, precisamente, el amor nunca consumado el más ardiente de todos, el más condenado, también, por los padres de la Iglesia porque inflamaba la pasión a temperaturas de pecado? Sabiduría eclesiástica, esta que pontificaban los jesuitas en mi escuela mexicana: el sexo consumado apacigua primero, luego se vuelve costumbre y la costumbre engendra el tedio… Sus razones tendrían.

Ningún razonamiento, empero, lograba apaciguar el acelerado latir de mi pecho o abatir mi decisión:

—Iré de nuevo al teatro, con serenidad, mañana mismo.

No. La obra era un éxito y tendría que esperarme diez días —hasta finales de octubre— para verla. Mi decisión fue temeraria. Compré boletos para cinco noches seguidas en la primera semana de noviembre.

5

Me salto los acontecimientos de las cuatro semanas que siguieron. Los omito porque no tienen el menor interés. Son la crónica de una rutina prevista (sí, soy lector de García Márquez). La rutina —casa, trabajo, comidas, sueño, aseo, miradas furtivas a la ventana vecina— no da cuenta de la turbulencia de mi ánimo.

Intentaba poner en orden mis pensamientos. Claro, Ofelia —ahora podía llamarla así— estaba encerrada ensayando su papel. Concentrada, no tenía tiempo ni ganas de distraerse. Si su propia ventana era un muro, ¿cómo no iba a serlo la mía? Yo había sido ya, sin sospecharlo, su cuarta pared. Y su primer espectador.

Como en el teatro, nos había separado la necesaria ilusión. Un intérprete (a menos que sea un cómico morcillero) no debe admitir que un público heterogéneo lo está mirando. El actor debe colgar una cortina invisible entre su presencia en la obra y la del público en las plateas.

Caí en la cuenta. Yo había sido el público invisible de Ofelia mientras ella ensayaba su papel en

Hamlet. Ella sabía que yo la miraba, pero no podía admitirlo sin arruinar su propia distancia de actriz, destruyendo la ilusión escénica. Fui su perfecto conejillo de Indias. ¡De Indias! Mis mexicanísimos complejos de inferioridad salieron a borbotones, acompañados de una decisión. Regresaría al teatro en las fechas previstas. Vería con atención y respeto la actuación de Ofelia. Y sólo entonces, habiendo pagado este óbolo, decidiría qué hacer. Purgarme de ella, asimilarla como lo que era, actriz profesional. O ir, esta vez, a tocar a su camerino, presentándome:

—Soy su vecino. ¿Se acuerda?

Lo peor que podía sucederme es que me diera con la puerta en las narices. Eso mismo me curaría de mis amatorias ilusiones.

Así, regresé al Royal Haymarket el 4 de noviembre. Tenía lugar en la onceava fila. Lejos del escenario. Se levantó el telón azul. Sucedió lo que ya sabía. Apareció Ofelia, vestida toda ella de gasas blancas, calzada con sandalias doradas, peinada con el pelo rubio suelto pero trenzado, alternando, en un simbólico detalle de dirección, a la Ofelia inocente, fiel y sensata del principio, con la Ofelia loca del final.

Yo había leído con avidez las crónicas del estreno. En todas encontré elogios desmedidos a la actuación estelar de Peter Massey, pero ninguna mención de los demás actores.

Había llamado a uno de los diarios para preguntar, en la sección de espectáculos, la razón de este silencio. Mi pregunta fue recibida, una vez con una risa sarcástica, las otras dos con silencios taimados.

Sólo en la BBC un periodista boliviano de la rama en español me dijo:

—Parece que hay un acuerdo no dicho entre los empresarios y los cronistas.

—¿Un acuerdo tácito? —me permití enriquecer el vocabulario del Alto Perú con cierta soberbia mexicana, lo admito.

—¿De qué se trata?

—De la soberbia de Massey.

—No entiendo.

—¿No conoces la vanidad, manito? —se vengó de mí el boliviano—. Massey sólo actúa si la prensa se compromete a no mencionar a nadie del reparto más que a él.

—¡Qué arrogancia!

—Sí, es una diva…

Lo dijo con un toquecillo de envidia, como si le reprochase a Chile no darle a Bolivia acceso al mar…

Por eso, en el programa del teatro, no había más crédito de interpretación que

PETER MASSEY

es

HAMLET

Digo que sufrí con atención anhelante mi segunda visita al teatro y el paso de las dos primeras escenas —la aparición del fantasma, la corte de Elsinore y el monólogo de Hamlet— en espera del diálogo entre Laertes y su hermana Ofelia, así como la primera línea de ésta:

OFELIA: ¿Lo dudas?

Pero de la boca de la actriz no salió palabra. Sólo movió, en silencio, los labios. Laertes, como si la hubiese escuchado, continuó analizando la frivolidad sentimental de Hamlet y precaviendo a Ofelia. Hamlet es dulce pero pasajero, es el perfume de un minuto… Seguramente, Peter Massey se regocijaba con estas palabras. Al demonio.

Ofelia debe decir entonces: —¿Nada más que eso?

La actriz —mi ninfa, mi Ofelia— movió los labios sin emitir sonido. Laertes se lanzó a un extenso soliloquio y yo, por segunda vez, huí del teatro atropelladamente, preguntándome ¿por qué nadie ha escrito que en esta versión Ofelia es muda? ¿Lo es la actriz? ¿O se trata de un capricho omnipotente, vanguardista o acaso perverso, del actor y director Massey? Seguramente el público comentaría el hecho insólito: la heroína de la tragedia no decía nada, sólo movía los labios.

De nuevo en la calle, me apoyé contra la columna y revisé el programa.

P E T E R M A S S E Y

es

H A M L E T

y más abajo:

DIRIGIDA POR PETER MASSEY

y aún más abajo:

Se ruega al público no comentar las revolucionarias innovaciones de esta *mise-en-scène*. Quienes lo hagan, serán juzgados traidores a las tradiciones del teatro británico.

¡Traidor! Y sin embargo, dada la pasión por el teatro en la Gran Bretaña, yo no dudaba de que, aunada a la pasión por las novelas de detectives, una buena porción del público —y la prensa, encantada con el misterio que vendía periódicos— jugaría el juego de este caprichoso, vanidoso y cruel director-actor, Peter Massey.

Aunque, pensé, otra parte no lo haría. En más de un pub, en más de una cena en The Boltons, se comentaría la audacia de Massey: silenciar a Ofelia.

Nadie en mi oficina había visto la obra. El boliviano ya me había contestado una vez con impaciencia. No lo volvería a importunar. Debía gozar el hecho de vivir en una isla con infinitas salidas al mar. ¡Titicaca!, lo maldije y me arrepentí. Bolivia me pone nervioso, claustrofóbico, pero de eso Bolivia no tiene la culpa… El nerviosismo me ganaba. Debía llegar sereno a mi tercera asistencia al *Hamlet* del Royal Haymarket.

Hamlet habla con el fantasma de su padre. No habla con Ofelia. Ofelia escucha consejos de su padre, Polonio. Pero ella sólo mueve los labios.

Me di cuenta. Ofelia no sólo habla poco en la obra. Es un personaje pasivo. Recibe lecciones de su padre y de su hermano y en vez de relatar la visita que Hamlet, a medio vestir, le hace en su clóset, ella actúa la escena. Hamlet medio desnudo —Massey se deleita exhibiendo su esbelta y juvenil figura— acaricia el rostro de mi amada, suspira y la suelta como una prenda indeseable. Donde puede, Massey sustituye el monólogo por la acción.

El odio y la envidia me desbordaron.

Ofelia no volvería a decir nada hasta el tercer acto, apenas una frase.

OFELIA: Ojalá.

Y ahora, ni esa frase le era permitida por el tirano que, segundos más tarde se luciría como un pavorreal, entonando el "Ser o no ser". Al término del monólogo, entra "la dulce Ofelia", se atreve a llamarla "ninfa", hasta eso me arrebata este divo vanidoso y prepotente, la llama "la ninfa" a cuyas oraciones encomienda Hamlet la memoria de sus pecados —pero este Hamlet le habla a *mi* Ofelia como si el verdadero fantasma de la obra fuese ella, da por sentadas sus preguntas y respuestas, sólo él se deja escuchar, ella mueve los labios en silencio, exactamente como lo hacía frente a mi ventana y él perora sin cesar, encimando sus palabras al silencio de mi Ofelia, hasta que entra la tropa de comediantes, es "capturada la conciencia del rey" Claudio, Hamlet visita y violenta a su madre y, de paso, atraviesa con una espada a Polonio el padre de Ofelia. Hamlet obedece las sugerencias de Rosencrantz y Guildenstern, parte a Francia y cae el telón sobre la primera parte.

Durante el intermedio pedí una copa de champaña en el bar y traté de escuchar los comentarios del relajado público. Hablaban de todo, menos de la obra. Hastiado, angustiado, abandoné otra vez el teatro, dispuesto a regresar la siguiente noche, pero sólo a partir del intermedio, acosado por preguntas sin respuesta. El silencio de Ofelia ¿era sólo un capricho del director? ¿Massey da por descontado que todos conocen el parlamento de Ofelia? ¡Y ella, en verdad, dice tan poco en la obra! Sonreí a pesar mío. ¡Traten de callar a Lady Macbeth! ¿Sería sorda mi Ofelia? ¿Escuchaba a los demás actores? ¿O sólo les leía los labios? ¿Cómo no aproveché para hablarle de ventana a ventana como mimo, sin decir palabra? Y si me hubiese contestado, ¿qué me habría dicho?

Me di cuenta de que Ofelia no usaba en escena el lenguaje de señas de los mudos porque no se dirigía a los mudos, sino al público en general. Pues ahora venía la gran escena de Ofelia, su locura por haber perdido al padre y acaso por saber que Hamlet lo mató. Ahora la Ofelia loca debería cantar y recitar enigmas:

—¿Cómo distinguir el verdadero amor?

—Dicen que la lechuza era hija del panadero.

—Sabemos quiénes somos pero no quiénes podemos ser.

—Mañana es día de San Valentín.

Para terminar, conmovedoramente, pidiendo a todos que pasen buenas noches.

No, no pronunció palabra, pero yo no tuve más remedio que reconocer el genio de Peter Massey. El silencio era, desde siempre, la locura de Ofelia. Sus actos debían revelar sus palabras, pues éstas no eran más que sus pensamientos verbalizados y un pensamiento no necesita decirse para entenderse.

Empecé a escuchar músicas, campanas dentro de mi cabeza, seguro de que lo mismo le pasaba a Ofelia.

¡Ofelia era el fantasma de Hamlet! ¡Su doble femenino!

Me incorporé bruscamente y grité:

—¡Ofelia! ¡Canta!

Las voces del público me acallaron con irritación violenta. Un shhhhh! veloz y cortante como una navaja —el puñal desnudo de Hamlet, sí— me acalló.

Abrumado, abochornado, atarantado, abandoné el teatro. Sólo me quedaba una función. La de mañana.

Ahora, en la representación del quinto día, ocupaba butaca de primera fila. Concentré mi atención, mi mirada, mi repetición en silencio de las palabras robadas a Ofelia hasta llegar a la escena de la locura.

Entonces ocurrió el milagro.

Cantando en silencio.

Este momento nunca regresará.

Se fue, se fue. ¡Dios tenga piedad de mi alma!

Ofelia me miró, directamente a los ojos. Yo estaba, digo, en primera fila. Quizás, todas las noches, Ofelia decía adiós de esta manera, seleccionando a un espectador para imprimir sobre una sola persona del público todo el horror de su locura.

Esta noche yo fui ese espectador privilegiado. Pero enseguida me di cuenta de que la mirada de Ofelia no estaba prevista en la dirección escénica. Ofelia me sostuvo la mirada que yo le correspondí. En ella iba el mensaje de toda mi pasión por ella, toda la melancolía de nunca habernos amado físicamente.

El público se dio cuenta. Hubo un movimiento nervioso en la sala. Murmullos desconcertados. Cayó el misericordioso telón del intermedio. Regresé a casa. No quería saber que Ofelia moriría en el siguiente acto. No lo quería saber porque imaginé, enloquecido, que Peter Massey era capaz de matarla en verdad esta noche porque la actriz quebró el pacto escénico y se dirigió a un espectador.

A mí.

Sólo a mí.

6

Esa noche soñé que violaba a una mujer que no podía gritar. Y si no podía gritar, ¿por qué no matarla en vez de poseerla?

Mi verdadero terror era saber que las representaciones terminarían y Ofelia desaparecería para siempre de mi vida. El tiránico Massey limitaba el número de representaciones —nunca más de dos meses— a fin de mantener al rojo vivo el interés de la obra. No toleraba, prejuzgué, una lenta extinción del fuego teatral. Era, perversamente, un entusiasta —es decir, un hombre poseído por los Dioses... Cada profesión tiene los suyos, pero los manes del teatro son los más exigentes porque son los más generosos. Lo dan todo o no dan nada. En el teatro no hay términos medios.

Yo tenía que ver la obra por última vez. No había boletos. ¿Podía al menos sentarme en el teatro vacío antes de la representación? Era un estudiante latinoamericano (huerfanito tercermundista, pues...). Lo que me interesaba era explorar el teatro como espacio, precisamente, vacío, sin público ni representación. Adivinar sus vibraciones solitarias. Como dicen que los rieles de ferrocarril se encogen y recogen físicamente para recibir el impacto de un tren. Mi antiguo profesor de Cambridge, Stephen Boldy, llamó al teatro para acreditar mi *bona fides* y yo mismo me comporté, durante los tres días que quedaban, sentándome muy quietecito con un cuaderno de notas y el texto Penguin de *Hamlet*.

En verdad, esperaba sin esperanza —*I hoped against hope*— que algún ensayo imprevisto, un afinamiento de última hora, trajese al escenario vacío al director, a los actores.

A Ofelia.

No fue así y la última representación se iniciaba. Hice lo que se acostumbra. Adquirí boleto para ver la obra de pie y desde el tercer piso. Desde allí, noté los asientos vacíos durante el primer acto. Jamás se presentaban al segundo. Por fortuna, había un lugar vacío en la primera fila. Lo ocupé. Se levantó el telón.

No lo sabía. Pero lo sospeché. En vez de referir la muerte de Ofelia a su hermano Laertes por voz del rey Claudio, Peter Massey, a medida que los actores hablaban, abrió un espacio en la fosa de orquesta. Era un río dentro del teatro y el cadáver de Ofelia pasó flotando, acompañada por las flores de la muerte; margaritas y ortigas, aciano y dedos-de-muerto, púrpuras largas; las amplias faldas flotando; Ofelia semejante a una sirena que se hunde bajo el peso del légamo…

En ese instante quise saltar de mi butaca al escenario para salvar a mi amada, rescatar a Ofelia de su muerte por agua, abrazarla, besarla, devolverle su aliento fugitivo con el mío desesperado, empaparme con ella, darme cuenta de que era cierto, Ofelia estaba muerta, ahogada. Había muerto esa noche de la representación final.

Juro que no era mi intención. Sólo que Ofelia, flotando en el agua agitada de *stage down* cantando "viejas canciones" (como le informase la Reina a Laertes) pero ahora sin voz, alargó la mano fuera de la fluyente piscina teatral y me arrojó una flor de aciano que se arrancó del pelo y que fue a dar a mi mano, pues era tal mi concentración en lo que ocurría que no podía faltar al deber de recibir la ofrenda de mi Ninfa antes de verla irse, flotando en el llanto del arroyo, con su ropa de sirena, hacia su tumba de agua y lodo…

Yo sólo prestaba atención a la flor que sostenía entre mis dedos. Al levantar la vista al escenario, me encontré con la mirada arrogante, detestable, de este joven Júpiter de la escena, Peter Massey, su insolente belleza rubia, su figura de adolescente maldito, su estrecha cintura y piernas fuertes y camisa abierta, mirándome con furia, pretendiendo enseguida que lo ocurrido era parte de su puesta en escena originalísima, pero revelando en su mirada de diabólico tirano que esto no estaba previsto, que Ofelia era su ninfa, no la mía, y que la entrega de la flor no formaba parte de un proyecto escénico de verdadera *posesión* del alma de Ofelia.

—Si Dios ha muerto —me decía en silencio la mirada asesina de Massey—, sólo quedan en su lugar el Demonio y el Ángel. Yo soy ambos. ¿Quién eres tú?

Concluyó la obra. Tronaron los aplausos. Sólo Peter Massey salió a recibirlos. Los demás actores, como si no existieran. Lo que existía era la inconmensurable vanidad de este hombre, este cuasi-adolescente cruel y prepotente, enamorado de sí y dueño de los demás sólo para engrandecer su propio poder. No había amor en su mirada. Había el odio del tirano hacia el rebelde anónimo e imprevisto. Insospechado.

Salí del teatro con mi flor en la mano, dándole la espalda a Peter Massey, su vanagloria, sus revoluciones teatrales. Quise imaginarlo viejo, solitario, maniático. Olvidado.

No pude. Massey era demasiado joven, bello, poderoso. ¿Qué sería de Ofelia después de esta representación final en el Royal Haymarket? Mañana —no, esta misma noche— la escenografía sería desmontada, los ropajes colgados en la guardarropía para otra, improbable ocasión. La ilusión teatral era eso. Espejismo, engaño, fantasma de sí misma.

Sentí la tentación de abrirme paso a los camerinos. Me detuve a tiempo. Me arredró la idea de que Ofelia hubiese realmente muerto. Sacrificada al realismo revolucionario de Peter Massey. ¿Se atrevería él mismo, un día, a morir arañado por la daga envenenada del feroz sargento, La Muerte? Entretanto, ¿mataría a sus anónimas heroínas, escondidas durante meses enteros de ensayos solitarios?

Recordé a mi Ninfa paseándose por su apartamento, memorizando un papel sin palabras, ajena a la idea de que la representación teatral y el destino personal fuesen idénticos.

No quise averiguar. Quizás debería esperar a que Peter Massey, el joven y perverso director que dirigía mi propia vida, repusiera algún día el *Hamlet* con una Ofelia que podía ser la mía u otra nueva. ¿Tendría yo el valor, en la siguiente ocasión, de acercarme al camerino de la actriz y verla, por así decirlo, en persona? ¿Me expondría a encontrar, al abrirse la puerta, con una mujer desconocida? La muchacha de la ventana tenía las cejas depiladas. La del escenario, cejas gruesas. ¿Me equivocaba identificándolas? ¿Aceptaría, más bien, que mi Ninfa permaneciese para siempre, a fin de ser realmente mía, en el misterio, parte de la hueste invisible de todas las actrices que durante cuatro siglos han interpretado el papel de Ofelia?

7

No den ustedes crédito a la noticia aparecida hoy en los diarios. No es cierto que cuando Ofelia pasó flotando entre ortigas y acianos un espectador desquiciado saltó de su butaca de primera fila al escenario para rescatar a la actriz intérprete de Ofelia de la muerte por agua, besándola, devolviéndole el aliento, empapado con ella, hasta darse cuenta de que Ofelia está ya realmente muerta, que él no había logrado devolverle a la heroína de *Hamlet* el aliento fugitivo con el suyo desesperado.

Que Ofelia realmente había muerto la noche de la representación final.

Tampoco es verídico que ese ser desquiciado que gritaba palabras en un idioma inventado (era el castellano) sacase a Ofelia del agua enmedio de la conmoción del auditorio y la parálisis incrédula de los actores —Claudio y Laertes—. Como tampoco es cierto que mientras ese loco cargaba a Ofelia ahogada, de entre bambalinas surgió Hamlet, el Príncipe de Dinamarca, el símbolo oscuro de La Duda, despojado esta vez de toda incertidumbre, blandiendo el puñal desnudo del monólogo, levantando el brazo, hundiéndoselo al trastornado extranjero —pues no era británico, obviamente— en la espalda.

Ofelia y el extraño cayeron juntos sobre el tablado.

Se dice que la obra continuó como si nada. El público estaba tan acostumbrado a la originalidad de Peter Massey. Un espectador que en realidad era un actor no mencionado en el reparto —todos sabían que Massey sólo se daba crédito a sí mismo— salió a rescatar el cadáver de Ofelia, recibiendo —¿el actor imprevisto, el intruso?— el puñal en la espalda.

La flor

8

El lector sabrá, si algún día lee estos papeles que he venido garabateando desde la noche que regresé del Royal Haymarket a mi flat a la vuelta de Wardour Street, que subí lentamente las escaleras, entré al apartamento pero no encendí las luces.

Tampoco miré fuera de mi ventana a la estancia de enfrente. Para mí, está cerrada, a oscuras, deshabitada. Para siempre.

Tomé un pequeño florero de los de Talavera que me envió de regalo de cumpleaños mi mamá desde México.

Con ternura, introduje en él el tallo largo de la flor de aciano, prueba única de la existencia de Ofelia.

Me senté a contemplarla.

No quería que pasara un minuto sin que la flor me acompañara, de aquí al terrible momento de su propia muerte. Pues la flor de Ofelia prolongaba la vida de Ofelia.

La miré, fresca, azul, bella, esa noche y la siguiente.

Llevo meses mirándola.

La flor no se marchita.

La gata de mi madre

1

Me llamo Leticia Lizardi y detesto el gato de mi madre. Insisto en decirle "el gato" a sabiendas de que era una gata, una felina no, aunque genéricamente sí, un felino. Lo indudable es que esta gata, cariñosamente bautizada "Estrellita" por mi madre, me sacaba de quicio.

Estrellita —está bien, la dispenso del entrecomillado— era gata de angora. Blanca, felpuda, con una cabecita redonda y un cuerpo corto. Corto el rabo, cortas las patas, un auténtico monstruito, un verdadero leopardo miniaturizado, como si hubiese bajado de las nieves más lejanas para instalarse, indeseado e indeseable, en el hogar de doña Emérita Lizardi y su hija Leticia, en el lejano barrio de Tepeyac en la Ciudad de México, cercano a la Basílica de la Virgen de Guadalupe. Esta fue la razón por la que mi madre nunca se mudó de su vieja y destartalada casa, fácilmente descrita.

Gran puerta cochera anterior al automóvil. Entrada a enorme patio para caballos y carruajes del siglo XIX, establos y graneros, cocinas y lavanderías, en la planta baja. Escaleras metálicas a la segunda planta.

Comedor, baños y recámaras sobre el patio. Sala de estar adyacente —la única con vista a la calle y un balcón saboreado por mi madre para ver el paso de un pueblo al que, sin embargo, despreciaba profundamente—. Vista, sobre todo, al Cerro del Tepeyac y a la Basílica de Guadalupe. Escalera de caracol a la azotea con sus tinacos de agua, sus cilindros de gas y la habitación de las sirvientas, en México llamadas "criadas" y como si esto no fuera insulto suficiente, cuando no nos oyen, las llamamos "gatas".

—Me gusta sentirme cerca de la Virgencita —decía, muy devota, con el rosario entre las manos, mi madre, una de esas mujeres que parecen haber nacido viejas. No le quedaba un solo rastro de juventud y como era sumamente blanca, las arrugas se le acentuaban más que a la gente morena que, según ella, eran así porque "tenían piel de tambor", comentario que la santa señora acompañaba de un tamborileo de los dedos sobre el objeto más cercano: mesa, plato, espejo de mano, arcaica rodilla o, sobre todo, la masa pilosa y blanca de Estrellita, eternamente sentada sobre el regazo de mi madre, objeto de caricias que atenuaban la feroz inquina de su ama.

Porque doña Emérita Labraz de Lizardi no estaba contenta en el mundo o con el mundo. Yo nunca pude averiguar la razón de este permanente estado de bilis derramada. Antes, buscaba con afán algún retrato de su juventud, el retrato de su día de bodas, su primera comunión, algo, lo que fuese. Concluí, resignada, que acaso mi madre no había tenido ni infancia, ni boda, ni juventud. O que había desterrado toda efigie que le recordase los años perdidos y ello, yo no lo negaba, servía para asentarla en su edad actual, sin pasado evocable. Doña Emérita era figura presente, sólo presente, incomparable, arraigada a este lugar y a esta hora con el gato (la gata) en el regazo y la mirada oculta día y noche por gafas negras.

Sospeché la razón de esta manía. Osé, una mañana, la muy aventada de mí, entrar a la recámara de mamá, portando el desayuno habitualmente llevado por la sirvienta —la "gata"—, aquejada ese día de "su luna", como decía la campirana *bonne à tout faire*, como le decía, a su vez, con aire de superioridad intolerable, mi madre a la criada.

—Quiere decir *gata* en francés —le solté, con una mueca amarga, a la sirvienta, Guadalupe de nombre Lupe, Lupita, cuyo rostro de manzana se iluminó por el solo hecho de que le pusieran nombre gabacho.

Doña Emérita mi madre llamaba a la Lupita *bonne à tout faire* sólo para halagarse a sí misma de que sabía media docena de expresiones en francés, mismas con las que salpicaba su conversación, sobre todo cuando recibía a su abogado el licenciado José Romualdo Pérez.

Éste era un sesentón alto, flaco, tieso y más ciego que un murciélago, que se presentaba a la casa del Tepeyac acompañado siempre de un contador y de una secretaria. Mi mamá lo miraba sin moverse de su balcón. Hacía girar su reposet para darles la cara, pero la mano sólo se la daba al reseco aunque distinguido y cegatón licenciado, sin admitir siempre que, en realidad, allí estaba el secretario, un hombrecito prieto, chaparro y dado a usar camisas moradas con corbatas hawaianas, o a la secretaria, que lucía una escandalosa minifalda a efecto de demostrar la opulencia de sus muslos y contrastar así con la fealdad de su cara de manazo, chata, plana como la de la china más cochina —silbaba venenosamente mi mamá— y coronada (la secretaria) por ese peinadito universal de taquimecas, enfermeras y encargadas de taquilla de cine: pelo laqueado hacia atrás con una cortinilla de flecos tiesos y desangelados sobre la frente.

Las visitas del cegatón licenciado y sus dos lazarillos me ponían los nervios de punta. El ruco libidinoso hablaba de números con mi madre, pero su mano se iba como imantada a mi nalgatorio, obligándome a ponerme de pie detrás de un sillón para ocultar lo que las abuelitas púdicas llamaban "con las que me siento". Entonces el licenciado buscaba con la mirada ultramiope mis tetas ansiosas por huir de allí cuanto antes. Sólo que mi madre me lo había prohibido.

—Leti, te ordeno que estés presente cuando nos visita el licenciado Pérez.

—Mamá, es un viejo verde. ¿No ves cómo me trata?

—Vete acostumbrando —decía enigmáticamente, sin explicación, la vieja.

La vieja. Eternamente sentada en el reposet viendo detrás de sus espejuelos negros el paso de la vida, animada y numerosa, rumbo a la Basílica de la Virgen de Guadalupe. Acariciando eternamente a la gata Estrellita y agraviando también a "la gata" Lupita.

—¿Quién te puso nombre de virgencita, indita patarrajada? —le espetaba doña Emérita a la sirvienta.

Ésta soportaba la lluvia de insultos de su patrona de manera casi atávica, como si no esperase otro trato, ni de ella ni de nadie. Como si recibir insultos fuese parte de un patrimonio ancestral.

—Mira, huilita de pueblo —le decía mi madre a la sirvienta izando al desventurado animal como una peluda pelota de futbol y enfrentando el culo sonrosado de Estrellita a los ojos de Guadalupe—. Mira, putita, mira. Mi gatita es virgen, no ha perdido la pureza, nunca ha parido en su vida... Tú, en cambio, ¿cuántos mocosos prietos no habrás dejado regados en cuanta casa has trabajado?

—Lo que mande la patrona —murmuraba Lupita con la cabeza baja.

—Menos mal que en esta casa no hay hombres, rancherita de porquería, aquí no hay quien te preñe...

—Como guste la señora —decía Lupita sin dejar de confundirse visiblemente al escuchar esa palabra desconocida, "preñe".

—Cuidado —se volteaba a decirme mamá—, cuidado Leti, con llamarla "Lupe", "Lupita" y menos "Guadalupe".

—¿Entonces, mamá?

—Mírala. La Chapetes. Mírale nomás esos cachetes colorados como una manzana. "La Chapetes" y sanseacabó. Faltaba más.

Entonces, sin quererlo, doña Emérita le daba a Estrellita el sopapo que le reservaba a Lupita o sea "La Chapetes" y el animal maullaba y miraba a la señora con una feroz muestra de sus dientecillos carnívoros antes de saltar del regazo al piso y caer, como suelen caer los gatos, perfectamente compuesta, tan equilibrada como Nadia Comaneci en las Olimpiadas.

Estrellita la gata no me quería. Me lo decía todo el tiempo su actitud. Yo le devolvía el cariño. Me repugnaba. Su cuerpo corto y felpudo, su rabo corto, sus piernas cortas, su pelo blanco como si fuese vieja canosa, deseablemente decadente (¿qué edad tendría?). Me molestaban sobre todo sus terribles ojos, tan grandes en comparación con el cuerpo, tan apartados y de distintos colores. Un ojo azul, otro amarillo. No nos dábamos ni los buenos días.

En cambio, por la otra "gata", Lupita La Chapetes, sentía la compasión que compensara el mal trato de mi madre. Sólo que la sirvienta era indiferente por igual al buen o al mal trato. Tenía que llamarle "La Chapetes" enfrente de mi madre. A solas le decía Guadalupe, Lupe, Lupita. Como digo, ella no mostraba otra reacción que su archisabido estoicismo indígena. El cual podía ser cierto o sólo un invento nuestro.

Así pues, digo nuestro y me sitúo en el alto pedestal de la criolliza naca. No podemos evitarlo. Somos superiores. ¿Por qué? Antes, a los blancos nos llamaban "gente de razón", como si los indios fueran de a tiro todos tarados. Ahora, como somos demócratas e igualitarios, los llamamos "nuestros hermanos indígenas". Seguimos despreciándolos. Los ídolos a los museos. Los tamemes a cargarnos bultos.

Yo quería tratar bien a la Lupita. Quería quererla. Pero no quería admirarla. Una tarde en que iba a salir al café, fui a su recámara en la azotea para avisarle que mi mamá se quedaba sola. Ahí la vi desnuda. Más bien, no la vi. Había deshecho sus trenzas y el pelo le colgaba hasta debajo del nalgatorio. ¡Dios mío!, qué cabellera no sólo larga sino lustrosa, arraigada, invencible, negra y nutrida de chile, maíz y frijol. Toda la pinche cornucopia mexicana lucía en esa cascada de pelo admirable.

—Lupe —le dije.

Se volteó a mirarme con el cepillo en alto, levantándole aún más un busto que nunca había conocido, ni requerido, sostén. Soy púdica virgencita mexicana clasemediera con lenguaje de cine nacional en blanco y negro, de manera que no miré más abajo.

—Lupe, voy a salir un rato. Atiende a mi mamá.

La Lupe me contestó con un movimiento de cabeza y una mirada altiva que nunca le había visto antes.

Es que yo había entrado a su zona sagrada, el espacio privado, el cuartito de criados donde ella —lo supe al verla allí encuerada, peinándose— se mostraba bajo otra luz. Desde entonces supe que había dos Lupitas, pero eso me lo guardé para mí. Nadie más lo entendería.

Lo cierto es que me sorprendió. Hasta me agradó. Vivir con alguien como mi madre es el mejor aliciente para la rebeldía.

Otra cualquiera menos bruta que yo ya se habría ido de la casa dejando a la miserable vieja sola con sus dos gatas: Estrellita y La Chapetes. No sé, me faltaban ovarios, seguro. Mis razones tenía. O sea, lo que no tenía eran medios visibles de sostenimiento, como dicen en las películas gringas cuando entamban a un vago. Ni siquiera poseía los medios invisibles de La Chapetes. Yo no necesitaba sostenes. Mis chichis eran demasiado escuálidas, abominaba de los brasieres rellenos y prefería conformarme con parecer modelito de los sesentas —la Twiggy del Tepeyac, vamos— con mi busto de adolescente perpetua. Dicen que a algunos hombres les gusta. A saber.

Además, mis sentimientos filiales eran ciertos, aunque nadie lo crea. Quería a mi madre a pesar de su mal carácter, que yo me empeñaba en llamar "fuerte personalidad" porque ya sabía que a mí me faltaba. No digo que yo fuese mosca muerta ni que estuviera pintada en la pared. Yo era una mujer tranquila, nada más. Era una hija cariñosa. Mientras mi madre viviese, yo seguiría a su lado, cuidándola.

Y por último, cuando doña Emérita se fuera a empujar margaritas, yo la heredaría. Como no tenía más patrimonio que el suyo, no podía darme el lujo de la rebeldía. No podía ser limosnera con garrote.

Algo cambió en mi espíritu —y en mi cholla también— esa tarde que me largué a tomarme un *float* de cocacola con helado de limón en el Sanborns más cercano a la casa. Ya se sabe que esa cadena de tienda-restorán tiene más sucursales que moscas un basurero o mentiras un político, con la ventaja de que no siendo "lugar de moda" ni de elegancia cual ninguna, una se puede sentar allí solita y su alma a tomar un café sin sentirse leprosa u oligofrénica.

O sea que siendo México el país de la chorcha, es decir de gente que no puede pasársela sola y necesita una pandilla de cuates el día entero con la aludida mala costumbre de caerle de sorpresa a cualquier hora a un amigo en su casa sin aviso previo, yo agradezco la soledad que me regala mi aislada vida en el Tepeyac o sea la Villa de Guadalupe con mi mamá y sus dos gatas, la Estrellita y la Lupe. Cuando yo hacía vida social, llegué a ver a un anfitrión negarnos la salida a las cinco de la mañana, tragarse la llave de su casa (envuelta en miga de bolillo, por cierto, ¿cómo la habrá digerido y evacuado?) y compensarlo todo con un sabroso pozole de camarón a las seis. Así se perdona la mala costumbre de no dejarte salir de una fiesta...

Pero eso era, ya les cuento, cuando yo salía a pachanguear. Ahora ya no. He cumplido treinta y cinco años. De manera que ¿cuáles fiestas? Una parranda me mandaría al camposanto. Y es que a mí me invitaban las hijas de las amigas de mi mamá. Las amigas ya se murieron toditas. Las hijas ya se casaron y no me volvieron a buscar. Nadie me lo dice por educación: me consideran vieja quedada.

Por eso, esa tarde, me fui solita al Sanborns después de un agrio encuentro con mi mamá.

—Leticia, quiero que le prestes atención al licenciado Pérez.

—Se la presto mamá, cómo que no. Aquí estoy siempre que nos visita, como me lo has pedido... Parada como indio de cigarrería...

—No sé de dónde sacas esas expresiones.

—Es que leo a Elenita Poniatowska y la Familia Burrón.

—No seas de a tiro... Quiero decir *atención* de a deveras...

—O sea, ¿que lo vea románticamente?

—Pues sí, pues sí —dijo sin dejar de acariciar a la peluda bestia.

—Pues no, pues no —le repliqué—. Está muy viejo, es muy aburrido, está más ciego que un murciélago y tiene halitosis.

—Halitosis y mucha lana —me miró sin mirarme, detrás de sus espejuelos negros, doña Emérita—. Hazme el favor de casarte con él.

—¿Quequé? —casi grité—. Antes la muerte.

—No, m'hijita. Antes mi muerte.

—¿Qué quiere usted decir, mamá?

—Que antes de rendir el alma, quiero verte casada.

—¿Para qué, si vivimos tan cómodas?

—Para que te hagas vieja con la decencia acostumbrada. Nomás.

Me mordí la lengua. Miren que hablar de matrimonio y decencia, la vieja solitaria y renegada y sin hombre. Me atreví, con un poquito de vergüenza, a contestarle.

—No hace falta, mamacita, Con la herencia me basta.

Como nunca, sentí no verle los ojos. Pero su mueca bastaba.

—No tendrás herencia si no te casas con el licenciado Pérez. He dicho.

Me entraron ganas de ahorcarla allí mismo y de paso darle matarili a la gata de angora. Mejor me fui a tomar un *float* a Sanborns para calmarme las neuronas.

Y en eso estaba, sorbiendo los popotes y papando moscas, cuando lo vi.

Lo vi a él.

Lo vi de perfil. De galanazo, palabra. Lo vi avanzar entre las mesas. Sin saco, camisa blanca, corbata de moño. Chin… me dije, es mesero. Mas no. Se sentó dándome siempre el perfil y ordenó algo.

Me quedé mirándolo, embelesada. Amor a primera vista. Hombre moreno, pelo lacio, melena larga muy cuidada y perfil de ensueño. Digamos, versión totonaca de Benjamin Bratt. Rogué con toda el alma.

—Virgencita Santa, que me mire por favor —sintiéndome, pues, la Julia Roberts del Tepeyac.

El milagro se hizo. Como suele suceder, cuando se mira con mucha intensidad a una persona, ésta acaba por sentirse vista y voltea buscando el ojo ajeno.

Así pasó. "Benjamin" abandonó el perfil perfecto y movió la cabeza. Me miró. Me sonrió. Yo me puse colorada. Ni siquiera le devolví los ojales de los nervios que me entraron. Me concentré en el popote y en sorber la bebida.

Cuando acabé de sorber, el muchacho ya se había marchado.

Me volví obsesiva. ¿Quién no conoce esa esperanza de volver a encontrar a un ser deseado, accidentalmente visto una vez? Regresé, contra toda probabilidad, tarde tras tarde al Sanborns del Tepeyac. Debía respetar el horario del encuentro inicial. Sólo que ¿cuál encuentro? Un cruce veloz de miradas, nada más… Y ahí nos vidrios. Menos importante que un choque de autos en el Periférico. Nada.

Y sin embargo, yo no lograba expulsar de mi recuerdo al hermoso joven de mi recuerdo, de mis amaneceres inquietos y solitarios, de mis sueños en los que el chico de Sanborns fornicaba arduamente con la criada Guadalupe a la que vi encuerada una tarde…

Otra tarde no salí porque escuché los gritos de mi madre y acudí al salón donde ella pasaba las horas. Apretaba a la gata Estrellita contra el pecho e insultaba a la "gata" Lupita.

—¿En qué piensas, Salomé de huarache? —le gritaba—. ¿Para qué estás aquí, para cuidar la casa o para bailar el jarabe tapatío? Otro descuido de estos y te corto el sueldo a la mitad.

Nótese que no le decía: —Te voy a correr.

Porque mi madre necesitaba a la criada y la criada lo sabía.

Pero, ¿por qué estaba así de alborotada mi mamá? Al verme entrar me lo dijo.

—Mira Leticia, esta gatuperia tarada ha dejado pasar un ratón por mis narices…

Miré con escepticismo las fosas nasales de mi progenitora y los pelos blancos que se asomaban allí, inquiriendo.

—¿Un ratón, mami?

—Niégalo, esclava del metate —insistió mi madre ante la sirvienta.

—No es culpa de La Chapetes —dije con mala leche—. ¿Para qué tiene usted a la gata, madre? Creo que los gatos saben cazar ratones.

—¿Quequé? —gritó doña Emérita—. ¿Manchar con sangre de rata la trompita de mi micifuz adorada?

Me encogí de hombros.

—Quiero que me traigas bien muerta, agarrada de la cola, a esa bestia inmunda, tan inmunda como tú —le dijo mi madre a Guadalupe—. ¡Gata, tráeme la rata!

—Lo que mande la patrona.

La existencia del ratón me llenó de una extraña euforia. Era como si hubiese descubierto un digno contrincante para la gata de mi madre. Como Tom y Jerry, pues. Crucé miradas con la Lupe. Sus ojos eran como de piedra. Digo, más emoción tiene un semáforo en *rush-hour*. En cambio, yo abrigué un secreto deseo. Tan ferviente como el de encontrarme de nuevo al guapísimo muchacho del café. Un galán y un ratón. Qué ridículo. El hecho es que me consideré afortunada —la Reina de la Primavera— de tener dos obsesiones donde antes sólo existía en mi vida una pasividad limitada a esperar la muerte de mi madre.

Dios Nuestro Señor me oyó, como sin duda dicen que escucha a los desamparados. No sé si yo era de su número, pero así me sentía, de a tiro rascuache, ánima en pena, "vieja quedada", solitaria solterona condenada a vestir santos… Pues he aquí que una noche, de tanto desearlo, se me hizo. Escuché el rumor muy leve, luego el chillido como de cerradura oxidada. Me incorporé en la cama, miré al piso y allí, anidado en una de mis babuchas, estaba el ratoncito.

Me observaba con ojos brillantes. Más luminosos que la noche. Se levantaba sobre las patas traseras y juntaba, como en oración, las de adelante. Éstas eran cortas, las de atrás, más largas. Los bigotes, tiesos. La sonrisa, espontánea. Mi ratoncito me enseñó los fuertes incisivos albeantes. Pero lo más notable eran los ojillos vivaces, nerviosos, atentos. La presencia del ratón no era, no podía ser gratuita, de a oquis. Quería decirme algo. Quería introducirme a un misterio. Quería guiarme a un mundo secreto, subterráneo, aquí mismo, en mi casa —o sea, la casa de mi madre.

Allí se me iluminó el cocoliso. El ratón se había hecho presente para acompañarme en contra de mi madre y su gata Estrellita. Cada cual —madre e hija— iban a tener su *pet*, su compañía doméstica, su mascota. Sólo que Estrellita la gata de mi madre podía exhibirse con toda su prepotente vanidad, acurrucada en el regazo emérito, en tanto que mi minúsculo roedor era anónimo y, además, sería secreto. No iba a reposar en mi regazo. Ni siquiera podía mostrarlo, pasearlo, vamos: *tutearlo*. Sería mi misterio nocturno. Mi compañero. ¿O compañera? Como si adivinase mis pensamientos, el ratón se acostó patas arriba y me mostró un diminuto pene, una mínima salchichita escondida entre sus patas traseras pero revelada por su torso pelón, color de rosa. ¿Qué me estaba diciendo?

Creo que supe leer su mirada.

—Yo veo sin ser visto, Leticia. Yo estoy en todas partes pero nadie me ve. Observo.

Se escurrió velozmente.

De allí en adelante procuré atraerlo cada noche depositando al pie de mi cama trocitos de queso manchego. Decidí llamarlo "Dormouse" —lirón— como homenaje a mi lectura infantil de Alicia. Al principio comió con gusto los pedazos de manchego. Al poco tiempo los rechazó con displicencia. Quería algo más. Sus largos incisivos crecían desmesuradamente. Tenía que darle algo más que queso a mi Dormouse. Algo duro.

—Tú que vienes del campo —me atreví a preguntarle a la Lupita—, ¿qué le gusta a los ratones además del queso?

Ella estaba en la cocina, preparando la comida. Cortaba en pedazos un pollo. Limpió rápidamente de carne una de las patas y me ofreció el hueso. Entendí.

El Lirón me agradeció el banquete esa noche. De ahora en adelante sólo los huesos satisfarían la voracidad de sus incisivos. Esto ya lo sabía: un roedor tiene que roer o se muere. Si abandona su vocación, los dientes le perforan el cráneo y le ahogan el gaznate porque el incisivo de un ratón crece hacia arriba y hacia abajo.

La alimentación estaba resuelta, pues. No así el hambre sexual. ¿Qué iba yo a hacer? No me veía a mí misma en safari doméstico buscándole hembra a mi

Dormouse. No iba a rebajarme pidiéndole a la criada que le encontrase novia a mi roedor.

Cavilaba mi pequeño dilema sobre un *float* en Sanborns cuando mi sueño se volvió realidad. Reapareció el chamaco de mis ilusiones. Como la vez anterior, no volteó a mirarme aunque yo lo devoraba con los ojos. Muy llamativamente, en cambio, subía y bajaba una jaula cubierta por un paño grueso, como suele suceder en las prisiones de pájaros. La subía a la mesa y la bajaba a la silla. Y así varias veces.

Luego pagó, se levantó y se fue. Pero abandonó la jaula.

Yo me dije: —Córrele, zonza, esta es tu chance.

Sólo que tuve el talento de tomar la jaula y no correr detrás del muchacho gritándole como babosa, "Joven, se le olvidó una cosa…" Mejor levanté la cobertura para mirar al pajarillo. Detrás de las rejillas no se asomaba un canario, sino una ratoncita blanca.

No lo dudé. Lo confirmé al regresar a casa. Era hembra. ¡Qué sorpresota para el Lirón!

Esa misma noche, con la ratoncita en la jaula, esperé la llegada puntual de mi amigo. Se hizo presente, alerta como siempre. Esa tarde pasó algo que yo le agradecí. Estaba tomando el café con mi madre y su inseparable angora. De repente, algo me distrajo. Mi madre hablaba de dinero, soledades, de la lejana muerte de mi padre, de su odio hacia todo, empezando por mi padre (no daba razones), la política, las criadas, los indios, la gente que se salía de su lugar, los nacos que se vestían mal, las taquimecas que se teñían de güero, el cuico mordelón de la esquina, el afrochofer que pasaba a mil por hora rompiendo la tranquilidad de la calle, etcétera. Su lista de odios era interminable.

Me distrajo la presencia de mi ratón. Me di cuenta de que lo miraba todo sin ser visto por nadie. Estaba allí como si escudriñara la casa, la gente, las costumbres. Ese solo hecho lo convertía en mi compañía secreta, mi confidente, ya no sólo nocturno, sino diario. Él y yo contra doña Emérita y su gata maldita.

La presencia vivaz de Lirón contrastaba con la modorra insultante de Estrellita. Me di cuenta de que los gatos no piensan en nada. Tienen el cerebro vacío. No es que sean misteriosos, como cree la gente. Es que están aislados por su propia estupidez.

Esa noche libré a la ratoncita blanca que abandonó mi galán incógnito para entregársela a mi Dormouse. Se miraron con sorpresa y se fugaron juntos. Era mi victoria. Pequeña, parcial, pero victoria al fin. Estrellita moriría virgen.

Dejé de sonreír.

Igual que yo.

—A ver, Cleopatra de los nopales —le espetó mi mamá a la criada la siguiente tarde—. Prepara un té y unas galletas para el licenciado Pérez. Viene a las cinco de la tarde. Es un hombre chic. Tiene costumbres inglesas. ¿Sabes qué es eso?

—Lo que diga su merced.

—Chic, chic quiere decir refinado, elegante, británico. Todo lo que tú no eres, gatupería.

—Lo que mande la patrona.

La Lupe se fue a preparar las cosas y mi madre me pidió que la ayudara a llegar al "inodoro" como púdicamente llamaba al gabinete de los hedores. Se desplazaba con dificultad de manera que la llevé hasta el baño, abrazada a la gata, y la esperé un momento. Sentí asco cuando adiviné que mi madre y su gata orinaban al mismo tiempo. Era inconfundible. Dos chorritos distintos.

Salió encorvada, abrazada a la gata. Regresamos al salón a esperar la visita del cegatón halitoso licenciado Pérez. Ya para qué le pedía a mi madre que me excusara. Mi rostro sin sangre revelaba mi fatal destino. O me casaba con el licenciado o no heredaba ni la bacinica de mi mamá.

Cuál no sería, pues, mi sorpresa cuando entró al salón el licenciado José Romualdo Pérez, seguido como siempre por la secretaria de flecos laqueados pero ya no por el diminuto contador de cara y camisa carmesíes.

Santo Niño de las Desamparadas. Detrás del licenciado y de la secretaria entró, con elegante portafolios en la mano, mi ilusorio galán del café, mi Rodolfo Valentino de Sanborns, alto, hermoso, su pelo negro largo y reluciente, su piel morena como azúcar sin refinar, su mirada límpida pero seductora…

Por poco me desmayo. El changazo ya lo había dado desde antes.

—Doña Emérita, le presento a mi nuevo CPT, don Florencio Corona.

Cima del éxtasis. Al darme la mano, Florencio Corona se inclinó y me guiñó un ojo. El licenciado Pérez, ciego como la pared, de nada se enteró.

2

Más que en mi casa he sido educada en Sanborns. Como voy sola al café, puedo ponerme orejas de Dumbo y oír lo que dice la gente a mi alrededor.

Por eso (más Poniatowska y la Familia Burrón) he logrado tener mi vocabulario al día. Lo he escuchado todo. De chicho a chido pasando por suave. De joto a marica a gay. De arriba y adelante la solución somos todos a un changarro para cada mexicano y mexicana. De abur a nos vidrios a bye-bye. De novia a vieja a maridita. Maridita.

Estaba, pues, preparada para adoptar cualquier jerga o slang de los pasados veinticinco años con toda naturalidad. Vana ilusión. Mi galán el joven abogado Florencio Corona hablaba un correctísimo español, sin mexicanismo cual ninguno. Más castiza era la criada Guadalupe con sus "mesmos" y "mercedes" porque así aprendieron los indios a hablar "la Castilla" en tiempos del veleidoso Cortés y su barragana la Malinche.

Florencio Corona, señoras y señores, era lo que en inglés se llama un *dreamboat*. Guapo, alto, ya lo dije, con trajes perfectos y la audacia de usar corbatas de moño que nadie luce fuera de los EUA salvo nuestro difunto presunto Adolfo Ruiz Cortines. Será que los gringos temen mancharse las corbatas largas con salsa ketchup. O prevén que en la cárcel la gente se ahorca con corbatas pero no con moños. Y no hay, ustedes saben, un solo gringo que no haría cualquier cosa, estafar, matar, asaltar un banco, violar a una niña, con tal de no ir a la cárcel.

Bueno, el hecho es que mi galán y yo nos dimos cita todas las tardes en el Sanborns de la Villa de Guadalupe, descubriendo quiénes éramos, contándonos nuestras vidas, hablando de todo menos de lo que nos unió por primera vez durante la visita del licenciado Pérez: la herencia de mi madre.

Florencio Corona venía de Monterrey y había estudiado leyes y contaduría en el Tecnológico de la llamada "Sultana del Norte" aunque todos conocemos los chistes y lugares comunes sobre los habitantes de la capital norte del país, que si son más tacaños que un escocés en ayunas, incapaces como Scrooge de extender la mano y duros del codo —codomontanos— e incapaces de darle agua ni al gallo de la Pasión. Bueno, pues mi Florencio era todo lo contrario a esa bola de clisés pendejos. Generoso, disparador, cariñoso, sencillo, tierno, parecía conocerme desde siempre, dándome trato de "señorita" hasta que le dije "Leticia, please" y "Dime Lety" y él se rió:

—No me vayas a llamar Flo.

Es decir, al rato ya guaseábamos juntos y para acabar pronto, azotamos. Nos enamoramos.

Abrevio porque no sé cómo contar la manera como se enamoran las personas. Yo le llevaba siete años (bueno, diez) pero hacíamos bonita pareja. Él alto y gallardo, musculoso y atlético, yo delgadita, fina y pequeña, a medio camino —me dije con pena— entre el ratón y la rata. Sacudí la cabeza. El inesperado romance con Florencio me había obligado a descuidar al Dormouse y su pareja. De hecho, descuidaba a mi madre y a la suya, la siniestra gata Estrellita. O sea, Florencio me tenía obsesionada y aún no pasábamos de manita sudorosa de torta compuesta en la mesa del Sanborns.

Sin embargo, él mismo me había regalado a la Minnie Mouse, de manera que el asunto no le era ajeno y un día me atreví a abordarlo.

—Gracias por la ratoncita, Florencio. Creo que el Lirón está tan contento que me dio calabazas.

—Búscalos esta noche —me dijo enigmáticamente mi novio.

Lo hice. Era lo más sencillo. ¿Dónde iban a estar,
sino debajo de mi cama? Y con quién iban a estar
Dormouse y Minnie, sino con su camada de cuatro
ratoncitos, engendrados en un abrir y cerrar de ojos.
Lisos, lampiños, llegados al mundo sin abrigo alguno.
Me llenaron de ternura. Dormouse y Minnie Mouse
me miraron con gratitud, como diciendo,

—Gracias por darnos abrigo.

—Gracias por no exterminarnos.

—Los ratones gestan en veinte días —me dijo
Florencio.

—¿Y cuánto logran vivir?

—Ni un año.

Sofoqué un gritito de melancolía. Florencio me
acarició la mano.

—Casi siempre es porque son perseguidos. Por
las lechuzas, por las aves de rapiña.

Me lo dijo con sus cálidos y brillantes ojos:

—Cuídalos. Son pareja, igual que tú y yo.

Me atreví.

—Florencio, mi mamá quiere casarme con tu
boss, el viejo Pérez.

—No te preocupes, Leti.

—Claro que me preocupo. Si no me caso, me
corta. Me deja sin un mísero quinto.

Florencio sonrió y pidió una cocacola con helado
de limón.

Sí, esa noche, once de diciembre, festejé a la
pareja de ratoncitos y a su camada, les traje pedacitos
de queso gruyere esta vez, para variar, platitos con
agua y hasta fui a la cocina a buscar huesos de pollo.

—¡Lupe! —llamé a la sirvienta—. ¡Guadalupe! No estaba y eso que era la hora de la cena.

Subí al cuarto de servicio. No sólo no estaba. Se había llevado sus cosas. Los santos, las veladoras, los pin-ups de Brad Pitt y el luchador Blue Demon. Los ganchos de la ropa, solitarios.

Alarmada, bajé a la recámara de mi madre. Entreabrí la puerta. Ella dormía con las gafas negras puestas a manera de antifaz de avión contra la luz. Estrellita sintió mi presencia y ronroneó amenazante. Recordé que los gatos ven de noche y me retiré con cautela.

A la mañana siguiente, doce de diciembre, mi madre hizo sonar con insistencia el timbre y acudí a su llamado. Bruta de mí: la Lupita no había acudido porque se había largado, ahora sí, como pícara ratera y fámula desagradecida, sin decir adiós. Aunque, pensé, tanto la humilló mi madre que esto tenía que pasar.

Subí con la charola. Mi madre estaba incorporada en el lecho, con los anteojos puestos y Estrellita sobre el regazo. Las dos me miraron con igual sospecha y desdén.

—¿Qué se hizo la gata? —dijo bruscamente mi madre.

—La tienes en tu regazo. ¿No ves?

—No te burles de una respetable anciana.

—Salió —mentí como para amortiguar el golpe: tendríamos que buscar nueva sirvienta. No quise imaginar la fulminante mirada de mi madre detrás de los anteojos de sol.

—¿*Salió*? —exclamó con dientes apretados: de ella nunca se diría "con la boca abierta"—. ¿Se cree que es domingo?

—Sí —me atreví al fin—, creo que se ha marchado *for good*, para siempre, mamá.

—¡Como tu padre! —silbó entre dientes—. ¡Como tu padre!

¿Cómo iba a preguntarle cuándo, cómo, por qué, si esas eran cosas que no se tocaban, temas envenenados? Para mí misma, me dije, mejor para mí misma. Tuve la visión de la vida con Florencio y ya nada del pasado me pareció importante.

—No te preocupes, madre. Yo te atenderé mientras encontramos sirvienta nueva.

Esto pareció calmarla.

—Siéntate a ver el paso de la procesión —dijo ufana con la miserable Estrellita remedando su complacencia.

—¿Cuál procesión? —pregunté, de verdad con la cabeza en otro lado, o sea, con Florencio.

—*Hereje*—me maldijo con desdén—. Hoy es 12 de diciembre, día de la Virgen de Guadalupe, Santa Patrona de México. ¿Qué te enseñaron en la escuela de monjas? ¿A poco pagué tus colegiaturas de balde?

Repetí, nomás para darle gusto. —Un 12 de diciembre, la Virgen de Guadalupe se le apareció al indio Juan Diego en el cerro del Tepeyac.

—Sí—mi madre apretó los dientes—. La Virgen se apareció. Pero Juan Diego no era indito, eso es pura demagogia. Está comprobado que era criollo, como tú y yo…

—La leyenda dice… —me atreví.

—¿Cuál leyenda? ¡Descreída! El Santo Padre en Roma lo canonizó. A los indios no los hace santos ni Dios Todopoderoso. Todos los santos son güeritos. Ya lo dijo el Santo Padre…

Interrumpí su veracruzano dicharacho. —Dios Todopoderoso, cuyo vicario en la tierra es el Papa

—para no seguir la inútil disputa, aunque a mi madre nada la acallaba.

—Y lo dijo a voz en cuello: ¡sólo Veracruz es bello! Para que veas cómo conoce el Santo Padre la geografía mexicana...

Respiró satisfecha y volvió a la carga. —¿Y qué más?

—La Virgen le dio a Juan Diego el criollito rosas en diciembre y se estampó en su tilma.

—¿Su qué?

—Su capa española, madre. Se estampó ella misma y esa es la imagen milagrosa que veneramos todos los mexicanos.

—Menos los indios, los comunistas y los ateos.

—Así es, madre. Pero ponga atención. Ahí viene la procesión. Mire usted. Traen en andas a la Virgen. Fíjese en aquel penitente coronado de espinas. En cambio, la Virgen viene rodeada de flores en un altar dorado.

Avanzó el penitente, tambaleándose un poquito pero bien sostenido por los demás costaleros que portaban la imagen sagrada.

Avanzó la representación viva de la Virgen de Guadalupe.

Mi madre pegó un grito.

La mujer que representaba a la Virgen era nuestra sirvienta Lupita, nuestra criada, La Chapetes, nuestra gata, ahora cubierta por un manto azul de estrellas, su larga túnica color de rosa, su pedestal los cuernos del toro, su marco las flores y su refulgencia la luz neón.

Pasó bajo el balcón de mi madre, en postura piadosa. Levantó la mirada. Más bien dicho: traspasó a mamá con la mirada. La Virgen —nuestra Lupita— se llevó la mano a la nariz y con los dedos medio e índice le pintó un violín a mi madre.

No contenta con este insulto, la doble Guadalupe —virgen y sirvienta— le sacó la lengua a mi madre y hasta le lanzó una sonora trompetilla.

Doña Emérita pegó un grito desgarrador y cayó de bruces junto al balcón. La toqué. Estaba muerta. Sus anteojos rotos yacían al lado de la cabecita blanca. Tenía los ojos abiertos. Uno era azul. El otro, amarillo.

Agarré de la cola a la gata Estrellita y la arrojé a la calle chillando. Fue a dar entre la masa de los fieles —miles y miles— que seguían el paso de la Virgen. Los maullidos de la bestia pronto se perdieron entre los rezos de la multitud.

Mater dolorosa-Ora pro nobis.
Mater admirabilis-Ora pro nobis.

3

Florencio Corona se ocupó con diligencia de todo lo concerniente a la muerte de mi madre. Nos dispensamos de la velación. Ella ya no tenía amistades. Yo tampoco. Una esquela en la prensa era inútil. Le dije a Florencio que no quería misa.

Mamá fue trasladada al Panteón Español y de allí a la cripta familiar. Los cipreses crujían de soledad. Los candados, de hollín acumulado.

Mi pendiente no era mi madre. Era el testamento y su fatal voluntad:

—O te casas con el licenciado José Romualdo Pérez o no te toca ni un miserable peso.

¿Por qué dudé? Hasta eso había arreglado Florencio.

—Don José Romualdo, además de estar casi ciego, se ha vuelto algo distraído. Eliminé esa condición del testamento. Falsifiqué las firmas necesarias, Leti.

Lo miré con gratitud… y con asombro.

—¿Y el licenciado?

—Suspiró de alivio. Tu madre le impuso esa obligación contra su voluntad y él aceptó para hacerse de la fortuna que en realidad es tuya.

—¿Se conformó? ¿Cómo?

—Vas a tener que darle su partecita.

—Con gusto, con tal de no volver a olerlo.

—Ahora está libre. Va a casarse con la secretaria.

—¿Semejante gata? —dije espontáneamente.

—Esa mera. La piernuda de pelo laqueado. Se adoran.

Hizo una pausa "preñada", como dicen los que saben inglés. *A pregnant pause*, ah qué caray.

—Se adoran. Como tú y yo, Leti.

Nos casamos a las dos semanas del deceso. La fortuna de mi mamá era decente, nomás. La casa del Tepeyac. Unas cuantas joyas. Una billetiza de un cuarto de millón de dólares en caja bancaria y cien mil pesos en cuenta corriente.

Qué nos importaba. Florencio se mudó a la casa del Tepeyac. Allí pasamos la luna de miel.

—La fortuna nos ha sonreído, Leticia —me dijo una mañana durante sus largos aseos, más largos que los de una mujer, adoraba depilarse, hasta el pecho y las axilas, perfumarse, peinarse, primitivamente, con gomina.

—No abusemos —decía—. No había tanto dinero como pensamos. Vamos a querernos aquí. Cero luna de miel.

Y así fue. Todas las delicias del amor me fueron entregadas por Florencio, multiplicadas porque me llegaban cuando yo ya había perdido toda esperanza. Las saboreaba más porque ya no era una niña, sino una mujer de treinta y cinco años consciente de que recibía los dones del cielo con razonable madurez.

Una felicidad consciente. Esa era mi condición como señora Leticia Lizardi de Corona. Mi galán era perfecto, sexy, dúctil, perfumado, tierno, suave, atento. Tiempo le sobraba. El licenciado Pérez se había retirado a vivir con su secre, dejándole la clientela a Florencio. No había prisas. Eso me contaba él.

—Vamos a disfrutar la vida juntos, Leti. Ya retomaré el trabajo dentro de un mes.

—¿Y el servicio? —pregunté con naturalidad.

Él me imantó con su sonrisa de Benjamin Bratt que ya dije.

—¿Qué te parece si hacemos de esta casa *nuestra* casa, Leticia? Quiero decir, sólo nuestra, sin ningún intruso. Tú y yo solos. Tú y yo aquí…

Pensé alarmada en los quehaceres domésticos. Florencio me tranquilizó.

—Mereces trato de reina. No te apures.

Y es cierto. Florencio se convirtió en el servidor ideal. Sacudía el polvo, fregaba los pisos, lavaba la ropa, hacía las camas, cocinaba rico… Esto era un sueño. Una isla desierta enmedio de una ciudad de veinte millones de gentes.

—Veinte millones de hijos de la chingada —dijo un día, sorprendiéndome porque nunca le había escuchado palabrotas.

No le hice caso. —Y tú y yo, mi amor… Tú y yo, mi amor… Tú y yo a salvo.

Un mes, digo. Un mes de perfecta felicidad. El abandono. La confianza. La perplejidad. Nunca había estado con un hombre desvestido, ni los había visto sin ropa más que en una que otra película. Florencio se mostraba ante mí totalmente desnudo. Mi perplejidad venía de que se bañase tantas veces al día y se preocupase por tener un cuerpo tan liso como si fuese de mármol. Me desfasó una noche encontrarlo en el baño cuidadosamente rasurándose el vello del pubis. ¿Debía yo imitarlo? Mi instinto dijo que no, ni madres…

Más me preocupaba el olvido que la perplejidad de tantas cosas nuevas al lado de Florencio. El olvido. Mis ratoncitos y sus camadas me habían abandonado, como si adivinasen mi felicidad sin carencia alguna. La gata Estrellita había desaparecido bajo los pies de las devotas multitudes guadalupanas. La otra gata, la criada Lupita, quizás había ascendido al cielo vestida de Virgen María, *for all I cared*.

Florencio y yo, Leticia y él. Nada más.

Hasta la noche en que me despertaron los chillidos insoportables. ¿De dónde venían? Florencio dormía. Abrí la puerta de la recámara sobre el patio y lo vi invadido de ratas y ratones. Todo ese espacio, de la puerta a las caballerizas, era un hervidero, una cacofonía de roedores emitiendo chirridos de insatisfacción. Un mar de pelambres grises e incisivos blancos y culitos sonrosados y ojos ávidos, todos mirándome a mí.

Me desmayé. Florencio me recogió en la mañana y me cargó al lecho. Le conté lo que vi. Él meneó la cabeza.

—Hay una sola cosa que espanta a los ratones.

—¿Qué cosa, Florencio?

—Los gatos.

Su respuesta me dejó sin aliento.

—Necesitamos un gato.

—¡Nunca! —grité, recordando a Estrellita, a mi madre, a la tiranía insípida de ambas y me salieron palabras dignas de doña Emérita: —Recuerda que esta es mi casa.

Florencio sonrió, me besó, me dijo: —Entonces, lechuzas. Les encanta exterminar ratones.

—¿Y mis ratones amigos? —dije, sentimentalmente.

—Leticia, mi amor. Esta manada de ratas desciende de tus queridos *pets*. Tienes que escoger.

Me acarició la cabeza.

—Mejor duerme, mi amor. Estás muy alterada.

Traté. Quizás lo logré por algunas horas. Me agitaba inquieta. Adolorida porque veía en sueños a mi adorable pareja de ratones convertida en verdadera manada de ratas. Avergonzada porque desperté con las piernas abiertas, muy separadas, con mi sexo expuesto al aire y la sensación de que un enorme sexo de hombre me penetraba.

Me incorporé, decidida a ayudar a mi hacendoso marido en sus tareas domésticas. ¿Por qué me mimaba tanto? ¿Por qué me pedía: Quédate en cama. Descansa. Yo lo hago todo?

Y me guiñaba un ojo, con su encanto de *movie star*: —Todo.

¡Solterona agradecida!

Me aventuré por los espacios, tan familiares, de la casa. Evoqué, en contra de mi felicidad actual, los años de mi desgracia bajo la tiranía de mi madre y encontré a Florencio en la sala en cuatro patas, levantando con una pica las baldosas. Afiebrado, intenso.

—¡Florencio! ¿Qué haces?

No pudo evitar un sobresalto.

—Caray, no me asustes —sonrió enseguida—. Mira, estos ladrillos están muy viejos y quebradizos. Vamos a reponerlos.

—Está bien —le dije sin demasiada convicción—. Déjame ayudarte.

Una irritación inesperada brotó en la voz y en la mirada de mi esposo.

—No me haces falta —dijo con una grosería que me arrancó lágrimas y me devolvió, chillando, a la recámara nupcial.

Chillando. Por primera vez desde que nos casamos, Florencio no regresó a la cama. ¿Qué pasaba? No quería averiguarlo. Era mi culpa. Lo había irritado con mi tono posesivo, como si ahora la casa no nos perteneciera a los dos… Yo era una imprudente. No sabía tratar a un hombre. No tenía experiencia. Desde el primer día se lo dije.

—Florencio, estoy en tus manos. Enséñame a vivir.

Ya sé que esto sonaba a tango de doña Libertad Lamarque, "Ayúdame a vivir". Me arrullé, en efecto, ronroneando melodías de la Dama del Tango hasta quedarme dormida.

Me despertó, de nuevo, el chirrido múltiple del patio. Salí en camisón al corredor y vi no sólo a la masa gris de roedores agitándose en el patio, sino a la vanguardia de la ratiza subiendo, amenazante, por los primeros peldaños de la escalinata de fierro.

Grité horrorizada. Corrí descalza en busca de Florencio. Lo encontré hincado en la sala. O lo que quedaba de la sala. Todo el piso había sido levantado. El salón de mi madre parecía una de esas calles de la ciudad en estado de perpetua reparación.

—Florencio —murmuré.

Él dio un salto y tapó con ambas manos un hoyo de la sala.

Su rostro culpable era desmentido por la voz ronca.

—¿Qué quieres? ¿No te he ordenado que te quedes en tu cama?

—Florencio, quiero saber qué pasa.

Admito que esta vez me miró con ternura. —Leticia, una casa tan vieja como esta esconde muchos secretos, cuenta muchas vidas. Las casas tienen historias. A veces, no son historias amables…

—¿Vas a contarme qué es mi propia casa? Mi casa, Florencio, no la tuya… —respondí con arrogancia involuntaria.

—Desgraciada —me miró ferozmente, hincado.

—¿Desgraciada? —repetí, incrédula.

—Sí —dijo mi marido asentado sobre el piso en ruinas—. Sin gracia. Insípida. Ignorante. Escuálida. Flaca. Chaparra. Nalgas aguadas. Celulitis. Chichis de limosnera. ¿Qué más quieres saber, pendeja?

Lanzó una ofensiva carcajada. —Cabeza de chorlito. Sexo de chisguete.

Corrí confusa, amedrentada, humillada, de regreso a mi cuarto. Cerré con llave la puerta. Me arrojé llorando a la cama. Por segunda noche consecutiva me sentí poseída por un intruso invisible y el llanto fue mi canción de cuna.

Creó que soñé mi vida, tratando de urdir una trama inteligible, la muerte de mi madre, mi matrimonio con Florencio, la trampa del testamento, Florencio ocultando algo hallado bajo el piso de ladrillo de la sala, indiferente a su ridícula postura, tirado de espaldas, extendiendo las manos y los pies para ocultar algo, algo, algo escondido bajo las baldosas, ridículo y desafiante, cómico e insultante, ¿me merecía yo esto, qué había hecho mal? Como siempre, me culpé a mí misma, dejando que desfilaran por mis sueños todos los incidentes de mi vida, todos los enigmas jamás resueltos, sabiendo allí mismo que nunca sabría la verdad sobre la ausencia de mi padre, los anteojos oscuros de mi madre, sus ojos idénticos a los de la gata Estrellita, uno azul y otro amarillo, los meados compartidos de mi madre doña Emérita y de la gata doña Estrellita, la doble condición de la gata Guadalupe, criada y virgencita, el doble carácter de Florencio, tan cariñoso ayer, tan cruel hoy, poseyéndome carnal pero también espiritualmente, porque era él el invisible fantasma que me visitaba, ahora, en mi soledad de piernas abiertas... eso lo sabía... Vaya, que hasta llegué a soñar con el licenciado José Romualdo Pérez disfrutando en Cancún su luna de miel con la secretaria de los flecos tiesos y los muslos gordos... Quizás era el único feliz. Pérez. Licenciado. Engañado por Florencio. Testamento. Falso. Falsos los testigos, la taquimeca y el reaparecido zotaco de la cara y camisa moradas. Falso. Todo era falso...

Esa noche no me despertaron las ratas en el patio. Las ratas no habían logrado ascender a las habitaciones. Di gracias. Amaneció. Tenía hambre. ¿Dónde dormía Florencio? ¿Acaso soñé todos los horrores de anoche? Quería convencerme de esto. El silencio ambiente me reconfortaba. Me sentí a gusto. Nice. Entré a la cocina y pegué un grito.

Un esqueleto vestido de negro —saco, pantalón, corbata, cuello talar— estaba sentado a la cabecera de la mesa. A su lado, Florencio bebía una humeante taza de té.

—Te presento a tu padre, Leticia.

El grito se me atragantó.

—Cuando te digo que una casa antigua guarda muchísimos secretos…

Me miró con su nueva insolencia.

—¿Quieres saber la historia? Era un cura renegado, obligado a casarse para no ser fusilado durante la persecución de Calles. Escogió a tu madre por católica… y por rica. Doña Emérita no sabía quién era su marido. Cuando se enteró de que estaba casada con un sacerdote, lo envenenó y lo enterró bajo el piso de la sala.

Sorbió el café. —Tú acababas de nacer y el cura se atrevió a decir la verdad. Los huesos no huelen. Tus ratones me guiaron hasta el lugar. Ellos sí tienen el instinto de hallar huesos viejos… Huesos, pero no dinero…

Soltó una carcajada mirando mi cara de idiota.

—Cuando te cuento que una casa vieja está llena de viejas historias…

Salí corriendo de regreso a mi refugio, a mi recámara.

Oí la voz burlona de mi marido desde el comedor:

—Hay más sorpresas, Leti. Prepara tu ánimo. Esta es sólo la primera…

Un gruñido feroz me recibió en el corredor.

Por el patio se paseaba con pisadas silenciosas, pero con amenaza en cada movimiento, un leopardo blanco, blanco como la detestada Estrellita, un leopardo infame, con un ojo azul y otro amarillo, dirigiéndome miradas brutas, temibles pero idiotas, cerradas a todo acercamiento doméstico, inmune a toda caricia, un leopardo de fuerza sinuosa, musculatura invencible, nariz corta y concentrada para olerlo todo, desgajado de sus hábitos nocturnos para sorprenderme de mañana, dueño de una garganta profunda que le permite rugir, rugir como lo hace ahora, encaminándose a la escalera del patio, subiendo lentamente, sin dejar de rugir, a mi acecho, a sabiendas de que no tengo dónde esconderme, de que tumbará cualquier puerta con su bruto poder, de que acaso vamos a morir juntos porque el centro del patio estalla en llamas —es mi único consuelo, que la maldita casa se incendie.

Miró hacia la puerta cochera de la casa como si, naturalmente, buscase la salida.

Allí están los dos, Florencio mi marido y Guadalupe La Chapetes. Me miran. Se abrazan. Se besan sólo para humillarme. No. Me equivoco. Avanzan tomados de las manos al centro del patio donde las llamas arden.

No me hablan a mí mientras se acercan al fuego. Él todo verde, cubierto de ramas y hojas que salen de sus orejas pero no logran esconder el bosque de vello animal renacido en todo su cuerpo tan esmeradamente rasurado. Ella con su hábito de virgen, el mismo con que la vimos pasar bajo el balcón de mi madre el 12 de diciembre, pero ahora con un rótulo penitenciario colgándole entre los pechos con la leyenda

SOY LA MUJER ANÓMALA

Los dos se acercan a las llamas hablando con voces muy serenas que llegan claramente a mi persona inmovilizada en el pasillo por la cercanía del leopardo guardián.

Florencio: —Viene el solsticio de invierno. El sol se pone temprano.

La Lupe: —¿Dónde estás, Florencio Corona?

Florencio: —A Florencio Corona lo quemaron vivo en el gran Auto de Fe de la Ciudad de México.

La Lupe: —El 11 de abril de 1649.

Florencio: —Lo llevaron amordazado a la hoguera para no escuchar sus blasfemias.

La Lupe: —Lo llevaron en una canasta para que sus pies impuros no tocaran la tierra de la Ciudad de México.

Florencio: —Vinieron carruajes. Llegaron gentes de mil kilómetros a la redonda. Hubo trompetas y tambores.

La Lupe: —A ver la muerte en la hoguera de Florencio Corona, víctima de la Santa Inquisición.

Florencio: —¿Éramos herejes? ¿Éramos culpables?

La Lupe: —No. Éramos judíos. Nos acusaron y nos condenaron para expropiarnos nuestros bienes. Fuimos víctimas de la codicia eclesiástica.

Florencio: —Esta casa. Esta vieja casa.

La Lupe: —Nuestra casa del Tepeyac, vecina al altar de la Virgen.

Florencio: —La mujer anómala. Tú. Quemada hace tres siglos.

La Lupe: —Judíos conversos. Nos acusaron para confiscarnos.

Florencio: —Bastaba acusar para no regresar a la casa.

La Lupe: —Ahora sí. Hemos regresado. El fuego nos purificará una vez más.

Y los dos entraron, tomados de las manos, a las llamas.

4

Ellos han tomado la casa. Aparecen y desaparecen. Comentan cosas que no entiendo. Dicen que el Diablo es el polvo de la ciudad. Dicen que las armas del Diablo son la esperanza y el miedo. Dicen que primero estaba prohibido creer en las brujas y los endemoniados. Recuerdan que fue la Iglesia la que obligó a creer en ellos y castigarlos. Dicen que destruimos las viñas y matamos a los fetos en los vientres de sus madres.

Sólo de vez en cuando Florencio se acerca a mí, recobrada su pelambre, con aliento sulfuroso, para decirme:

—Las fuerzas del infierno son impotentes. Necesitamos la agencia humana.

Y otras veces: —Es cierto que te engañamos. Ahora deja que te protejamos, Leticia.

Ella, La Lupe, es más cruel: —Te vamos a hacer lo que nos hicieron a nosotros.

Aparecen. Desaparecen. Se ven en la oscuridad. La luz del día los vuelve invisibles. Pero yo sé que siempre están allí.

Me obligan a hacer la limpieza. Me dan de comer carnes crudas de animales desconocidos. Bailan desnudos en el patio bajo las granizadas. A veces él se afeita completamente pero al poco tiempo vuelve a tener vello de animal en todas partes. Ella nunca se quita el manto virginal ni el sambenito SOY LA MUJER ANÓMALA.

Él a veces se acerca a mí, sobre todo cuando estoy humillada fregando el piso, y me explica a medias algunas cosas. Él y ella andan rondando esta casa desde el Auto de Fe de 1649. Entran y salen. No depende de ellos. A veces hay fuerzas que no los dejan entrar. Otras veces, hay debilidades fácilmente vencibles. Mi madre parecía una vieja tiránica, grosera, frágil. No. Esto me lo dice él. Era muy fuerte. Su fe era auténtica. Era capaz de matar por su fe. Una cosa era la apariencia de su vida cristiana superficial y hasta grotesca, y otra la realidad profunda de su relación con Dios.

—Eras su hija. ¿Nunca te diste cuenta de algo tan claro?

Negué con la cabeza perpetuamente baja.

—Tu madre se disfrazaba detrás de su beatería y su intolerancia. Pero nosotros —Guadalupe y yo— no podíamos vencerla. Bajo la superficie tenía la voluntad de la fe. Era invencible por eso. Era sagaz. Se hacía acompañar de una bestia asociada al Demonio. Su gata Estrellita era un súcubo infernal que la protegía de nosotros.

—¿Mamá los conocía a ustedes?

—No. Nos sospechaba. Se pertrechaba con nuestras propias armas. Nos obligaba a escondernos, a espiarla, a fingir. La farsa de la Guadalupe la venció. Entendió que nosotros entendíamos y sólo esperábamos. Su fe era sobrenatural, mágica. Se defendía con las armas del Diablo.

—¿Y ustedes, tú y la gata…?

Me puso el pie sobre la mano. Aguanté el dolor.

—La Lupe. ¿Son judíos, por eso los quemaron?

—No. Nos quemaron para quitarnos nuestras riquezas.

—Por judíos. Por codicia. Sin razón.

—No. Tenían razón. Perseguidos, sólo teníamos un aliado. El Demonio.

A veces, cuando lo siento de buenas, le pregunto, ¿qué necesidad tenía de desenterrar el cadáver de mi padre, vestirlo y sentarlo a la cabecera de la mesa?

No se enoja, porque mi pregunta le da la oportunidad de actuar. Arquea la ceja. Sonríe como villano de cine elegante. George Sanders.

—Ya te lo dije. Una casa tan vieja como ésta guarda muchos misterios. Lo de tu padre fue, ¿cómo te diré?, un antipasto, un *hors d'oeuvre…*

Sonrisa cínica, seductora, adorable.

—Para irte acostumbrando al misterio, querida.

Me atreví: —¿Para qué me quieren?

Él frunció el ceño pero no contestó.

—Si los dos, tú y la Lupe, se bastan…

Me atreví: —Déjenme irmc. Prometo guardar silencio.

Entonces me dio una bofetada feroz y salió de la recámara.

Esperó a que me despertara el rumor de los ratones en el patio. Me arrebató la cobija y me puso de pie a la fuerza, arrastrándome a lo alto de la escalera. Miré el correteo feroz de los roedores. Los fue señalando con un dedo índice verdoso, de larga uña negra…

—Relapso de memoria y fama condenadas… Muerto en la hoguera… Impenitente, diminuto, ficto y simulado aconfidente… Juana de Aguirre, mujer casada, que dijo que no era pecado tener acceso carnal con una comadre del Diablo… Manuel Morales, gran judío dogmatista, relajado en estatua por el Santo Oficio… Luis de Carvajal, condenado a ser quemado vivo, convertido para evitar el rigor de la sentencia…

Grité de horror y me sentí yo misma embrujada por la crueldad. Florencio me miró con sorna.

—Hubo caridad también, Leticia. A los reconciliados los llevaron a cárcel perpetua, casa capacísima, donde cumpliesen sus penitencias a vista de los inquisidores. Viven reclusos en esta casa, no derramados por la ciudad. Viven en esta cárcel separados los unos de los otros…

Indicó con el dedo a las ratas corretonas.

—Míralas, Leticia. Allí va María Ruiz, morisca de las Alpujarras, por haber guardado en México la secta de Mahoma… Allí va José Lumbroso, incauto descubierto por no comer tocino, manteca y cosas de puerco, hasta confesar que era burla decir que el Mesías era Jesucristo, a quien llamaba Juan Garrido, y a la Virgen María, Juana Hernández, blasfemos ambos, que no tenían a Jesucristo por Mesías, sino que lo esperaban… Y yo, Florencio Corona, llamado iluso del Demonio que me traía engañado porque yo sabía cosas que sólo el Demonio pudo haberme enseñado…

—¿Y ella? —pregunté angustiada.

—La sorprendieron —gimió Florencio, mirando al cielo—. Yo se lo pedí. Ella me amaba. *Anima enim qui incircucissa fuerit, delebitur de libro viventum*, la descubrieron circuncidándome para salvarme y nos quemaron a los dos…

—¿Y yo? —tuve que imitar su gemido.

Soltó la carcajada.

—A veces —dijo— se nos acaban las fuerzas. Entonces tú debes renovarnos. Cuando te lo ordene, tú debes atarnos a la estaca en el patio, juntar la leña a nuestros pies y prendernos fuego…

—¿Y si no quiero? —exclamé rebelde, estúpida, vencida de antemano.

—Hay ratas. Hay un leopardo. No tienes salida.

Sentí que se esfumaba ante mi mirada.

—Míralos —dijo la voz que se alejaba—. Tienen nombre. Fueron hombres y mujeres. Nos sacrificamos por ellos. Dependen de tu caridad… Siguen vivos porque nosotros morimos de tarde en tarde… Sé buena, Leticia, caritativa, misericordiosa, como fuiste educada, mi amor…

Busco salidas. Es inútil. Las puertas están atrancadas. Las ventanas, tapiadas. El leopardo me vigila, me sigue por doquier con un ojo amarillo y otro azul.

Logro escribir estas hojas a escondidas.

Las tiro a la calle por una rendija del balcón.

Ojalá que alguien las lea.

Ojalá que alguien me salve.

La pareja de ratoncitos ha regresado a acompañarme.

La buena compañía

A Enrique Creel de la Barra,
For old time's sake

1

Antes de morir, la madre de Alejandro de la Guardia le advirtió dos cosas. La primera, que el padre del muchacho, Sebastián de la Guardia, no había dejado más herencia que este apartamento *délabré* en la Rue de Lille. Era algo. Pero no bastaba para vivir. Podía seguir alquilándolo. Ser rentista era vieja ocupación de la familia. Nada grave u ofensivo en ello.

El problema era las tías. Las hermanas de la mamá de Alejandro. Los abuelos De la Guardia habían huido de México a los primeros estallidos de la Revolución, confiados en que expropiadas sus haciendas pulqueras por la reforma agraria zapatista, de todos modos vivirían bien en Europa gracias a sus oportunas inversiones allí. Propiedades inmobiliarias, valores financieros, objetos… Cosas.

—Tu padre era un botarate. Fue uno de esos niños aristócratas que se asimilaron a Francia aunque nunca perdieron el temor de ser vistos como *metecos*, extranjeros indeseables en el fondo, sólo aceptados porque tenían —y gastaban— dinero.

La ruina empezó con el abuelo, decidido a que los europeos lo aceptaran si ofrecía grandes saraos, extravagantes fiestas de disfraces, noches de ballet ruso, vacaciones en yate… Disipó la mitad de la fortuna pulquera en veinte años locos y alegres.

El padre de Alejandro se encargó de tirar al aire la otra mitad. Llegó un momento en que sólo tenía un montoncito de centenarios de oro. La señora De la Guardia, madre de Alejandro, veía con resignación cómo el altero de monedas, cual fichas de casino en manos de un *croupier* deshonesto, iba disminuyendo.

—El día que se acabaron las monedas, tu padre ambuló desesperado por las calles. Lo encontraron muerto en la mañana. Al menos, tuvo esa decencia…

Doña Lucila Escandón de De la Guardia puso en arrendamiento la casa de la Rue de Lille, vecina al Palacio de Beauharnais, y encontró una mansarda de tres piezas detrás de la Place St. Sulpice. Dio cursos de cocina exótica y crió a Alejandro, huérfano de padre a los nueve años de edad. Ahora, agotada, ensimismada, casi siempre silente como si la tristeza le hubiese secuestrado las palabras, doña Lucila recibió el aviso mortal —un mes, dos a lo sumo— y decidió hablar para decírselo y dar instrucciones finales a su hijo Alejandro, producto casi heroico del sacrificio materno, aprobado con lauros en el implacable examen de bachillerato, impedido de seguir una carrera, empleado secundario de la Oficina de Turismo del gobierno mexicano, dueño de un castellano perfecto que su disciplinada madre le había enseñado con rigor —"la letra con sangre entra"—, resignada de tiempo atrás a adaptarse y trabajar con los representantes de la Revolución aunque negándoles trato social y menos, íntimo.

Fue su segunda advertencia.

—En México viven tus viejas tías, mis hermanas mayores. Ellas se las arreglaron para salvar propiedades, tener divisas en bancos norteamericanos y, me sospecho, esconder joyas en su casa. Siempre vieron con irritación y desprecio los despilfarros de tu padre. Jamás me ayudaron. "¿Para qué te casaste con ese manirroto?", me recriminaron.

La señora suspiró como si contara las gotas de aire que le quedaban en los pulmones condenados.

—¿Qué me propones, madre? ¿Que viaje a México y seduzca a las tías para que me hereden?

—Exactamente. No tienen a nadie más en la vida. Se quedaron a vestir santos. Engráciate con ellas.

Doña Lucila hizo una pausa en la que no se distinguía la necesidad de reposo de la atención instructiva.

—Son unas solteronas rencorosas.

—¿Cómo se llaman?

—María Serena y María Zenaida. No te dejes engañar por los nombres, hijo. Zenaida es la buena y Serena la mala.

—Quizás con el tiempo han cambiado, mamá.

—Sería un milagro. Las recuerdo de niña. Me torturaban, me ataban de pies y manos, me acercaban cerillos encendidos a los pies desnudos, me encerraban en el clóset…

Alejandro sonrió. —Quizás la edad las ha pacificado.

—Árbol que crece torcido —murmuró doña Lucila.

Alejandro volvió a sonreír. Una sonrisa "moderna", natural en él, ajeno a los agravios propios del Nuevo Mundo.

—Trataré de caerles bien a las dos.

—Inténtalo, Alejandro. Con la renta de la casa y el sueldito de la oficina, nunca pasarás de perico perro…

Ella le acarició la mejilla. —*Mon petit choux.* Te voy a extrañar.

Alejandro sonrió aunque estas fueron las últimas palabras de su madre.

2

Es que él era un hombre joven y simpático. Se lo decía la gente. Se lo decía el espejo. Cabellera cobriza y rizada. Tez canela. Nariz recta. Ojos amarillentos. Boca inquieta. Mentón sereno. 1.79 de estatura. Setenta kilos de peso. Un guardarropa reducido pero selecto. Manos de pianista, le decían. Dedos largos pero no ávidos. Novias de ocasión. Más invitado que disparador. El primo de América, sí. El *meteco* aceptado con una cordial sonrisa de patronazgo.

Muerta doña Lucila, Alex pensó que nada lo detenía en Francia. El empleo le disgustaba, la renta de la Rue de Lille era modesta, las novias, pasajeras sentimentales… México, las tías, la fortuna. Ese era el horizonte que le excitaba.

Escribió a las tías. Había muerto doña Lucila. Era lo único que lo retenía en Francia. Quería, después de tantos años de destierro hereditario, regresar a México. ¿Podía vivir con ellas mientras se ubicaba?

Incluyó en la carta una fotografía de cuerpo entero, para que no hubiera sorpresas. Recibió dos cartas por separado. Una de María Serena Escandón y otra de María Zenaida del mismo apellido. Pero ambas lo recibirían con gusto. Ambas cartas eran idénticas.

"Querido sobrino. Te esperamos con gusto."

¿Por qué no firmaban las dos la misma y única carta? ¿Por qué dos cartas? Alejandro decidió no perturbarse por este misterio. Ni por otro cualquiera que lo esperase. Las tías eran dos ancianas excéntricas. Alex decidió inmunizarse de antemano ante cualquier capricho de las señoritas.

En el aeropuerto lo esperaba un taxista portando un letrero con el nombre "Escandón".

—¿Es usted? Me dijeron por teléfono que viniera a recibirlo.

El taxi del aeropuerto lo dejó frente a una vieja casa de la Ribera de San Cosme. Acostumbrado a la perfecta simetría del trazo parisino, el caos urbano del Distrito Federal lo confundió primero, lo disgustó enseguida, lo fascinó al cabo. México le pareció una ciudad sin rumbo, entregada a su propia velocidad, perdidos los frenos, dispuesta a hacerle la competencia al infinito mismo, llenando todos los espacios vacíos con lo que fuese, bardas, chozas, rascacielos, techos de lámina, paredes de cartón, basureros pródigos, callejuelas escuálidas, anuncio tras anuncio tras anuncio…

Las puntuaciones de la belleza —una iglesia barroca aquí, un palacio de tezontle allá, algún jardín entrevisto— daban cuenta de la profundidad, opuesta a la extensión, de la Ciudad de México. Esta era también —Alejandro de la Guardia lo sabía gracias a su hermosa, inolvidable madre— una urbe de capas superpuestas, ciudad azteca, virreinal, neoclásica, moderna…

Por todo ello dio gracias de que la casa donde lo depositó el taxi fuese antigua. Indefinidamente antigua. Dos pisos y una fachada de piedra gris, elegante, descuidada —elegantemente descuidada, se dijo Alex— en la que faltaba una que otra loseta, el todo coronado por una azotea plana ya que los techos, se dio cuenta, no existían, en el sentido europeo, en la Ciudad de México. Lo vio desde el aire. Azoteas y más azoteas sin relieve, muchos tinacos de agua, ningún techo inclinado, ninguna mansarda, ni siquiera las tejas coloradas del lugar común hollywoodense…

Una casa de piedra gris, severa. Tres escalones para llegar a una puerta de fierro negro. Dos ventanas enrejadas a los lados de la puerta. Y dos rostros asomados entre las cortinas de cada una de las ventanas. Alejandro tomó las maletas. El taxista le advirtió:

—Me dejaron dicho que por favor entrara por la puerta de atrás.

—¿Por qué?

El taxista se encogió de hombros y partió.

María Serena y María Zenaida. Nunca vio fotografías actualizadas de las dos hermanas de su madre. Sólo fotos de niñas. No podía saber, en consecuencia, cuál de las dos era la señora vieja, bajita y regordeta que le abrió la puerta trasera.

—Tía —dijo Alex.

—¡Alejandro! —exclamó la señora—. ¡Cómo no te iba a reconocer! ¡Si eres el vivo retrato de tu madre! ¡Jesús me ampare! ¡Benditos los ojos!

Alex se inclinó a darle a la mujer un beso en la mejilla coquetamente coloreada. Ella le murmuró al oído como si se tratara de un secreto:

—Soy tu tía Zenaida.

Su pelo era completamente blanco, pero la piel permanecía fresca y perfumada. En verdad, olía a jabón de rosas. Usaba un vestido floreado, con cuello blanco de piqué, como de colegiala. Falda larga hasta los tobillos. Zapatos blancos con tacón bajo, como si temiese caerse de algo más elevado. Y lucía tobilleras, blancas también, como de colegiala.

—Entra, entra, muchacho —le dijo con risa cantarina al joven—. Estás en tu casa. ¿Quieres descansar? ¿Prefieres ir a tu recámara? ¿Te preparo un chocolatito?

La señorita hizo un gesto de invitación. Estaban en la cocina.

—Gracias, tía. El viaje desde París es pesado. Quizás puedo descansar un rato. Conocer a la tía María Serena. Quisiera invitarlas a cenar fuera…

Alejandro prodigaba sus sonrisas.

La tía iba perdiendo las suyas.

—Nunca salimos de la casa.

—¡Ah! Entonces saludaré a su hermana y luego…

—No nos hablamos —dijo María Zenaida con facciones de inminente puchero.

—Entonces… —Alex extendió las manos, resignado.

—Nos dividimos la sala —dijo cabizbaja la tía María Zenaida—. Ella recibe de noche. Yo de día. Déjame mostrarte tu recámara.

Volvió a sonreír.

—¡Niño de mis amores! Siéntate en tu casa. ¡Jesús nos guarde!

3

La habitación que le reservaron en la parte trasera de la planta baja daba a ese parquecillo público descuidado donde algunos niños de nueve a trece años jugaban futbol. Más allá divisó el paso de un tren y escuchó el largo pitido de la locomotora.

Echó un vistazo a la recámara. Lujosa no era. La cama era más bien un catre. Las paredes estaban desnudas, con excepción de un viejo calendario con fecha de quince años atrás y la reproducción de los volcanes, Popocatépetl e Iztaccíhuatl, encarnados en una mujer dormida y un guerrero que la vigila. La silla era de asiento de madera y formaba un todo con el pupitre escolar que Alex abrió para encontrarlo vacío.

El baño adyacente tenía lo indispensable, tina, retrete, lavabo, espejo…

En la recámara, una cortina se corría para revelar un improvisado clóset de donde colgaban media docena de ganchos de alambre.

Alex hubiese querido deshacer cuanto antes su maleta. El cansancio lo venció.

Eran las seis de la tarde y cayó rendido en el catre. No sabía dormir en los aviones y jamás había hecho un viaje tan largo como este, trasatlántico.

Despertó alarmado dos horas más tarde. Acudió al bañito contiguo a la recámara, se echó agua en la cara, se peinó, se ajustó la corbata y se puso el saco.

Salió a saludar a la tía María Serena, consciente de que ella *recibía* a esta hora.

La señora estaba rígidamente sentada en el centro de un sofá igualmente tieso que ocupaba como si fuese un trono. La sala era iluminada por velas.

La tía lo esperaba —esa impresión le dio— inmóvil, apoyando ambas manos sobre la cabeza de marfil —era un lobo— de su bastón. Vestida toda de negro, con una falda tan larga como la de su hermana María Zenaida, que le cubría hasta las puntas los botines negros. Usaba una blusa de olanes negros también, un camafeo como único adorno sobre el pecho y un sofocante negro alrededor del cuello.

El rostro blanco rechazaba cualquier maquillaje: el ceño entero lo decía a voces, las frivolidades no son para mí. Sin embargo, usaba una peluca color caoba, sin una sola cana y mal acomodada a su cabeza. Su única coquetería —pensó Alex reprimiendo la sonrisa— eran unos anticuados *pince-nez* —quevedos en castellano, tradujo, obedeciendo a su madre muerta, Alejandro—, esos lentes sin aro plantados con desafío sobre el caballete de la nariz. Alejandro, abonado a la Cinemateca Francesa de la Rue d'Ulm, los asoció con los lentes rotos y sangrantes de la mujer herida en los escalones de Odessa del *Acorazado Potemkin*…

—Buenas noches, tía.

Ella no contestó. Sólo movió imperialmente una mano indicando el asiento apropiado a Alex.

—Voy al grano, sobrino, como es mi costumbre. Nos distanció de tu madre su errada decisión de casarse con un manirroto como tu padre. Cuando la Providencia te da los bienes de su cornucopia afrentas a Dios dilapidándolos. Sufrimos por tu madre, déjame decirte. Nos dio gusto saber que venías a vernos.

—El gusto es todo mío, tía Serena.

—Desconozco tus proyectos…

—Quiero trabajar, quiero…

—No te apresures. Toma tu tiempo. Estás en tu casa.

—Gracias.

—Pero observa nuestras reglas. Te soy franca. Mi hermana y yo no nos llevamos bien. Caracteres demasiado opuestos. Horarios distintos. Entiende y respeta.

—Pierda usted cuidado.

—Segunda regla. Nunca entres o salgas por la puerta principal. Usa sólo la puerta trasera al lado de tu recámara, sobre el jardincillo público. Sal de la cocina al jardín.

—Sí, ya lo noté.

—Que nadie te vea entrar o salir.

—¿Horarios de comida? —dijo Alex para cambiar un tema que le resultaba enojoso.

—Comida a las dos. Tú y mi hermana. Merienda a las ocho. Tú y yo.

—¿Y el desayuno? Digo, no se preocupe. Estoy acostumbrado a hacérmelo yo mismo.

—*Tú* no te preocupes, niño —ella sonrió por vez primera—. Panchita viene a las seis de la mañana a hacer el aseo y preparar las comidas. Te advierto. Es sordomuda.

Me miró, realmente, con cuatro ojos, como si los lentes tuvieran vida aparte de la mirada miope.

Se levantó.

—Y ahora vamos a cenar tú y yo. Cuéntamelo todo.

Era una cena fría dispuesta en la mesa de un comedor sombrío iluminado, como la sala, sólo por candelabros. La tía iba a servirse las carnes —jamón, rosbif, pechugas de pollo— cuando Alex se le adelantó y le sirvió el plato.

—Vaya con el caballerito —volvió a sonreír María Serena—. Y ahora, cuéntame tu vida.

4

Alex durmió profundamente y se levantó temprano. Se aseó y fue a la cocina. Panchita ya tenía hervido el café de olla y listo un plato de pan dulce. Alex la saludó con una inclinación de la cabeza. Panchita no le respondió. Era una india seca, de edad indeterminada, con el pelo resueltamente negro, jalado hasta formar un chongo en la nuca. Alex sorprendió una sonrisa cuando la sirvienta se acercó a calentar tortillas en un viejo brasero. Panchita no tenía dientes y quizás por eso y por ser muda mantenía la boca cerrada. Era baja, igual que sus patronas, pero enteca, correosa.

Alex la miró con ojos sonrientes. Ella le contestó con una mirada de tristeza y resignación. Se lavó las manos. Se quitó el delantal. Se cruzó el pecho con el rebozo. Abrió la puerta trasera. Se volteó y miró al hombre joven con una insondable cara de alarma y advertencia. Salió. Alex se quedó bebiendo el café y mirando hacia el parque público donde los niños jugaban futbol.

De las tías, ni señas.

Alex salió al parque, dio la vuelta a la casa y encontró la calle principal, la Ribera de San Cosme.

Notó un gran abandono. Ya no había casas viejas, como la de las tías. Lo llamativo era que los edificios que podían suponerse "modernos" mostraban ventanas sin vidrios o con vidrios rotos, paredes cuarteadas, puertas obstruidas por bolsas negras llenas de basura, puertas que invitaban a penetrar largos patios flanqueados por dos pisos de habitaciones. Entró a una de ellas.

Las mujeres recargadas en los pasillos con barandales de fierro lo miraron con indiferencia. O quizás no lo miraron.

Otra vez afuera, comenzó a distinguir el ajetreo citadino, el paso de transeúntes y de automóviles, los comercios baratos —ferreterías, lencerías, misceláneas, dulcerías, tiendas perfumadas de queso y leche.

Gente ocupada. Nadie volteaba a verlo. Intentó saludar.

—Buenos días.

Nadie le respondió. Miradas esquivas.

Regresó a la casa por la parte indicada. La puerta trasera.

María Zenaida estaba en la cocina, preparando el almuerzo.

—Niño de mis ojos —le plantó un beso en la frente—. ¿Qué vas a hacer hoy?

—Bueno —caviló Alejandro—. No conozco la ciudad. Quizás empiece por hacer turismo.

Sonrió. Ella no le devolvió la sonrisa.

—La ciudad se ha vuelto muy peligrosa, Alejandro. No camines. Puede pasarte alguna desgracia.

—Tomaré un autobús. Un taxi.

—Te pueden secuestrar —Zenaida cortaba minuciosamente los tomates, las cebollas, las zanahorias en una tablita.

Rió. —Nadie pagaría el rescate.

—Eres muy distinguido. Bien vestido. Guapo. Pareces riquillo.

—¿Quiere usted que me ponga jeans y una sudadera para disimular?

—Seguirías siendo bello. De raza le viene al galgo.

—No exagere, tía.

—Deseable —dijo con los ojos llenos de lágrimas.

—¿Me deja ayudarla? Las cebollas…

—Ya sé —sonrió la tía y negó con la cabeza.

Alex esperó sin nada que hacer, recostado en la cama, hasta las dos de la tarde, cuando bajó a comer con la tía María Zenaida.

Esta vez, el plato único estaba servido. Una sopa de verduras abundante.

—Alex. Cuando termines de comer, sal a darte una vuelta.

—Ya salí en la mañana. No vi nada de interés, tía. Además, usted misma me advirtió que…

—No me hagas caso. Soy una vieja collona.

—Bueno, con mucho gusto me daré una vuelta.

—¿Sabes? —la tía levantó la mirada del plato—. Los vecinos creen que nadie vive aquí. Como nosotras nunca salimos…

—Querida tía. Yo soy su huésped —dijo Alex cortésmente—. Dispongan de mí. Usted y su hermana.

—Ay chiquilín, no sabes lo que dices…

—¿Perdón?

—Muéstrate en la calle. Que crean que alguien… que nosotras… seguimos vivas…

Alex hizo cara de sorpresa.

—¿*Siguen*, tía? ¿Alguien cree que están muertas?

—Perdón, Alejandro. Quise decir, que estamos vivas…

—No la entiendo. ¿Quiere que salga para que la gente crea que usted y su hermana están —o siguen— vivas?

—Sí.

—Entonces, ¿por qué me obligan a salir por la puerta de la cocina? Así, nadie se va a enterar…

Zenaida bajó la cabeza y se soltó llorando.

—Todo esto me confunde terriblemente —sollozó—. Serena es más inteligente que yo. Que te lo explique ella.

Se levantó intempestivamente y se fue dando saltitos, como una conejita.

Alex leyó toda la tarde. Este inesperado arribo a un país y a una casa nuevos y sin exigencias inmediatas de trabajo era oportunidad delectable para leer y él traía consigo, como un cordón umbilical que lo ligaba a París, las *Confesiones de un hijo del siglo* de Alfred de Musset. La educación francesa le permitía, gracias a Musset, entrar a una época romántica, postnapoleónica, que Alejandro de la Guardia, en secreto, hubiese querido vivir. Fantasiosamente se imaginaba vestido, peinado, ajuareado como un dandy de la época. Leía:

Quand la passion emporte l'homme, la raison le suit en pleurant et en l'avertissant du danger: mais dès que l'homme s'est arrêté… la passion lui crie: "Et moi, je vais donc mourir?"

Esa excitación pasional ya no existía en Francia. Seguramente, en México tampoco. Alejandro de la Guardia reiteró su única certidumbre juvenil: la resignación.

Sí, en Musset se encontraba la mejor recreación de una época. Pero Alex también traía, para alternar lecturas —era costumbre suya— una edición de bolsillo de *La vérite sur Bébé Donge* de Simenon. Musset le daba el pecho a su tiempo, para el amor y para la guerra. Simenon miraba por una cerradura al suyo. Alex se sintió un poco hijo de ambos.

Salió a las ocho a cenar con la tía Serena. Es decir, pasó de la recámara junto a la cocina al comedor donde lo esperaba ya, sentada a la cabecera, la vieja tía. Le sirvió a Alejandro, apenas tomó asiento el sobrino, una taza de chocolate espeso y humeante. Un platón de pan dulce completaba la merienda. Quizás el joven esperaba una cena más abundante y su mirada decepcionada no escapó a la atención de la tía.

—Esto es lo que en México llamamos una merienda, sobrino. Una cena ligera para dormir ligero. Estamos a más de dos mil metros de altura y una cena pesada te daría, perdón, *pesadillas*.

Alex sonrió cortésmente. —Seguiré la costumbre del país, *comme il le faut*.

Serena lo miró severamente, como si esperase una pregunta que no llegaba.

—¿Nada más? —dijo la tía.

Alex leyó la mirada y recordó.

—Ah sí, doña Zenaida me repitió que debía entrar y salir por la puerta trasera, nunca por la principal.

—Así es —Serena sopeó una campechana en el chocolate.

—Me dijo también que debía mostrarme en la calle.

La imitó. Pan y chocolate.

—Para que crean que ustedes están vivas.

Las palabras le salieron con dificultad. Doña Serena tragó con energía el pedazo de bizcocho.

—Mi hermana se expresa mal. Pobrecita. Cuando dice "para que crean" que estamos vivas, sólo quiere decir "vivas" en el sentido de "la casa no está deshabitada". Es todo.

Alex insistió. El bachillerato francés es racional y metódico.

—Entonces, ¿para qué quieren que entre y salga a escondidas, por atrás, evitando la puerta principal?

La vieja le miró multiplicadamente. Es decir, le observó con sus anticuados quevedos y detrás de ellos nadaba su mirada miope, pero detrás de ésta se asomaba otra más, la mirada de su alma, se dijo el joven, aunque era de tal modo una mirada sombría e insondable que él hubiese querido asomarse, por un segundo, al espíritu de esta mujer.

—Es un enigma —dijo Serena cuando deglutió la campechana.

Alex sonrió socialmente. —Los enigmas suelen ser tres en los cuentos, doña Serena. Y el que los resuelva, al cabo recibe un premio.

—Tú tendrás el tuyo —dijo con una sonrisa desagradable la vieja.

Alex no durmió bien esa noche, a pesar de la "ligera merienda". Le bastó un día en la casa de la Ribera de San Cosme para que la imaginación diera el paso de más que nos obliga a preguntarnos ¿dónde estoy?, ¿qué hay en esta casa?, ¿normalidad, secreto, miedo, misterio, alucinaciones mías, razones que escapan a las mías?

Era como si cada una de las tías, cada una por su lado, le hubiese susurrado al oído "¿Qué prefieres en nuestra casa? ¿Normalidad, secreto, miedo, misterio?"

Cerró los ojos y regresó a su mente la palabra "pesadilla". Se le quedó en la cabeza más que nada por *fea*. *Cauchemar* es una bella palabra, también *nightmare*. Pesadilla indicaba indigestión, malos humores, enfermedad… Palabra malsana.

—¿Qué prefieres en nuestra casa? Normalidad, secreto, miedo, misterio…

Alex cerró los ojos.

—Que suceda lo que suceda.

Y añadió, casi como en un sueño:

—Escoger es una trampa.

5

Zenaida se presentó a la hora del desayuno en la cocina, minutos después de que Pancha la india se fuese… Alex no oyó ni a la una ni a la otra. Sonrió saboreando los huevos rancheros. Aquí todas se movían de puntitas, casi como en el aire. Él, como para corroborar su idea, pegó duro con los tacones sobre las baldosas de la cocina. Algo se quebró. Este piso de frágiles baldosas no resistió. El fino ladrillo se había roto. Alex sintió culpa y se agachó para unir las mitades quebradas.

Fue cuando entró doña Zenaida sin hacer ruido.

—Chamaquito de mi corazón, ¿qué haces allí en cuatro patas?

Alex levantó, sonrojado, la mirada.

—Creo que cometí un estropicio.

Zenaida sonrió. —Todos los niños rompen cosas. Es normal. No te preocupes.

Señaló con la mano hacia el jardín polvoso, donde los muchachos jugaban futbol.

—Míralos. Qué felices. Qué inocentes.

Pero no los miraba a ellos. Miraba al sobrino.

—¿No se te antoja salir a jugar con ellos?

—¡Tía! —exclamó Alex con fingida sorpresa—. Ya estoy muy grandecito.

—¿Los niños grandes no juegan futbol?

—Bueno —Alex recobró la calma—. Sí. Claro que sí. Pero generalmente son profesionales.

—¡Ay, santo mío! —suspiró la vieja—. ¿Nunca sientes ganas de salir a jugar con los niños?

Alex reprimió la respuesta irónica que ella no hubiera entendido. En esta época de pedófilos… La inocente mirada de la tía Zenaida le vedaba al sobrino bromas e ironías.

—Creo que debo pensar seriamente en encontrar trabajo.

Ella acercó la cabecita blanca al hombro de Alex.

—No hay prisa, mocosito. Toma tu tiempo. Acostúmbrate a la altura…

Alex casi rió al escuchar esta razón. La siguiente le borró la sonrisa.

—Estamos tan solas, tu tía Serena y yo…

Alex le acarició la mano. No se atrevió a tocarle le cabeza.

—No se preocupe, tía Zenaida. Todo a su debido tiempo.

—Sí, tienes razón. Hay tiempo para todo.

—Tiempo para vivir y tiempo para morir —citó Alex con una sonrisa.

—Y tiempo para amar —suspiró la tía, acariciando la cabeza de Alex.

La tía se retiró. Se volteó antes de cruzar la puerta y le dijo al sobrino "adiós" con los dedos de una mano, juguetona y regordeta.

Alejandro de la Guardia se quedó cavilando. ¿Qué iba a hacer el día entero? No podía alegar más la excusa del *jet-lag*. Y las palabras de la tía Zenaida —"tiempo para amar"—, lejos de tranquilizarlo, le producían una leve inquietud. Casi la zozobra. Después de todo, él era un extraño —para las tías, para la casa, para la ciudad— y acaso ellas tenían razón, él debía salir a la calle, ambientarse, saludar a la gente, jugar futbol con los niños del parque...

Pero sólo debía salir por la puerta de atrás para que la gente supiera que las señoritas Escandón "seguían vivas", es decir, enmendando a doña Zenaida y acudiendo a las razones de doña Serena, "para que crean que la casa no está deshabitada".

La mente cartesiana de este antiguo alumno de liceo no conseguía conciliar la contradicción. Si querían que la gente supiera que ellas estaban vivas, que la casa no estaba deshabitada, lo natural es que él saliese por la puerta principal. No a hurtadillas, por detrás, como Panchita la criada sordomuda.

Decidió poner la contradicción a prueba. Abrió la puerta trasera y salió al polvoso parque público donde un grupo de niños jugaba futbol. Apenas pisó el campo, los muchachos detuvieron el juego y miraron fijamente a Alex. El recién llegado les sonrió. Uno de los chicos le aventó la pelota. Alex, instintivamente, le dio una patada al balón. Lo recibió uno de los chicos. Se lo devolvió. Alex distinguió los endebles postes de la meta. Con un fuerte puntapié, dirigió la pelota a la portería.

—¡Gol! —gritaron al unísono los chicos.

Alex se dio cuenta de que no había portero en el arco. Su triunfo había sido demasiado fácil. Pero este simple acto lo unió sin remedio al juego infantil del barrio. Incluso se sintió contento, recompensado, como si esta situación imprevista le diese una ocupación inmediata, lo salvase de la abulia que parecía dominar la casa de las señoritas Escandón, le diese —se sorprendió pensándolo— una misión en la vida. Jugar futbol. O simplemente, jugar.

Cuando recibió la pelota con un cabezazo, tuvo que levantar la vista.

La tía Serena lo observaba, con la cara adusta desde una ventana del segundo piso.

Desde otra ventana, también lo miraba la tía Zenaida. Pero ella sonreía beatíficamente.

Más tarde, cuando se disponía a almorzar con doña Zenaida, llegó al vestíbulo y escuchó el terrible rumor que venía del segundo piso. Se detuvo al pie de la escalera. No entendió lo que pasaba. Sí, las dos ancianas disputaban, pero sus voces eran como un eco lejano o las del fondo de un túnel. Alex escuchó dos portazos, un lejano sollozo. Supo que la tía Zenaida, esta vez, no lo acompañaría a almorzar.

Se dirigió al comedor. El servicio estaba puesto. Un caldo de hongos bajo la tapadera de metal de la sopera más el habitual platón de carnes frías, amén de otro lleno de las deliciosas frutas, que él nunca había probado antes, del trópico mexicano.

Regresó a la recámara después de comer, leyó a Musset y sintió la tentación de escribir algo, inspirado por las *Confesiones de un hijo del siglo*. Se sentó en el pupitre. Sabía que estaba vacío. Pero un movimiento normal en el asiento le bastó para darse cuenta de que algo se movía bajo la tapa del escritorio.

La levantó. Había allí unos cuadernos. Los revisó rápidamente. Eran libros infantiles para colorear. Es más, los crayones estaban, sueltos, dentro del pupitre.

Alex sonrió. Qué ocurrencia. Y qué nuevo misterio. ¿Se había equivocado ayer, agobiado por el *jetlag*, cuando revisó el pupitre? ¿Una de las hermanas —seguramente Zenaida— había devuelto a su lugar estos cuadernos y lápices? ¿Para qué? En esta casa nunca habían vivido niños.

Y los cuadernos —los hojeó— eran modernos, impresos hace apenas quince años, lo vio en la página de edición.

El autor era él.

Aventuras de un niño francés en México por Alejandro de la Guardia.

Las hojas estaban en blanco.

La razón lo abandonó por completo. Es más, sin razón, sintió miedo. Se recostó en el catre. Se cubrió los ojos con la almohada. Se tranquilizó. Esperó la hora de la cena. Todo se aclararía.

La tía Serena no acudió a la cena. Alex esperó diez minutos. Quince… Sentado a la mesa, sólo vio los restos de la comida del mediodía. La sopa estaba fría. Las carnes también, pero tenían el aspecto desagradable de ser sobras, comidas a medias, pedazos de grasa arrancados con garras al lomo de algún animal y desechados con asco.

Se sintió alarmado. Un grave silencio embargaba la casa. El joven se encaminó a la escalera con pasos tímidos. Nunca había subido al segundo piso. Ellas no lo habían invitado. Él era un chico bien educado.

—Los niños deben ser vistos pero no oídos —le había enseñado su mamá—. *Children should be seen but not heard.*

Subió con paso lento e inseguro al segundo piso.

Se detuvo entre las dos puertas únicas, enfrentadas, del corto pasillo.

Al pie de cada puerta, sendas bandejas esperaban ser recogidas.

Los platillos se enfriaban.

—Es que ellas comen carnes frías —se dijo Alejandro razonablemente.

¿Cuándo las comen? ¿Para qué las comen arriba si hasta ahora me han acompañado abajo? ¿Y quién les ha traído las bandejas, si la Pancha se va muy de mañana? ¿Cada una le trajo la cena a la otra? ¿No que se detestaban entre sí? ¿De cuándo acá tan serviciales?

Bajó la mirada.

Levantó la tapa del platón frente al cuarto de Zenaida. Los insectos devoraban las carnes. ¿Qué eran? Arañas, cucarachas, alimañas, simples hormigas… Se movían.

Tapó apresuradamente el platillo.

Se deslizó al levantar la tapadera de la otra comida.

Sólo había una sopa servida. ¿Sopa de tomate? ¿Sopa de betabel, *borsch*…?

No resistió meter el dedo en la sopa y luego chuparlo.

Sopa de sangre.

Estuvo a punto de gritar.

Chupó sangre.

No gritó porque lo detuvo el sollozo, mínimo pero pertinaz, del otro lado de la puerta de Serena.

Levantó el brazo. Iba a tocar. Iba a preguntar.

—Tía, ¿qué pasa?

Se detuvo a tiempo. No tenía derecho. Una razón absurda le cruzó por la mente. ¿Por qué iba a tocar en esta puerta, la del sollozo de Serena? ¿Por qué no en la otra, la del silencio de Zenaida?

Se sintió confundido, quizás amedrentado. Lo salvó su buena educación. Sí, no tenía derecho a entrometerse en la vida privada de unas viejas solteronas, excéntricas, al cabo un poco locas, pero sangre de su sangre. Y que le ofrecían hospitalidad.

Bajó como subió, en silencio, sin hacerse sentir, a la recámara.

Sobre la almohada descansaba un chocolate envuelto en papel plateado, como en los hoteles.

Alejandro no lo desenvolvió. Admitió que sintió miedo. En un arranque de violencia poco acostumbrada en él, debida acaso a las tensiones acumuladas y sujetas a rienda como un perro enojado, abrió la ventana y arrojó el dulce al parque.

Eran las diez de la noche.

Volvió a vencerlo el sueño, más que la imaginación.

6

Sólo al despertar, metiendo la mano debajo de la almohada con un gesto matutino que le era habitual, Alejandro de la Guardia tocó un paño que desconocía.

Apartó la almohada y encontró un pijama que no era suyo. Desconcertado, lo extendió sobre la cama. La prenda era muy pequeña. Como para un enano.

O un niño. Alex miró la etiqueta en el cuello de la camisa. Claramente indicaba S, *small*.

No supo qué hacer con el pijama entre las manos. ¿También este regalo inútil de las tías (pues nadie más tenía acceso a la recámara) lo arrojaría al parque, para que lo recogiera uno de los niños pobres que allí se reunían a jugar después de la escuela?

Pensó que lo más sutil sería dejar el pijamita donde lo encontró, debajo de la almohada. Eso sí que desconcertaría a las tías. Lo frenó el uso del plural. Las hermanas no se hablaban, salvo para pelearse como ayer. Entonces, ¿cuál de las dos estaba haciendo estas bromas? Empezó a creer que una de ellas, más que excéntrica, estaba loca.

Pasó al baño para el aseo de la mañana. Usó la incomoda bañera y añoró una buena ducha. Se secó con una toalla, incómoda también, ya que era de tela como la que se emplea para limpiar y secar platos, sin el confort de la moderna toalla absorbente. Claro, las tías se habían quedado detenidas en otra época.

Tomó la crema de rasurar y empezó a untarla en el mentón y las mejillas, como todas las mañanas desde que tenía quince años. Automáticamente buscó el reflejo del espejo.

Ya no había espejo.

Había sido retirado.

Quedaba la sombra del espejo, el cuadro lívido del espacio ocupado por ese nuestro extraño y entrañable doble al cual ningún misterio le atribuimos. Un objeto de uso cotidiano. Recordó con cierta emoción poética los espejos del *Orfeo* de Cocteau, una película vista y revista por el joven Alex en la Cinemateca Francesa. Espejos que podíamos atravesar como si fuesen agua.

Un líquido vertical, penetrable para pasar de una realidad a otra. En verdad, de la vida a la muerte.

Esa mañana, Panchita no estaba en la cocina. Con delantal bien puesto, era doña Zenaida quien lo atendía.

—¿Dormiste bien, angelito de mi alma? —preguntó la solícita señorita.

Alejandro asintió y recibió con sospecha el plato de huevos rancheros, la taza de barro de café con canela, la campechana…

—Gracias por el chocolate que me dejaron —dijo con cara de expresa normalidad Alejandro…

—¿Te gustó? —preguntó Zenaida sin levantar la cara hacendosa.

—Claro —dijo Alex con un tono neutro.

—Sobrino —Zenaida siguió ocupada—. Quiero que sepas una cosa. Cuando éramos jovencitas, Serena y yo nos adorábamos. Nos mimábamos, nos acariciábamos, sabes, era una costumbre romántica que las mujeres se mimaran y acariciaran. Una costumbre que ella y yo heredamos…

Alex se animó. —Sí, lo sé. He leído novelas inglesas del siglo XIX. Era propio de mujeres mimarse y acariciarse entre sí —rió—. Hoy causaría escándalo.

Se detuvo. Una sombra había descendido sobre los ojos de la tía.

—De vieja, la vida se ve distinta. Una ya no busca compañía. Se la imponen a una. Queda una en manos ajenas. Manos extrañas. Todo por el pecado de ser vieja.

Alejandro dejó que pasara como una sombra la asociación indeseada. Él estaba aquí porque se lo pidió a las tías y ellas escribieron encantadas de recibirlo.

Pero cada una escribió por separado. No fue una respuesta común como naturalmente debió ser. Y doña Zenaida continuaba hablando con tranquilidad.

—Quiero que sepas una cosa, m'hijito. A pesar de las apariencias yo amo a tu tía Serena. Mientras la tenga a ella, nadie ocupará su lugar.

—Me da gusto saberlo, tía Zenaida.

—Yo diría —prosiguió ella con un tono desacostumbrado para Alex— que nuestra crueldad es parte de nuestro amor.

Se limpió las manos con el delantal y Alex sintió un brote de compasión hacia estas dos solitarias mujeres.

—Tía Zenaida… Me gustaría acompañarla. ¿No quiere darse una vuelta por la calle conmigo? ¿Que la lleve a un cine? ¿O a un restorán?

—¿No te he dicho que es peligroso caminar por las calles de México? —dijo ella con alarma—. Asaltantes, secuestradores, mirones, léperos. Una señorita no está a salvo…

—La protejo yo —dijo Alex, decidido a ser un huésped simpático.

—No, no —agitó la cabeza blanca doña Zenaida—. Nadie protege a nadie… Mira por la ventana.

Alex se asomó al parque público en el momento en que un policía detenía a un hombre viejo, andrajoso, con alarde de fuerza.

—¿Ves? —murmuró Zenaida.

—Cómo no, tía. Ya ve. La ciudad no es tan insegura como usted dice.

La señorita dio la espalda al parque e hizo una bola con el delantal.

—Si no la ven a una, entonces sí, es segura…

—¿No cree que usted... y su hermana... bueno, exageran esto del encierro?

Zenaida abrió tremendos ojos.

—Chamaquito de mi vida, ¿no te das cuenta? Nosotras no estamos encerradas. Ellos, los que andan por la calle, ellos son los que están encerrados...

—¿Perdón? —Alex casi soltó la taza.

—Sí, amorcito corazón, ¿no te has dado cuenta? Toda esa gente que va y viene por la calle, pues... bueno... Esa gente no existe, Alex. Son fantasmas. Pero no lo saben.

Seguramente, pensó Alejandro, toma mucho tiempo —y mucho aislamiento— llegar a hablar de esta manera y crear metáforas, a la vez, tan simples y tan misteriosas. Intentó regresar a la normalidad. Se dio cuenta, en el acto, de que en esta casa la normalidad estaba exiliada.

—Tía, en todo caso, puedo quedarme a acompañarla aquí, esta mañana...

—No. Perdería las horas.

—Pero podríamos compartirlas, tiíta.

—Tonto. Ya no serían las horas del abandono...

Salió de la cocina y Alex no tuvo mejor ocurrencia, impulsado acaso por cuanto había sucedido durante el desayuno, que salir a darse un paseo para exorcizar el encierro de la casa. Eran las diez de la mañana. Dudaba que a él lo atacaran a pleno sol.

Apenas puso un pie en el parque, se topó con el cadáver de un perro muerto. Era uno de esos canes sin dueño, sarnosos y despistados, como si temiesen revertir al lobo. Un perro muerto.

Y al lado del perro, la envoltura inconfundible del chocolatito que Alex, esa mañana, arrojó por la ventana. La envoltura vacía. Una baba negra corría por el hocico del animal.

Reprimió el asco. Sofocó el miedo y la angustia. Él pudo haber comido ese dulce. Lo habrían encontrado muerto en la cama. Era inconcebible. ¿Por qué, por qué? Un relámpago le cruzó la mente. Por más peligrosas que fuesen las calles de México, más peligrosa era la casa de las tías.

Dio la vuelta al parque, cavilando pero incapaz de darle concierto a sus ideas. Encontró la avenida de la Ribera de San Cosme. Aparte de la fealdad de las construcciones y la mediocridad de los comercios, no vio nada fuera de lo común. La gente iba y venía, entraba a tiendas, compraba periódicos, se sentaba a comer en restoranes modestos…

Súbitamente, una construcción milagrosa apareció ante la mirada de Alex.

Era un edificio colonial de gran portada barroca. Una larga fachada de piedra cuya sobriedad elegante hablaba muy alto del arte del barroco, de su otra faz, la de un sigilo sorpresivo que no entrega la belleza que atesora de un solo golpe, sino que demanda atención y cariño. Algo había en el edificio que consignaba seguridad y belleza.

Alex leyó la placa inscrita a la entrada. Aquí había funcionado la Escuela de Filosofía y Letras de la Universidad de México hasta 1955. El edificio —decía la placa— era conocido como "Mascarones". Alex subió los tres o cuatro peldaños de la entrada y se detuvo admirado ante un patio amplio, armónico, de proporciones preciosas, con dos pisos comunicados por una gran escalera de piedra.

Se detuvo en el centro del patio del colegio. Poco a poco, con suma cautela, el espacio se fue llenando de voces y las voces, de tonos variados, reían, discutían, recitaban, murmuraban, siempre en aumento, pero siempre claras, distintas, tan claras que enmedio del coro rumoroso Alejandro de la Guardia distinguió su propia voz, inconfundible, riendo, viva pero invisible, terrible por invisible y también porque estando seguro de que era su voz, no era su voz, atrayéndole hacia un misterio que no le pertenecía pero que lo amenazaba, lo amenazaba terriblemente…

Salió apresurado del patio, del edificio, corrió hacia la calle sin mirar al tranvía que se le vino encima y lo mató instantáneamente.

Abrió los ojos. No había tranvías en la Ribera de San Cosme. Alejandro estaba allí, de pie, aturdido, a media calle. Bajó la mirada. Allí estaba la huella inconfundible de antiguos rieles de tranvía, desaparecidos, que el paso de miles y miles de automóviles no había logrado borrar del todo…

Sudó frío. Como si hubiese resucitado. Miró su reloj. Ya eran las dos de la tarde. La tía Zenaida lo esperaría para comer. Alex se rebeló. Quería comer solo. Quería comer *fuera*. La hora del almuerzo iba convocando a la gente que salía de oficinas, tiendas, escuelas… Fondas, loncherías, puestos de carnitas, taquerías… La aglomeración de la larga avenida fue empujando a Alex hacia las calles laterales, devolviéndolo, a su pesar, a la única morada que tenía en esta hidra de ciudad. La casa de las tías.

Sólo que ahora, después del incidente del perro muerto, sentía miedo de sentarse a comer con Zenaida o con Serena. Metió las manos en los bolsillos y se dio cuenta de algo más. Atenido a la hospitalidad de las señoritas Escandón, no traía dinero mexicano. Regresó al parque e hizo algo insólito, algo que estremeció su alma porque era un acto imposible, un acto que su espíritu rechazaba con horror. Quizás por eso lo cometió. Porque lo consideró no un acto espantoso, sino un acto fatal, dictado por algo o alguien que no era él.

Metió la mano en un gran bote de basura. Hurgar allí en busca de comida. Lo hizo. Lo hacía cuando otra mano tocó la suya. Alejandro retiró la mano con miedo. Levantó la mirada para encontrar la del viejo *clochard* detenido esa mañana por un policía. Cuando las manos se tocaron, cada uno retiró la suya. Alejandro miró al viejo. El viejo no podía mirarlo a él. Era un ciego, uno de esos ciegos *enfermos* con la mirada borrada como por una nube interna que sólo le ofrece al mundo un par de ojos disueltos en un espeso esperma legañoso.

—Mataron a mi perro —dijo el viejo—. Me detuvieron. Creen que yo lo maté. ¿Cómo voy a matar a mi única compañía?, el perro que me guiaba por las calles en busca de comida, dígame nomás... Mi perro Miramón.

Buscó a Alex con la mirada perdida.

—¿Usted nunca ha comido carne de perro, compañero? Viera que no sabe mal.

Rió sin dientes.

—L'hambre mata. L'hambre manda.

Alex no dijo palabra. Tuvo un temor. Si se manifestaba ante el pepenador ciego, éste se espantaría. Si era ciego, que creyese haber encontrado a un mudo.

—Nadie más que yo sabe de este basurero. Es el mejor del barrio. Esta gente no ha de comer nada. Lo tiran todo a la basura.

Señaló, con la certeza de la costumbre, a la casa de las tías.

—Han de vivir de aire —cacareó el anciano antes de sumirse en la melancolía—. Voy a extrañar a Miramón. ¡Guau, guau! —ladró alejándose.

Alex pasó la tarde leyendo y preparándose para la cena con la tía Serena. Algo le decía que esta vez la señorita no faltaría al *rendez-vous*. Y en efecto, allí lo esperaba, con las acostumbradas viandas que Alejandro había decidido comer sin temores, seguro de que su único recurso era comportarse normalmente, como si no pasara nada, sin asociarse a la bruma creciente del misterio propiciado, se daba cuenta, por las hermanas enemigas. Eso tenían en común: la capacidad de trastocar la normalidad. El encierro —decidió Alejandro— las había trastornado.

—Siéntate, Alejandro —le dijo con suma formalidad doña Serena—. Perdona las inquietudes de anoche.

Suspiró.

—Sabes, cuando dos viejas solteronas viven juntas y sin compañía tantos años, se vuelven un poco maniáticas…

—¿Un poco? —dijo con sorna domeñada el sobrino.

—Es muy extraño, muchacho. Salvo Panchita, que es sordomuda, nadie entra en la casa. Eso tiene que provocar inquietudes públicas, ¿sabes? Al principio le dije a mi hermana, vamos saliendo a la calle de vez en cuando. Ella me dijo, no podemos abandonar la casa. Alguien tiene que estar siempre aquí, cuidándola.

Masticó unos segundos. Deglutió. Se limpió los labios con la servilleta. Es el acto que Alejandro esperaba para comer del mismo platón de carne, sin temor de morir envenenado…

—Entonces —prosiguió la anciana— le dije a Zenaida que podíamos alternar los paseos. A veces saldría ella y yo me quedaría aquí a guardar la casa. Otras veces sería al revés. ¿Sabes lo que me contestó?

Alejandro negó suavemente.

—Que si veían a una sola, iban a creer que la otra se había muerto.

—Pero si veían a ambas, así fuese por separado, sabrían que eso no era cierto, tía.

—En cuanto nos vieran separadas, creerían que una había matado a la otra.

—No es posible, tía. No es razonable. ¿Qué motivo habría?

—Para quedarse con la herencia.

Alejandro no dio crédito a una respuesta a la vez tan inesperada y tan convencional. Decidió seguir el juego.

—¿Qué, es mucho dinero?

—Es algo que no tiene precio.

—Ah —alcanzó a emitir el sobrino.

—¿Sabes por qué te prohibimos usar la puerta principal?

—Lo ignoro y me intriga, sí.

—Nadie debe saber si mi hermana y yo estamos vivas o muertas. La presencia de un huésped…

—¿Por qué? —la interrumpió Alex bruscamente.

—No te adelantes. La curiosidad es una pasión demasiado inquieta, muchacho.

—No hago más que seguir sus palabras, tía Serena.

La tía lo miró con unos ojos hermanados tanto a la locura como al orgullo.

—Afuera creen que somos fantasmas… La presencia de un huésped los hubiese desengañado.

Alejandro suprimió una sonrisa, temiendo ofender a la tía.

—He oído decir que cada habitante de una casa tiene su pareja fantasma, tía.

—Así es. Pero el precio es muy alto y más vale no averiguarlo.

Se apoderó de ella una risa convulsiva. Agitó los brazos. Una mano sin gobierno chocó contra la copa de vino tinto. El vino se derramó. No dejó mancha sobre el blanco mantel.

Ella miró al sobrino con ojos de súplica.

—Por favor. Créeme. Nuestra crueldad es parte de nuestro amor.

—¿Quiere usted decir, el amor entre usted y su hermana, a pesar de las desavenencias ocasionales?

—No, no —dijo con la cabeza reclinada hacia atrás, como si se ahogara—. Nuestro amor por ti…

Alex se levantó a socorrerla.

—¿Se siente mal doña Serena? ¿Puedo ayudarla? ¿Llamo a un médico?

La mirada de Serena se volvió con furia contra Alejandro.

—¿Un doctor? ¿Estás loco? Regresa inmediatamente a tu cuarto. Estás castigado. Anda. Vete. Quédate sin cena.

—Tía Serena —Alex trató de sonreír.

—¡Madre! —gritó la vieja—. ¡Madre, no tía!

Alejandro iba a contestar con firmeza, "mi madre Lucila acaba de morir en París, le ruego que respete su memoria". No valía la pena. Se retiró perturbado a la recámara, saboreando, a pesar de él mismo, la calidad, a la vez etérea y corpórea, del vino servido.

¿Qué nueva locura aquejaba a doña Serena? ¿Se creía, virgen y estéril como era, madre putativa de Alejandro de la Guardia? ¿No sabía perfectamente que Alex nació en París veintisiete años atrás, cuando las señoritas Escandón ya estaban encerradas en su casa de la Ribera de San Cosme en México?

Alejandro imaginó escenas de novela decimonónica. Él, parido por la tía Serena en México. Él, enviado secretamente a París al cuidado de su supuesta madre, Lucila Escandón de De la Guardia. Él, niño abandonado a la puerta de un hospicio o de una iglesia, bajo la nieve. El novelista, pensó Alex, podía volverse loco ante el repertorio de razones y desenlaces que se le ofrecían a una acción dramática cualquiera. En el liceo era obligatorio leer un libro maravilloso, *Jacques el fatalista* de Diderot, donde los personajes —Jacques y su amo— al llegar a un cruce de caminos deben escoger entre un repertorio de posibilidades para continuar no sólo la ruta, sino la narración. Separarse, seguir unidos, visitar un monasterio, emborracharse con un prelado, dormir en un albergue...

Algo así le pasaba esta noche a él. Podía excusarse con las tías, abandonarlas, buscar un cuarto de hotel, cambiar sus cheques de viajero por pesos mexicanos, olvidarse de la casa de la Ribera de San Cosme y sus excéntricas inquilinas.

Se detuvo cuando pasó junto a la sala y escuchó a las tías conversando. Sorprendido, no se avergonzó de quedarse afuera, espiando.

—…debemos estar agradecidas, Serenita. Lucila pensó en nosotras antes de morir. Nos envió a este niño encantador, un regalo para nuestra vejez, una linda compañía, no lo niegues…

—Qué sabia fue nuestra hermana. Mira que mandarnos a un muerto para hacerle compañía a dos muertas.

—No te adelantes, hermanita. Él todavía no lo sabe.

—Ella tampoco lo sabía. Llevábamos tantos años sin comunicarnos…

—Ahora ella debe estar satisfecha…

—En el cielo, hermana…

—Desde luego. Desde allí debe vernos.

—Él no sabe que está muerto, pobrecito.

—Ni lo recuerdes, Zenaida. Morir así, atropellado por un tranvía en plena Ribera de San Cosme.

—¡Qué horror! Y tan jovencito. A los once años.

—Cálmate. Con nosotras va a recuperar la paz.

—Necesita compañía para jugar.

—Tú lo sabes. De nosotras depende.

—Siempre y cuando tú y yo estemos en paz también, hermana.

—¿Crees que te voy a disputar un fantasma?

—De ti lo puedo esperar todo, envidiosa. Ya ves, la otra noche lo querías para ti…

—¿Envidiosa yo? El comal le dijo a la olla.

—Sí, tú, Zenaida. Todo me lo has disputado. El amor, los novios, la maternidad. Todo lo que me tocó a mí y a ti no, rencorosa.

—Cállate la boca, idiota.

—No, no me callo. No sé por qué he cargado contigo todos estos años. Me he sacrificado por ti, por lo buena gente que soy, para ayudarte a sobrellevar tu pecado.

Zenaida se soltó llorando.

—Eres una mujer muy cruel, Serena. Da gracias de que en compensación a nuestra soledad el destino nos ha enviado a un muchacho compañero.

—¡No existe! —gruñó con amargura Serena—. ¡No es nuestro!

"No existo", se dijo a sí mismo, atónito, Alejandro de la Guardia. "No existo" esbozó una sonrisa primero forzada, enseguida franca, al borde de la carcajada.

—¡No existo! —rió y se encaminó a la recámara—. ¡Yo no existo!

No volteó a mirar, asomadas al dintel de la sala, a las señoritas Escandón viéndole alejarse, Zenaida apoyada en Serena, Serena apoyada en su bastón con cabeza de lobo. Ambas sonriendo, satisfechas de que Alex hubiese escuchado lo que ellas acababan de decir…

7

Alejandro entró a su recámara, dispuesto a marcharse al día siguiente. Cansado, cómodo a pesar de todo, estúpidamente desprovisto de dinero, hubiese querido largarse desde ya.

Entró a la recámara y prendió la luz.

Un pequeño pijama estaba tendido sobre la cama.

Y sobre la misma cama, sobre el armario, en el piso, se acumulaban los objetos de una niñez. Osos felpudos, tigres rellenos de paja, títeres y alcancías de cochinito, trenes de juguete sobre vías bien dispuestas, autos de carrera miniatura, todo un ejército inglés de casacas rojas y bayonetas caladas, patines, un globo terráqueo, trompos y baleros, nada femenino, sólo juguetes de niño…

Abrió la puerta del baño. El agua corría en la tina, a punto de desbordarse. Un pato de juguete flotaba en la bañera. Una sirena de plástico le hacía compañía.

De la sirena emanó una música que se apoderó de Alejandro, lo inmovilizó, lo sedujo, lo sometió a una atracción irresistible. Era un canto surgido del fondo del mar, como si esta vieja bañera fuese en verdad una parcela de océano salado, fresco, invitante, reposo de las fatigas del día, renovación relajada, lo que él más necesitaba para recuperar el orden mental, para que la locura de la casa no lo contagiase…

Se desvistió lentamente para introducirse en la bañera. Entró al agua tibia, cerró los ojos, encontró el jabón sin perfume y comenzó a recorrer con él su propio cuerpo.

Se sentó en la bañera con un sobresalto.

Al enjabonar las axilas, sintió que algo se iba. El pelo. Se enjabonó el pubis. Quedó liso como un niño.

Iba a salir horrorizado del agua cuando las dos señoritas, Zenaida y Serena, se asomaron sonriendo.

—¿Ya estás listo?

—¿Quieres que te sequemos?

Alex se incorporó automáticamente, temeroso de que si metía la cabeza bajo el agua verdigris, ya nunca volvería a emerger. Pudoroso al incorporarse, ocultando el sexo con las manos, atendido por las tías que lo cubrieron con la toalla, lo secaron amorosamente, lo llenaron de mimos.

—Amorcito corazón…

—Niñito del alma mía…

—Lindo bebé…

—Vida de mi vida…

—Santito nuestro…

—Niñito travieso.

—Distraído, distraído…

—¿No te advertimos que tuvieras cuidado al cruzar la avenida?

—¡Cuidado, chamaco, cuidado con el tranvía!

Entonces condujeron a Alex fuera de la recámara, por los pasillos, hasta la puerta del sótano. Alex sentía que perdía la razón pero que el resto de razón que le quedaba le permitía entender que las tías reunidas no sólo dejaban de pelear entre sí, no sólo dejaban de ser cariñosas con él.

Se volvían amenazantes.

Abrieron la puerta que conducía al sótano.

Se dio cuenta de la razón de las prohibiciones.

—No uses la puerta delantera.

—Que no sepan que estamos vivas.

No. Que no sepan que él estaba aquí. Que su presencia en la casa sea un misterio, le dijo un rayo fulminante de razón.

Descendieron. El olor de musgo era insoportable, irrespirable. Se acumulaban los baúles de otra época. Las cajas de madera arrumbadas. La tétrica luz de esta hora de la noche. ¿Por qué no encendían la luz eléctrica? ¿Por qué lo conducían a un espacio apartado pero descombrado del sótano?

—¿Para qué saliste? —dijo Zenaida.

—¿No te dijimos que las calles eran peligrosas? —repitió Serena.

—¿Que te podía atropellar un tranvía?

—¿Y matarte?

—Ahora vas a descansar —dijo Zenaida señalando hacia un féretro abierto, acolchado de seda blanca.

—Ahora eres nuestro niño —susurró Serena.

—¿Nuestro? —alcanzó a decir Alejandro—. ¿De cuál de las dos?

—Ah —suspiró Serena—. Eso nadie lo sabrá nunca...

—Está bien —murmuró Alejandro—. Basta de bromas pesadas. Vamos arriba. Mañana me marcho. No se preocupen.

—¿Mañana? —sonrió afablemente Zenaida—. ¿Por qué? ¿Acaso no somos buena compañía?

—¿Mañana? —le hizo eco Serena, indicando un segundo cajón de muerto.

—Siempre. Alejandro, mañana no. Siempre. Nuestro angelito necesita compañía.

—Anda, Alejandro, ocupa tu lugar en la camita de al lado.

—Es cómoda, amorcito. Está acolchada de seda.

—Entra, Alex. Recuéstate, santito. Duerme, duerme para siempre. Acompaña a nuestro hijito. Gracias, monada.

—Ay, Alex. Hubieras comido el chocolatito. Nos hubiéramos evitado esta escena.

Las luces se apagaron poco a poco.

Calixta Brand

Naturalmente, a Pedro Ángel Palou

Conocí a Calixta Brand cuando los dos éramos estudiantes. Yo cursaba la carrera de economía en la BUAP —Benemérita Universidad Autónoma de Puebla, ciudadela laica en ciudad conservadora y católica—. Ella era estudiante en la Escuela de Verano de Cholula.

Nos conocimos bajo las arcadas de los portales en el zócalo de Puebla. Distinguí una tarde a la bella muchacha de cabello castaño claro, casi rubio, partido por la mitad y a punto de eclipsarle una mirada de azul intenso. Me gustó la manera como apartaba, con un ligero movimiento de la mano, el mechón que a cada momento caía entre sus ojos y la lectura. Como si espantase una mosca.

Leía intensamente. Con la misma intensidad con que yo la observaba. Levanté la mirada y aparté el mechón negro que caía sobre mi frente. Esta mímesis la hizo reír. Le devolví la sonrisa y al rato estábamos sentados juntos, cada uno frente a su taza de café.

¿Qué leía?

Los poemas de Sor Juana Inés de la Cruz de la Nueva España y los de su contemporánea colonial en la Nueva Inglaterra Anne Bradstreet.

—Son dos ángeles femeninos de la poesía —comentó—. Dos poetas cuestionantes.

—Dos viejas preguntonas —ironicé sin éxito.

—No. Oye —me respondió Calixta seriamente—. Sor Juana con el alma dividida y el alma en confusión. ¿Razón? ¿Pasión? ¿A quién le pertenece Sor Juana? Y Anne Bradstreet preguntándose ¿quién llenó al mundo del encaje fino de los ríos como verdes listones…?, ¿quién hizo del mar su orilla…?

No, en serio, ¿qué estudiaba ella?

—Lenguas. Castellano. Literatura comparada. ¿Qué estudiaba yo?

—Economía. "Ciencias" económicas, pomposamente dicho.

—*The dismal science*—apostrofó ella en inglés.

—Eso dijo Carlyle —añadí—. Pero antes Montesquieu la había llamado "la ciencia de la felicidad humana".

—El error es llamar ciencia a la experiencia de lo imprevisible —dijo Calixta Brand, que sólo entonces dijo llamarse así esta rubia de melena, cuello, brazos y piernas largas, mirada lánguida pero penetrante e inteligencia rápida.

Comenzamos a vernos seguido. A mí me deleitaba descubrirle a Calixta los placeres de la cocina poblana y los altares, portadas y patios de la primera ciudad permanente de España en México. La capital —*Mexico City*? inquirió Calixta— fue construida sobre los escombros de la urbe azteca Tenochtitlan. Puebla de los Ángeles fue fundada en 1531 por monjes franciscanos con el trazo de parrilla —sonreí— que permite evitar esas caóticas nomenclaturas urbanas de México, con veinte avenidas Juárez y diez calles

Carranza, siguiendo en vez el plan lógico de la rosa de los vientos: sur y norte, este y oeste…

Por fin la llevé a conocer la suntuosa Capilla Barroca de mi propia Universidad y allí le propuse matrimonio. Si no, ¿a dónde iba a regresar la gringuita? Ella fingió un temblor. A las ciudades gemelas de Minnesota, St. Paul y Minneapolis, donde en invierno nadie puede caminar por la calle lacerada por un viento helado y debe emplear pasarelas cubiertas de un edificio a otro. Hay un lago que se traga el hielo aún más que el sol.

—¿Qué quieres ser, Calixta?

—Algo imposible.

—¿Qué, mi amor?

—No me atrevo a decirlo.

—¿Ni a mí? Yo ya soy licenciado en economía. ¿Ves qué fácil? ¿Y tú?

—No hay experiencia total. Entonces voy a dar cuenta de lo parcial.

—No te entiendo.

—Voy a escribir.

O sea, jamás me mintió. Ahora mismo, doce años después, no podía llamarme a engaño. Ahora mismo, mirándola sentada hora tras hora en el jardín, no podía decirme a mí mismo "Me engañó…"

Antes, la joven esposa sonreía.

—Participa de mi placer, Esteban. Hazlo tuyo, como yo hago mío tu éxito.

¿Era cierto? ¿No era ella la que me engañaba?

No me hice preguntas durante aquellos primeros años de nuestro matrimonio. Tuve la fortuna de obtener trabajo en la Volkswagen y de ascender rápidamente en el escalafón de la compañía. Admito ahora que tenía poco tiempo para ocuparme debidamente de Calixta. Ella no me lo reprochaba. Era muy inteligente. Tenía sus libros, sus papeles, y me recibía cariñosamente todas las noches. Cuidaba y restauraba con inmenso amor la casa que heredé de mis padres, los Durán-Mendizábal, en el campo al lado de la población de Huejotzingo.

El paraje es muy bello. Está prácticamente al pie del volcán Iztaccíhuatl, "la mujer dormida" cuyo cuerpo blanco y yacente, eternamente vigilado por Popocatépetl, "la montaña humeante", parece desde allí al alcance de la mano. Huejotzingo pasó de ser pueblo indio a población española hacia 1529, recién consumada la conquista de México, y refleja esa furia constructiva de los enérgicos extremeños que sometieron al imperio azteca, pero también la indolencia morisca de los dulces andaluces que los acompañaron.

Mi casa de campo ostenta ese noble pasado. La fachada es de piedra, con un alfiz árabe señoreando el marco de la puerta, un patio con pozo de agua y cruz de piedra al centro, puertas derramadas en anchos muros de alféizar y marcos de madera en las ventanas. Adentro, una red de alfanjías cruzadas con vigas para formar el armazón de los techos en la amplia estancia. Cocina de azulejos de Talavera. Corredor de recámaras ligeramente húmedas en el segundo piso, manchadas aquí y allá por un insinuante sudor tropical. Tal es la mansión de los Durán-Mendizábal.

Y detrás, el jardín. Jardín de ceibas gigantes, muros de bugambilia y pasajeros rubores de jacaranda. Y algo que nadie supo explicar: un alfaque, banco de arena en la desembocadura de un río. Sólo que aquí no desembocaba río alguno.

Esto último no se lo expliqué a Calixta a fin de no inquietarla. ¡Qué distintos éramos entonces! Bastante extraño debía ser, para una norteamericana de Minnesota, este enclave hispano-arábigo-mexicano que me apresuré a explicarle:

—Los árabes pasaron siete siglos en España. La mitad de nuestro vocabulario castellano es árabe…

Como si ella no lo supiera. —Almohada, alberca, alcachofa —se adelantó ella, riendo—. Alfil… —culminó la enumeración, moviendo la pieza sobre el tablero.

Es que después de horas en la oficina de la VW regresaba a la bella casona como a un mundo eterno donde todo podía suceder varias veces sin que la pareja —ella y yo— sintiésemos la repetición de las cosas. O sea, esta noticia sobre la herencia morisca de México ella la sabía de memoria y no me reprochaba la inútil y estúpida insistencia.

—Ay, Esteban, dale que dale —me decía mi madre, q.e.p.d.—. Ya me aburriste. No te repitas todo el día.

Calixta sólo murmuraba: —Alfil —y yo entendía que era una invitación cariñosa y reiterada a pasar una hora jugando ajedrez juntos y contándonos las novedades del día. Sólo que mis novedades eran siempre las mismas y las de ella, realmente, siempre *nuevas*.

Ella sabía anclarse en una rutina —el cuidado de la casa y sobre todo, del jardín— y yo le agradecía esto, la admiraba por ello. Poco a poco fueron desapareciendo los feos manchones de humedad, apareciendo maderas más claras, luces inesperadas. Calixta mandó restaurar el cuadro principal del vestíbulo de entrada, una pintura oscurecida por el tiempo, y prestó atención minuciosa al jardín. Cuidó, podó, distribuyó, como si en este vergel del alto trópico mexicano ella tuviese la oportunidad de inventar un pequeño paraíso inimaginable en Minnesota, una eterna primavera que la vengase, en cierto modo, de los crudos inviernos que soplan desde el Lago Superior.

Yo apreciaba esta precisa y preciosa actividad de mi mujer. Me preguntaba, sin embargo, qué había pasado con la ávida estudiante de literatura que recitaba a Sor Juana y a Anne Bradstreet bajo las arcadas del zócalo.

Cometí el error de preguntarle.

—¿Y tus lecturas?

—Bien —respondió ella bajando la mirada, revelando un pudor que ocultaba algo que no escapó a mi mirada ejecutiva.

—¿No me digas que ya no lees? —dije con fingido asombro—. Mira, no quiero que los quehaceres domésticos…

—Esteban —ella posó una mano cariñosa sobre la mía—. Estoy escribiendo…

—Bien —respondí con una inquietud incomprensible para mí mismo.

Y luego, amplificando el entusiasmo: —Digo, qué bueno…

Y no se dijo más porque ella hizo un movimiento equivocado sobre el tablero de ajedrez. Yo me di cuenta de que el error fue intencional. Se sucedieron las noches y comencé a pensar que Calixta cometía errores de ajedrez *a propósito* para que yo ganara siempre. ¿Cuál era, entonces, la ventaja de la mujer? Yo no era ingenuo. Si una mujer se deja derrotar en un campo, es porque está ganando en otro…

—Qué bueno que tienes tiempo de leer.

Moví el alfil para devorar a un peón.

—Dime, Calixta, ¿también tienes tiempo de escribir?

—Caballo-alfil-reina.

Calixta no pudo evitar el movimiento de éxito, la victoria sobre el esposo —yo— que voluntariamente o por error me había expuesto a ser vencido. Distraído en el juego, me concentré en la mujer.

—No me contestas. ¿Por qué?

Ella alejó las manos del tablero.

—Sí. Estoy escribiendo.

Sonrió con una mezcla de timidez, excusa y orgullo.

Enseguida me di cuenta de mi error. En vez de respetar esa actividad, si no secreta, sí íntima, casi pudorosa, de mi mujer, la saqué al aire libre y le di a Calixta la ventaja que hasta ese momento, ni profesional ni intelectualmente, le había otorgado. ¿Qué hizo ella sino contestar a una pregunta? Sí, escribía. Pudimos, ella y yo, pasar una vida entera sin que yo me enterase. Las horas de trabajo nos separaban. Las horas de la noche nos unían. Mi profesión nunca entró en nuestras conversaciones conyugales. La de ella, hasta ese momento, tampoco. Ahora, a doce años de distancia, me doy cuenta de mi error. Yo vivía con una mujer excepcionalmente lúcida y discreta. La indiscreción era sólo mía. Iba a pagarla caro.

—¿Sobre qué escribes, Calixta?

—No se escribe sobre algo —dijo en voz muy baja—. Sencillamente, se escribe.

Respondió jugando con un cuchillo de mantequilla.

Yo esperaba una respuesta clásica, del estilo "escribo para mí misma, por mi propio placer". No sólo la esperaba. La deseaba.

Ella no me dio gusto.

—La literatura es testigo de sí misma.

—No me has respondido. No te entiendo.

—Claro que sí, Esteban —soltó el cuchillo—. Todo puede ser objeto de la escritura, porque todo puede ser objeto de la imaginación. Pero sólo cuando es fiel a sí misma la literatura logra comunicar…

Su voz iba ganando en autoridad.

—Es decir, une su propia imaginación a la del lector. A veces eso toma mucho tiempo. A veces es inmediato.

Levantó la mirada del mantel y los cubiertos.

—Ya ves, leo a los poetas españoles clásicos. Su imaginación conectó enseguida con la del lector. Quevedo, Lope. Otros debieron esperar mucho tiempo para ser entendidos. Emily Dickinson, Nerval. Otros resucitaron gracias al tiempo. Góngora.

—¿Y tú? —pregunté un poco irritado por tanta erudición.

Calixta sonrió enigmáticamente.

—No quiero ver ni ser vista.

—¿Qué quieres decir?

Me contestó como si no me escuchara. —Sobre todo, no quiero escucharme siendo escuchada.

Perdió la sonrisa.

—No quiero estar disponible.

Yo perdí la mía.

Desde ese momento convivieron en mi espíritu dos sentimientos contradictorios. Por una parte, el alivio de saber que escribir era para Calixta una profesión secreta, confesional. Por la otra, la obligación de vencer a una rival incorpórea, ese espectro de las letras… La resolví ocupando totalmente el cuerpo de Calixta. La confesión de mi mujer —"Escribo"— se convirtió en mi deber de poseerla con tal intensidad que esa indeseada rival quedase exhausta.

Creo que sí, fatigué el cuerpo de mi mujer, la sometí a mi hambre masculina noche tras noche. Mi cabeza, en la oficina, se iba de vacaciones pensando…

"¿Qué nuevo placer puedo darle? ¿Qué posición me queda por ensayar? ¿Qué zona erógena de Calixta me falta por descubrir?"

Conocía la respuesta. Me angustiaba saberla. Tenía que leer lo que mi mujer escribía.

—¿Me dejas leer algunas de tus cosas?

Ella se turbó notablemente.

—Son ensayos apenas, Esteban.

—Algo es algo, ¿no?

—Me falta trabajarlos más.

—¿Perfeccionarlos, quieres decir?

—No, no —agitó la melena—. No hay obra perfecta.

—Shakespeare, Cervantes —dije con una sorna que me sorprendió a mí mismo porque no la deseaba.

—Sí —Calixta removió con gran concentración el azúcar al fondo de la taza de café—. Sobre todo ellos. Sobre todo las grandes obras. Son las más imperfectas.

—No te entiendo.

—Sí —se llevó la taza a los labios, como para sofocar sus palabras—. Un libro perfecto sería ilegible. Sólo lo entendería, si acaso, Dios.

—O los ángeles —dije aumentando la sintonía de mi indeseada sorna.

—Quiero decir —ella continuó como si no me oyese, como si dialogase solitariamente, sin darse cuenta de cuánto me comenzaba a irritar su sabihondo monólogo—, quiero decir que la imperfección es la herida por donde sangra un libro y se hace humanamente legible...

Insistí, irritado. —¿Me dejas leer algo tuyo?

Asintió con la cabeza.

Esa noche encontré los tres cuentos breves sobre mi escritorio. El primero trataba del regreso de un hombre que la mujer creía perdido para siempre en un desastre marino. El segundo *denunciaba* —no había otra palabra— una relación amorosa condenada por una sola razón: era secreta y al perder el secreto y hacerse pública, la pareja, insensiblemente, se separaba. El tercero, en fin, tenía como tema ni más ni menos que el adulterio y respaldaba a la esposa infiel, justificada por el tedio de un marido inservible...

Hasta ese momento, yo creía ser un hombre equilibrado. Al leer los cuentos de Calixta —sobre todo el último— me asaltó una furia insólita, agarré los preciosos papeles de mi mujer, los hice trizas con las manos, les prendí fuego con un cerillo y abriendo la ventana los arrojé al viento que se los llevó al jardín y más allá —era noche borrascosa—, hacia las montañas poblanas.

Creía conocer a Calixta. No tenía motivos para sorprenderme de su actitud durante la siguiente mañana y los días que siguieron.

La vida fluyó con su costumbre adquirida. Calixta nunca me pidió mi opinión sobre sus cuentos. Jamás me solicitó que se los devolviera. Eran papeles escritos a mano, borroneados. Estaba seguro: no había copias. Me bastaba mirar a mi mujer cada noche para saber que su creación era espontánea en el sentido técnico. No la imaginaba copiando cuentos que para ella eran ensayos de lo incompleto, testimonios de lo fugitivo, signos de esa imperfección que tanto la fascinaba...

Ni yo comenté sus escritos ni ella me pidió mi opinión o la devolución de las historias.

Calixta, con este solo hecho, me derrotaba.

Barajé las posibilidades insomnes. Ella me quería tanto que no se atrevía a ofenderme ("Devuélveme mis papeles") o a presionarme ("¿Qué te parecieron mis cuentos?"). Hizo algo peor. Me hizo sentir que mi opinión le era indiferente. Que ella vivía los largos y calurosos días de la casa en el llano con una plenitud autosuficiente. Que yo era el inevitable estorbo que llegaba a las siete u ocho de la noche desde la ciudad para compartir con ella las horas dispensables pero rutinarias. La cena, la partida de ajedrez, el sexo. El día era suyo. Y el día era de su maldita literatura.

"Ella es más inteligente que yo."

Hoy calibro con cuánta lentitud y también con cuánta intensidad puede irse filtrando un sentimiento de envidia creciente, de latente humillación, hasta estallar en la convicción de que Calixta era superior a mí, no sólo intelectual sino moralmente. La vida de mi mujer cobraba sentido a expensas de la mía. Mis horarios de oficina eran una confesión intolerable de mi propia mediocridad. El silencio de Calixta me hablaba bien alto de su elocuencia. Callaba porque creaba. No necesitaba hablar de lo que hacía.

Era, sin embargo, la misma que conocí. Su amor, su alegría, las horas compartidas eran tan buenas hoy como ayer. Lo malo estaba en otra parte. No en mi corazón secretamente ofendido, apartado, desconsiderado. La culpable era ella, su tranquilidad una afrenta para mi espíritu atormentado por la certidumbre creciente:

"Esteban, eres inferior a tu mujer."

Parte de mi irritación en aumento era que Calixta no abandonaba nunca el cuidado de la casa. La vieja propiedad de Huejotzingo se hermoseaba día con día. Calixta, como si su fría herencia angloescandinava la atrajese hacia el mediodía, iba descubriendo y realzando los aspectos árabes de la casa. Trasladó una cruz de piedra al centro del patio. Pulió y destacó el recuadro de arco árabe de las puertas. Reforzó las alfanjías de madera que forman el armazón del techo. Llamó a expertos que la auxiliaran. El arquitecto Juan Urquiaga empleó su maravillosa técnica de mezclar arena, cal y baba de maguey para darle a los muros de la casa una suavidad próxima —y acaso superior— a la de la espalda de una hembra. Y el novelista y estudioso de la BUAP Pedro Ángel Palou trajo a un equipo de restauradores para limpiar el oscuro cuadro del vestíbulo.

Poco a poco fue apareciendo la figura de un moro con atuendo simple —el albornoz usado por ambos sexos— pero con elegancias de alcurnia, una pelliz de marta cebellina, un gorro de seda adornado de joyas… Lo inquietante es que el rostro de la pintura no era distinguible. Era una sombra. Llamaba la atención porque todo lo demás —gorro, joyas, piel de marta, blanco albornoz— brillaba cada vez más a medida que la restauración del cuadro progresaba.

El rostro se obstinaba en esconderse entre las sombras.

Le pregunté a Palou:

—Me llama la atención el gorro. ¿No era costumbre musulmana generalizada usar el turbante?

—Primero, el turbante estaba reservado a los alfaquíes doctores que habían ido en peregrinaje a La Meca, pero desde el siglo XI se permitió que lo usaran todos —me contestó el académico poblano.

—¿Y de quién es la pintura?

Palou negó con la cabeza.

—No sé. ¿Siempre ha estado aquí, en su casa?

Traté de pensarlo. No supe qué contestar. A veces, uno pasa por alto las evidencias de un sitio precisamente porque son evidentes. Un retrato en el vestíbulo. ¿Desde cuándo, desde siempre, desde que vivían mis padres? No tenía respuesta cierta. Sólo tenía perplejidad ante mi falta de atención.

Palou me observó e hizo un movimiento misterioso con las manos. Bastó ese gesto para recordarme que esta lenta revelación de las riquezas de mi propia casa era obra de mi mujer. Regresó con más fuerza que nunca el eco de mi alma:

"Esteban, eres inferior a tu mujer."

En la oficina, mi machismo vulnerado comenzó a manifestarse en irritaciones incontrolables, órdenes dichas de manera altanera, abuso verbal de los inferiores, chistes groseros sobre las secretarias, avances eróticos burdos.

Regresaba a casa con bochorno y furia en aumento. Allí encontraba, plácida y cariñosa, a la culpable. La gringa. Calixta Brand.

En la cama, mi potencia erótica disminuía. Era culpa de ella. En la mesa, dejaba de lado los platillos. Era culpa de ella. Calixta me quitaba todos los apetitos. Y en el ajedrez me di cuenta, al fin, de lo obvio. *Calixta me dejaba ganar.* Cometía errores elementales para que un pinche peón mío derrotase a una magnánima reina suya.

Empecé a temer —o a desear— que mi estado de ánimo contagiase a Calixta. De igual a igual, al menos nos torturaríamos mutuamente. Pero ella permanecía inmutable ante mis crecientes pruebas de frialdad e irritación. Hice cosas minúsculamente ofensivas, como trasladar mis útiles de aseo —jabones, espuma de afeitar, navajas, pasta y cepillo dentales, peines— del baño compartido a otro sólo para mí.

—Así no haremos colas —dije con liviandad.

Gradué la ofensa. Me llevé mi ropa a otra habitación.

—Te estoy quitando espacio para tus vestidos.

Como si tuviera tantos, la campesina de Minnesota...

Me faltaba el paso decisivo: dormir en el cuarto de huéspedes.

Ella tomaba mis decisiones con calma. Me sonreía amablemente. Yo era libre de mover mis cosas y sentirme cómodo. Esa sonrisa maldita me decía bien claro que su motivo no era cordial, sino perverso, infinitamente odioso. Calixta me toleraba estas pequeñas rebeldías porque ella era dueña y señora de la rebeldía mayor. Ella era dueña de la creación. Ella habitaba como reina la torre silenciosa del castillo. Yo, más y más, me portaba como un niño berrinchudo, incapaz de cruzar de un salto la fosa del castillo.

Repetía en silencio una cantinela de mi padre cuando recibía quejas de los vecinos a causa de un coche mal estacionado o una música demasiado ruidosa:

Ya los enanos ya se enojaron
porque sus nanas los pellizcaron.

El enano del castillo, pataleando a medida que se elevaba el puente sobre la fosa, observado desde el torreón por la imperturbable princesa de la magia negra y las trenzas rubias…

El deseo se me iba acabando. La culpa no era mía. Era del talento de ella. Seamos claros. Yo era incapaz de elevarme por encima de la superioridad de Calixta.

—Y ahora, ¿qué escribes? —le pregunté una noche, osando mirarla a los ojos.

—Un cuento sobre la mirada.

La miré animándola a continuar.

—El mundo está lleno de gente que se conoce y no se mira. En una casa de apartamentos en Chicago. En una iglesia aquí en Puebla. ¿Qué son? ¿Vecinos? ¿Viejos amantes de ayer? ¿Novios mañana? ¿Enemigos mortales?

—¿Qué son, pues? —comenté bastante irritado, limpiándome los labios con la servilleta.

—A ellos les toca decidir. Ese es el cuento.

—Y si dos de esos personajes viviesen juntos, ¿entonces qué?

—Interesante premisa, Esteban. Ponte a contar a toda la gente que no miramos aunque la tengamos enfrente de nosotros. Dos personas, pon tú, con las caras tan cercanas como dos pasajeros en un autobús atestado. Viajan con los cuerpos unidos, apretujados, con las mejillas tocándose casi, pero no se dicen nada. No se dirigen la palabra.

Para colmar el malestar que me producía la serena inteligencia de mi mujer, debo reiterar que, por mucho tiempo que pasase escribiendo, cuidaba con esmero todo lo relativo a la casa. Cuca, cocinera ancestral de mi familia, era el ama del recinto culinario de azulejos poblanos y de la minuta escandalosamente deliciosa de su cocina —puerco adobado, frijoles gordos de xocoyol, enchiladas de pixtli, mole miahuateco.

Hermenegilda, jovencita indígena recién llegada de un pueblo de la sierra, atendía en silencio y con la cabeza baja los menesteres menores pero indispensables de una vieja hacienda medio derrumbada. Pero Ponciano, el jardinero viejo —como la casa, como la cocinera— se anticipó a decirme una mañana:

—Joven Esteban, para qué es más que la verdad. Creo que estoy de sobra aquí.

Expresé sorpresa.

—La señora Calixta se ocupa cada vez más del jardín. Poco a poquito, me va dejando sin quehacer. Cuida del jardín como la niña de sus ojos. Poda. Planta. Qué le cuento. Casi acaricia las plantas, las flores, las trepadoras.

Ponciano, con su vieja cara de actor en blanco y negro —digamos, Arturo Soto Rangel o el Nanche Arosemena— tenía el sombrero de paja entre las manos, como era su costumbre al dirigirse a mí, en señal de respeto. Esta vez lo estrujó violentamente. Bien maltratado que estaba ya el sombrerito ese.

—Perdone la expresión, patroncito, pero la doña me hace sentirme de a tiro un viejo pendejo. A veces me paso el tiempo mirando el volcán y diciéndome a mí mismo, ora Ponciano, sueña que la Iztaccíhuatl está más cerca de ti que doña Calixta —con perdón del patrón— y que más te valdría, Ponciano, irte a plantar maguey que estar aquí plantado de güey todo el día…

Ponciano, recordé, iba todas las tardes de domingo a corridas de toros y novilladas pueblerinas. Es increíble la cantidad enciclopédica de información que guardan en el coco estos sirvientes mexicanos. Ponciano y los toros. Cuca y la cocina. Sólo la criadita Hermenegilda, con su mirada baja, parecía ignorarlo todo. Llegué a preguntarle,

—Oye, ¿sabes cómo te llamas?

—Hermenegilda Torvay, para servir al patrón.

—Muy largo, chamaca. Te diré Herme o te diré Gilda. ¿Qué prefieres?

—Lo que diga su merced.

Sí, las mujeres (y los hombres) de los pueblos aislados de las montañas mexicanas hablan un purísimo español del siglo XVI, como si la lengua allí hubiese sido puesta a congelar y Herme —decidí abreviarla— abundaba en "su merced" y "mercar" y "lo mesmo" y "mandinga" y "mandado" —para limitarme a sus emes.

Y es que en México, a pesar de todas las apariencias de modernidad, nada muere por completo. Es como si el pasado sólo entrase en receso, guardado en un sótano de cachivaches inservibles. Y un buen día, zas, la palabra, el acto, la memoria más inesperada, se hacen presentes, cuadrándose ante nosotros, como un cómico fantasmal, el espectro del Cantinflas tricolor que todos los mexicanos llevamos dentro, diciéndonos:

—A sus órdenes, jefe.

Jefe, Jefa, Jefecita. Así nos referimos los mexicanos a nuestras madres. Con toda ambivalencia, válgase añadir. Madre es tierna cabecita blanca, pero también objeto sin importancia —una madre— o situación caótica —un desmadre—. La suprema injuria es mandar a alguien a chingar a su madre. Pero, de vuelta, madre sólo hay una, aunque "mamacita linda" lo mismo se le dice a una venerable abuela que a una procaz prostituta.

Mi "jefa", María Dolores Iñárritu de Durán, era una fuerte personalidad vasca digna de la severa actitud de mi padre Esteban (como yo) Durán-Mendizábal. Ambos habían muerto. Yo visitaba regularmente la tumba familiar en el camposanto de la ciudad, pero confieso que nunca me dirigía a mi señor padre, como si el viejo se cuidara a sí mismo en el infierno, el cielo o el purgatorio. Y aunque lo mismo podría decirse de mi madre, a ella sí sentía que podía hablarle, contarle mis cuitas, buscar su consejo.

Lo cierto es que, a medida que se cuarteaba mi relación con Calixta, aumentaban mis visitas al cementerio y mis monólogos (que yo consideraba diálogos) ante la tumba de doña María Dolores. ¡Cómo añoro los tiempos en que sólo le recordaba a mi mamacita los momentos gratos, le agradecía fiestas y consejos, cuelgas y caricias! Ahora, mis palabras eran cada vez más agrias hasta culminar, una tarde de agosto, bajo la lluvia de una de esas puntuales tempestades estivales de México, en algo que traía cautivo en el pecho y que, al fin, liberé:

—Ay mamacita, ¿por qué te moriste tú y no mi mujer Calixta?

Yo no sé qué poderes puede tener el matrimonio morganático del deseo y la maldición. Qué espantosa culpa me inundó como una bilis amarga de la cabeza a las puntas de los pies, cuando regresé a la casa alumbrada, la mansión ancestral e iluminada por la proverbial ascua, más que por las luces, por el lejano barullo, el ir y venir, las ambulancias ululantes y los carros de la policía.

Me abrí paso entre toda esa gente, sin saber quiénes eran —salvo los criados—: ¿doctores, enfermeros, policías, vecinos del pueblo? Estaban subiendo en una camilla a Calixta, que parecía inconsciente y cuya larga melena clara se arrastraba sobre el polvo, colgando desde la camilla. La ambulancia partió y la explicación llegó.

Calixta fue hallada bocabajo en el declive del alféizar. La encontró el jardinero Ponciano pero no se atrevió —dijo más tarde— a perturbar la voluntad de Dios, si tal era —sin duda— lo que le había sucedido a la metiche patrona que lo dejaba sin quehacer. O quizás, dijo, tirarse bocabajo era una costumbre protestante de esas que nos llegan del norte.

La pasividad del jardinero le fue recriminada por la fiel cocinera Cuca cuando buscó a Calixta para preguntarle por el mandado del día siguiente. Ella dio el grito de alarma y convocó a la criadita Hermenegilda, ordenándole que llamase a un doctor. La Hermenegilda —me dijo Cuca con mala uva— no movió un dedo, contemplando a la patrona yacente casi con satisfacción. Al cabo fue la fiel Cuca la que tuvo que ocuparse habiendo perdido preciosos minutos, que se convirtieron en horas esperando la ambulancia.

Ya en el hospital, el médico me explicó. Calixta había sufrido un ataque de parálisis espástica. Estaban afectadas las fibras nerviosas del tracto córtico-espinal.

—¿Vivirá?

El doctor me observó con la máxima seriedad.

—Depende de lo que llamemos vivir. Lo más probable en estos casos es que el ataque provenga de una hipoxia o falta de oxígeno en los tejidos y ello afecte a la inteligencia, la postura y el equilibrio corporal.

—¿El habla?

—También. No podrá hablar. O sea, don Esteban, su esposa sufre un mal que inhibe los reflejos del movimiento, incluyendo la posibilidad de hablar.

—¿Qué hará?

Las horas —los años— siguientes me dieron la respuesta. Calixta fue sentada en una silla de ruedas y pasaba los días a la sombra de la ceiba y con la mirada perdida en el derrumbe del jardín. Digo derrumbe en el sentido físico. El derrame del alféizar empezó a ocultarse detrás del crecimiento desordenado del jardín. El delicioso huerto arábigo diseñado por Calixta obedecía ahora a la ley de la naturaleza, que es la ley de la selva.

Ponciano, a quien requerí regresar a sus tareas, se negó. Dijo que el jardín estaba embrujado o algo así. A Cuca no le podía pedir que se transformara en jardinera. Y Hermenegilda, como me lo avisó Cuca una tarde cuando regresó del trabajo,

—Se está creyendo la gran cosa, don Esteban. Como si ahora ella fuera la señora de la casa. Es una alzada. Métala en cintura, se lo ruego…

Había una amenaza implícita en las palabras de Cuca: o Hermenegilda o yo. Prometí disciplinar a la recamarera. En cuanto al jardín, decidí dejarlo a su suerte. Y así fue: crecía a paso de hiedra, insensible y silencioso hasta el día en que nos percatamos de su espesura.

¿Qué quería yo? ¿Por qué dejaba crecer el jardín que rodeaba a Calixta baldada a un ritmo que, en mi imaginación, llegaría a sofocar a esa mujer superior a mí y ahora sometida, sin fuerza alguna, a mi capricho?

Mi odio venía de la envidia a la superioridad intelectual de mi mujer, así como de la impotencia que genera saberse inútil ante lo que nos rebasa. Antes, yo estaba reducido a quejarme por dentro y cometer pequeños actos de agravio. Ahora, ¿había llegado el momento de demostrar mi fuerza? Pero, ¿qué clase de poderes podía demostrar ante un ser sin poder alguno?

Porque Calixta Brand, día con día, perdía poderes. No sólo los de su inteligencia comprobada y ahora enmudecida. También los de su movimiento físico. Su belleza misma se deslavaba al grado de que, acaso, ella también deseaba que la hierba creciese más allá de su cabeza para ocultar la piel cada día más grisácea, los labios descoloridos, el pelo que se iba encaneciendo, las cejas despobladas sin pintar, el aspecto todo de un muro de jabelgas cuarteadas. El desarreglo general de su apariencia.

Le encargué a la Herme asearla y cuidarla. Lo hizo a medias. La bañaba a cubetazos —me dijo indignada la Cuca—, la secaba con una toalla ríspida y la devolvía a su sitio en el jardín.

Pedro Ángel Palou pasó a verme y me dijo que había visitado a Calixta, antigua alumna suya de la Escuela de Verano.

—No comprendo por qué no está al cuidado de una enfermera.

Suplí mi culpa con mi silencio.

—Creía que la recamarera bastaría —dije al cabo—. El caso es claro. Calixta sufre un alto grado de espasticidad.

—Por eso merece cuidados constantes.

En la respuesta del escritor y catedrático, hombre fino, había sin embargo un dejo de amenaza.

—¿Qué propone usted, profesor? —me sentí constreñido a preguntar.

—Conozco a un estudiante de medicina que ama la jardinería. Podría cumplir con las dos funciones, doctor y jardinero.

—Cómo no. Tráigalo un día de éstos.

—Es árabe y musulmán.

Me encogí de hombros. Pero no sé por qué tan "saludable" propuesta me llenó de cólera. Acepté que la postración de Calixta me gustaba, me compensaba del sentimiento de inferioridad que como un gusano maldito había crecido en mi pecho, hasta salirme por la boca como una serpiente.

Recordaba con rencor la exasperación de mis ataques nunca contestados por Calixta. La sutileza de la superioridad arrinconada. La manera de decirle a Esteban (a mí):

—No es propio de una mujer dar órdenes.

Esa sumisión intolerablemente poderosa era ahora una forma de esclavitud gozosamente débil. Y sin embargo, en la figura inmóvil de mi mujer había una especie de gravedad estatuaria y una voz de reproche mudo que llegaba con fuerza de alisio a mi imaginación.

—Esteban, por favor, Esteban amado, deja de ver al mundo en términos de inferiores y superiores. Recuerda que no hay sino relaciones entre seres humanos.

No tenemos otra vida fuera de nuestra piel. Sólo la muerte nos separa e individualiza por completo. Aun así, ten la seguridad de que antes de morir, tarde o temprano, tendremos que rendir cuentas. El juicio final tiene su tribunal en este mundo. Nadie muere antes de dar cuenta de su vida. No hay que esperar la mirada del Creador para saber cuánta profundidad, cuánto valor le hemos dado a la vida, al mundo, a la gente, Esteban.

Ella había perdido el poder de la palabra. Luchaba por recuperarlo. Su mirada me lo decía, cada vez que me plantaba frente a ella en el jardín. Era una mirada de vidrio pero elocuente.

"¿Por qué no te gusta mi talento, Esteban? Yo no te quito nada. Participa de mi placer. Hazlo nuestro."

Estos encuentros culpables con la mirada de Calixta Brand me exasperaban. Por un momento, creí que mi presencia viva y actuante era insulto suficiente. A medida que *leía* a Calixta me iba dando cuenta de la miseria pusilánime de esta nueva relación con mi mujer inútil. Esa fue mi deplorable venganza inicial. Leerle sus propias cosas en voz alta, sin importarme que ella las escuchase, las entendiese o no.

Primero le leí fragmentos del cuaderno de redacción que descubrí en su recámara.

—Conque escribir es una manera de emigrar hacia nuestra propia alma. De manera que "tenemos que rendir cuentas porque no nos creamos a nosotros mismos ni al mundo. Así que no sé cuánto me queda por hacer en el mundo". Y para colmo, plumífera mía: "Pero sí sé una cosa. Quiero ayudarte a que no disipes tu herencia, Esteban…".

De modo que la imbécil me nombraba, se dirigía a mí con sus malditos papeles desde esa muerte en vida que yo contemplaba con odio y desprecio crecientes…

"¿Tuve derecho a casarme contigo? Lo peor hubiera sido nunca conocernos, ¿puedes admitir por lo menos esto? Y si muero antes que tú, Esteban, por favor pregúntate a ti mismo: ¿cómo quieres que yo, Calixta Brand, me aparezca en tus sueños? Si muero, mira atentamente mi retrato y registra los cambios. Te juro que muerta te dejaré mi imagen viva para que me veas envejecer como si no hubiera muerto. Y el día de tu propia muerte, mi efigie desaparecerá de la fotografía, y tú habrás desaparecido de la vida."

Era cierto.

Corrí a la recámara y saqué la foto olvidada de la joven Calixta Brand, abandonada al fondo de un cajón de calcetines. Miré a la joven que conocí en los portales de Puebla e hice mi mujer. A ella le di el nombre de alcurnia. Calixta de Durán-Mendizábal e Iñárritu. Tomé el retrato. Tembló entre mis manos. Ella ya no era, en la fotografía, la estudiante fresca y bella del zócalo. Era idéntica a la mujer inválida que se marchitaba día con día en el jardín… ¿Cuánto tardaría en esfumarse de la fotografía? ¿Era cierta la predicción de esta bruja infame, Calixta Brand: su imagen desaparecería de la foto sólo cuando yo mismo muriese?

Entonces yo tenía que hacer dos cosas. Aplazar mi muerte manteniendo viva a Calixta y vengarme de la detestable imaginación de mi mujer humillándola.

Regresé al jardín con un manojo de sus papeles en el puño y les prendí fuego ante Calixta y su mirada de espejo.

Esa impavidez me movió a otro acto de relajamiento. Un domingo, aprovechando la ausencia de Cuca la cocinera, tomé del brazo a la sirvienta Hermenegilda, la llevé hasta el jardín y allí, frente a Calixta, me desabroché la bragueta, liberé la verga y le ordené a la criada:

—Anda. Rápido. Mámamela.

Hay mujeres que guardan el buche. Otras se tragan el semen.

—Herme, escúpele mi leche en la cara a tu patrona.

La criada como que dudó.

—Te lo ordeno. Te lo manda el patrón. No me digas que sientes respeto por esta pinche gringa.

Calixta cerró los ojos al recibir el escupitajo grueso y blancuzco. Estuve a punto de ordenarle a Hermenegilda:

—Ahora límpiala. Ándale, gata.

Mi desenfreno exacerbado me lo impidió. Que se le quedaran en la cara las costras de mi amor. Calixta permaneció impávida. La Herme se retiró entre orgullosa y penitente. A saber qué pasaba por la cabeza de una india bajada del cerro a tamborazos. Me fui a comer a la ciudad y cuando regresé al atardecer encontré al doctor Palou de rodillas frente a Calixta, limpiándole el rostro. No me miró a mí. Sólo dijo, con autoridad irrebatible:

—Desde mañana vendrá el estudiante que le dije. Enfermero y jardinero. Él se hará cargo de doña Calixta.

Se incorporó y lo acompañé, sin delatar emoción alguna, hasta la salida. Pasamos frente al cuadro del árabe en el salón. Me detuve sorprendido. El tocado de seda enjoyado había sido sustituido por un turbante. Palou iba retirándose. Lo detuve del brazo.

—Profesor, este cuadro…

Palou me interrogó con dureza desde el fondo de sus gruesos anteojos.

—Ayer tenía otro tocado.

—Se equivoca usted —me dijo con rigor el novelista poblano—. Siempre ha usado turbante… Las modas cambian —añadió sin mover un músculo facial…

El jardinero-enfermero debía llegar en un par de días. Se apoderó de mi ánimo un propósito desleal, hipócrita. Ensayaría el tiempo que faltaba para hacerme amable con Calixta. No quería que mi crueldad traspasara los muros de mi casa. Bastante era que Palou se hubiese dado cuenta de la falta de misericordia que rodeaba a Calixta. Pero Palou era un hombre a la vez justo y discreto.

Comencé mi farsa hincándome ante mi mujer. Le dije que hubiese preferido ser yo el enfermo. Pero la mirada de mi esposa se iluminó por un instante, enviándome un mensaje.

"No estoy enferma. Simplemente, quise huir de ti y no encontré mejor manera."

Reaccioné deseando que se muriera de una santa vez, liberándome de su carga.

De nuevo, su mirada se tornó elocuente para decirme: "Mi muerte te alegraría mucho. Por eso no me muero."

Mi espíritu dio un vuelco inesperado. Miré al pasado y quise creer que yo había dependido de ella para darme confianza en mí mismo. Ahora ella dependía de mí y sin embargo yo no la toleraba. Sospechaba, viéndola sentada allí, disminuida, indeciso entre desear su muerte o aplazarla en nombre de mi propia vida, que en ese rostro noble pero destruido sobrevivía una extraña voluntad de *volver a ser ella misma*, que su presencia contenía un habla oscura, que aunque ya no era bella como antes, era capaz de resucitar la memoria de su hermosura y hacerme a mí responsable de su miseria. ¿Se vengaría esta mujer inútil de mi propia, vigorosa masculinidad?

Por poco me suelto riendo. Fue cuando escuché los pasos entre la maleza que iba creciendo en el jardín arábigo y vi al joven que se acercó a nosotros.

—Miguel Asmá —se presentó con una leve inclinación de la cabeza y la mano sobre el pecho.

—Ah, el enfermero —dije, algo turbado.

—Y el jardinero —añadió el joven, echando un vistazo crítico al estado de la jungla que rodeaba a Calixta.

Lo miré con la altanería directa que reservo a quienes considero inferiores. Sólo que aquí encontré una mirada más altiva que la mía. La presencia del llamado Miguel Asmá era muy llamativa. Su cabeza rubia y rizada parecía un casco de pelo ensortijado a un grado inverosímil y contrastaba notablemente con la tez morena, así como chocaba la dulzura de su mirada rebosante de ternura con una boca que apenas disimulaba el desdén. La nariz recta e inquietante olfateaba sin cesar y con impulso que me pareció *cruel*. Quizás se olía a sí mismo, tan poderoso era el aroma de almizcle que emanaba de su cuerpo o quizás de su ropa, una camisa blanca muy suelta, pantalones de cuero muy estrechos, pies descalzos.

—¿Qué tal los estudios? —le dije con mi más insoportable aire de perdonavidas.

—Bien, señor.

No dejó de mirarme con una suerte de serena aceptación de mi existencia.

—¿Muy adelantado? ¿Muy al día? —sonreí chuecamente.

Miguel a su vez sonrió. —A veces lo más antiguo es lo más moderno, señor.

—¿O sea?

—Que leo el *Quanun fi at-tibb* de Avicena, un libro que después de todo sentó autoridad universal en todas partes durante varios siglos y sigue, en lo esencial, vigente.

—En cristiano —dije, arrogante.

—El *Canon de la medicina* de Avicena y también los escritos médicos de Maimónides.

—¿Supercherías de beduinos? —me reí en su cara.

—No, señor. Maimónides era judío, huyó de Córdoba, pasó disfrazado por Fez y se instaló en El Cairo protegido por el sultán Saladino. Judíos y árabes son hermanos, ve usted.

—Cuénteselo a Sharon y a Arafat —ahora me carcajeé.

—Tienen en común no sólo la raza semita —prosiguió Miguel Asmá—, sino el destino ambulante, la fuga, el desplazamiento...

—Vagos —interpuse ya con ánimo de ofender.

Miguel Asmá no se inmutó. —Peregrinos. Maimónides judío, Avicena musulmán, ambos maestros eternos de una medicina destilada, señor Durán, esencial.

—De manera que me han enviado a un curandero árabe —volví a reír.

Miguel se rió conmigo. —Quizás le aproveche la lectura de *La guía de perplejos* de Maimónides.

Allí entendería usted que la ciencia y la religión son compatibles.

—Curandero —me carcajeé y me largué de allí.

Al día siguiente, Miguel, desde temprana hora, estaba trabajando en el jardín. Poco a poco la maleza desaparecía y en cambio el viejo Ponciano reaparecía ayudando al joven médico-jardinero, podando, tumbando las hierbas altas, aplanando el terreno.

Miguel, bajo el sol, trabajaba con un taparrabos como única prenda y vi con molestia las miradas lascivas que le lanzaba la criadita Hermenegilda y la absoluta indiferencia del joven jardinero.

—¿Y usted? —interpelé al taimado Ponciano—. ¿No que no?

—Don Miguel es un santo —murmuró el anciano.

—Ah, ¿sí? ¿A santo de qué? —jugué con el lenguaje.

—Dice que los jardineros somos los guardianes del Paraíso, don Esteban. Usted nunca me dijo eso, pa'qués más que la verdá.

Seductor de la criada, aliado del jardinero, cuidador de mi esposa, sentí que el tal Miguel me empezaba a llenar de piedritas los cojones. Estaba influyendo demasiado en mi casa. Yo no podía abandonar el trabajo. Salía a las nueve de la mañana a Puebla, regresaba a las siete de la tarde. La jornada era suya. Cuando la Cuca comenzó a cocinar platillos árabes, me irrité por primera vez con ella.

—¿Qué, doña Cuca, ahora vamos a comer como gitanos o qué?

—Ay, don Esteban, viera las recetas que me da el joven Miguelito.

—Ah sí, ¿cómo qué?

—No, nada nuevo. Es la manera de explicarme, patrón, que en cada plato que comemos hay siete ángeles revoloteando alrededor del guiso.

—¿Los has visto a estos "ángeles"?

Doña Cuca me mostró su dentadura de oro.

—Mejor todavía. Los he probado. Desde que el joven entró a la cocina, señor, todo sabe a miel, ¡viera usted!

¿Y con Calixta? ¿Qué pasaba con Calixta?

—Sabe, señor Durán, a veces la enfermedad cura a la gente —me dijo un día el tal Miguel.

Yo entendí que el efebo caído en mi jardín encandilara a mi servicio. Trabajaba bajo el alto sol de Puebla con un breve taparrabos que le permitía lucir un cuerpo esbelto y bien torneado donde todo parecía duro: pecho, brazos, abdomen, piernas, nalgas. Su única imperfección eran dos cicatrices hondas en la espalda.

Más allá de su belleza física, ¿qué le daba a mi mujer incapacitada?

La venganza. Calixta era atendida con devoción extrema por un bello muchacho en tanto que yo, su marido, sólo la miraba con odio, desprecio, o indiferencia.

¿Qué veía en Calixta el joven Miguel Asmá? ¿Qué veía él que no veía yo? ¿Lo que yo había olvidado sobre ella? ¿Lo que me atrajo cuando la conocí? Ahora Calixta envejecía, no hablaba, sus escritos estaban quemados o arrumbados por mi mano envidiosa. ¿Qué leía Miguel Asmá en ese silencio? ¿Qué le atraía en esta enferma, en esta enfermedad?

Cómo no me iba a irritar que mientras yo la despreciaba, otro hombre ya la estaba queriendo y en el acto de amarla, me hacía dudar sobre mi voluntad de volverla a querer.

Miguel Asmá pasaba el día entero en el jardín al lado de Calixta. Interrumpía el trabajo para sentarse en la tierra frente a ella, leerle en voz baja pasajes de un libro, encantarla, acaso…

Un domingo, alcancé a escuchar vergonzosamente, escondido entre las salvajes plantas cada vez más domeñadas, lo que leía el jardinero en voz alta.

—Dios entregó el jardín a Adán para su placer. Adán fue tentado por el demonio Iblis y cayó en pecado. Pero Dios es todopoderoso. Dios es todo misericordia y compasión. Dios entendía que Iblis procedía contra Adán por envidia y por rencor. De manera que condenó al Demonio y Adán regresó al Paraíso perdonado por Dios y consagrado como primer hombre pero también como primer profeta.

Miró intensamente con sus ojos negros bajo la corona de pelo rubio y ensortijado.

—Adán cayó. Mas luego, ascendió.

De manera que tenía que vérmelas con un iluminado, un Niño Fidencio universitario, un embaucador religioso. Me encogí, involuntariamente, de hombros. Si esto aliviaba a la pobre Calixta, *tant mieux*, como decía mi afrancesada madre. Lo que comenzó a atormentarme era algo más complicado. Era mi sorpresa. Mientras yo la acabé odiando, otro ya la estaba queriendo. Y esa atención tan tierna de Miguel Asmá hacia Calixta me hizo dudar por un instante. ¿Podría yo volver a quererla? Y algo más insistente. ¿Qué le veía Miguel a Calixta que yo no le veía ya?

De estas preguntas me distrajo algo más visible aunque acaso más misterioso. En pocas semanas, a las órdenes de Miguel Asmá y sus entusiastas colaboradores —Ponciano el viejo jardinero, Hermenegilda la criada obviamente enamoriscada del bello intruso y aun la maternal doña Cuca, rebosante de instinto—, el potrero enmarañado en que se había convertido el jardín revertía a una belleza superior a la que antes era suya.

Como el jardín se inclinaba del alfiz que enmarcaba la puerta de entrada al alfaque que Calixta observaba el día entero como si por ese banco de arena fluyese un río inexistente, Miguel Asmá fue escalonando sabiamente el terreno a partir del patio con su fuente central, antes seca, ahora fluyente. Un suave rumor comenzó a reflejarse sutilmente, tranquilamente, en el rostro de mi esposa.

Con arduo pero veloz empeño, Miguel y su compañía —¡mis criados, nada menos!— trabajaron todo el jardín. Debidamente podado y escalonado, empezó a florecer mágicamente. Narcisos invernales, lirios primaverales, violetas de abril, jazmín y adormideras, flores de camomila en mayo convirtiéndose en bebida favorita de Calixta. Azules alhelíes, perfumados mirtos, rosas blancas que Miguel colocaba entre los cabellos grises de Calixta Brand, jajá.

Estupefacto, me di cuenta de que el joven Miguel había abolido las estaciones. Había reunido invierno, primavera, verano y otoño en una sola estación. Me vi obligado a expresarle mi asombro.

Él sonrió como era su costumbre. —Recuerde, señor Durán, que en el valle de Puebla, así como en todo el altiplano mexicano, coexisten los cuatro tiempos del año…

—Has enlistado a todo mi servicio —dije con mi habitual sequedad.

—Son muy entusiastas. Creo que en el alma de todo mexicano hay la nostalgia de un jardín perdido —dijo Miguel rascándose penosamente la espalda—. Un bello jardín nos rejuvenece, ¿no cree usted?

Bastó esta frase para enviarme a mi dormitorio y mirar la foto antigua de Calixta. Perdía vejez. Iba retornando a ser la hermosa estudiante de las Ciudades Gemelas de Minnesota de la que me enamoré siendo ambos estudiantes. Dejé caer, asombrado, el retrato. Me miré a mí mismo en el espejo del baño. ¿Me engañaba creyendo que a medida que ella rejuvenecía en la foto, yo envejecía en el espejo?

No sé si esta duda, transformándose poco a poco en convicción, me llevó una tarde a sentarme junto a Calixta y decirle en voz muy baja:

—Créeme, Calixta. Ya no te deseo a ti, pero deseo tu felicidad…

Miguel el jardinero y doctor levantó la cabeza agachada sobre un macizo de flores y me dijo: —No se preocupe, don Esteban. Seguro que Calixta sabe que ya han desaparecido todas las amenazas contra ella…

Era estremecedor. Era cierto. La miré sentada allí, serena, envejecida, con un rostro que se empeñaba en ser noble pese a la destrucción maligna de la enfermedad y el tiempo. Su mirada hablaba por ella. Su mirada *escribía* lo que traía dentro del alma. Y la pregunta de su espíritu a mí era: "Ya no soy bella como antes. ¿Es esta razón para dejar de amarme? ¿Por qué Miguel Asmá sabe amarme y tú no, Esteban? ¿Crees que es culpa mía? ¿No aceptas que tampoco es culpa tuya porque tú nunca eres culpable, tú sólo eres indolente, arrogante?"

Miguel Asmá completó en voz alta el pensamiento que ella no podía expresar.

—Se pregunta usted, señor, qué hacer con la mujer que amó y ya no desea, aunque la sigue queriendo...

¡Cómo me ofendió la generosidad del muchacho! No sabía su lugar...

—Pon siempre a los inferiores en su sitio —me aconsejaba mi madre, q.e.p.d.

—No entiendes —le dije a Miguel—. No entiendes que antes yo dependía de ella para tener confianza en la vida y ahora ella depende de mí y no lo soporta.

—Va a vengarse —murmuró el bello tenebroso.

—¿Cómo, si es inválida? —contesté exasperado aún por mi propia estupidez, y añadí con ferocidad—. Mi placer, sábetelo, nene, es negarle a Calixta inválida todo lo que no quise darle cuando estaba sana...

Miguel negó con la cabeza. —Ya no hace falta, señor. Yo le doy todo lo que ella necesita.

Enfurecí. —¿Cuidado de enfermero, habilidad de jardinero, condición servil?

Casi escupí las palabras.

—Atención, señor. La atención que ella requiere.

—¿Y cómo lo sabes, si ella no habla?

Miguel Asmá me contestó con otra interrogante. —¿Se ha preguntado qué parte podría usted tener ahora de ella, habiéndola tenido toda?

No pude evitar el sarcasmo. —¿Qué cosa me permites, chamaco?

—No importa, señor. Yo he logrado que desaparezcan todas las amenazas contra ella...

Lo dijo sin soberbia. Lo dijo con un gesto de dolor, rascándose bruscamente la espalda.

—Ha carecido usted de atención —me dijo el joven—. Su mujer perdió el poder sobre las palabras.

Ha luchado y sufrido heroicamente pero usted no se ha dado cuenta.

—¿Qué importa, zonzo?

—Importa para usted, señor. Usted ha salido perdiendo.

—¿Ah, sí? —recuperé mi arrogante hidalguía—. Ahora lo veremos.

Caminé recio fuera del jardín. Entré a la casa. Algo me perturbó. El cuadro me atrajo. La imagen del árabe tocado por un turbante se había, al fin, aclarado, como si la mano de un restaurador artífice hubiese eliminado capa tras capa de arrepentimientos, hasta revelar el rostro de mirada beatífica y labios crueles, la nariz recta y la cabeza rizada asomándose sobre las orejas.

Era Miguel Asmá.

Ya no cabía sorprenderse. Sólo me correspondía correr escaleras arriba, llegar a mi recámara, mirar el retrato de Calixta Brand.

La imagen de mi mujer había desaparecido. Era un puro espacio blanco, sin efigie.

Era el anuncio —lo entendí— de mi propia muerte.

Corrí a la ventana, asustado por el vuelo de las palomas en grandes bandadas blancas y grises.

Vi lo que me fue permitido ver.

La joven Calixta Brand, la linda muchacha a la que conocí y amé en los portales de Puebla, descansaba, bella y dócil, en brazos del llamado Miguel Asmá.

Otra vez, como en el principio, ella hizo de lado, con un ligero movimiento de la mano, el rubio mechón juvenil que cubría su mirada.

Como el primer día.

Abrazando a mi esposa, Miguel Asmá ascendía desde el jardín hacia el firmamento. Dos alas enormes le habían brotado de la espalda adolorida, como si todo este tiempo entre nosotros, gracias a una voluntad pesumbrosa, Miguel hubiera suprimido el empuje de esas alas inmensas por brotarle y hacer lo que ahora hacían: ascender, rebasar la línea de los volcanes vecinos, sobrevolar los jardines y techos de Huejotzingo, el viejo convento de arcadas platerescas, las capillas pozas, las columnas franciscanas, el techo labrado de la sacristía de San Diego, mientras yo trataba de murmurar:

—¿Cómo ha podido este joven robarme mi amor?

Algo de inteligencia me quedaba para juzgarme como un perfecto imbécil.

Y abajo, en el jardín, Cuca y Hermenegilda y Ponciano miraban asombrados el milagro (o lo que fuera) hasta que Miguel con Calixta en sus brazos desaparecieron de nuestra vista en el instante en que ella movía la mano en gesto de despedida. Sin embargo, la voz del médico y jardinero árabe persistía como un eco llevado hasta el agua fluyente del alfaque ayer seco, ahora un río fresco y rumoroso que pronosticaba, lo sé, mi vejez solitaria, cuando en días lluviosos yo daría cualquier cosa por tener a Calixta Brand de regreso.

Lo que no puedo, deseándolo tanto, es pedirle perdón.

La bella durmiente

A Peter Straub, muy admirado aunque poco visto

1

En Chihuahua todo el mundo sabe del ingeniero Emil Baur. No sé si esta es la manera más correcta de empezar mi relato. No podría decir "todo el mundo sabe quién es" el ingeniero Emil Baur porque en verdad *nadie* sabe quién es —o qué es— este explorador de minas llegado a México a principios del siglo XX, cuando hizo una pequeña fortuna en oro, plata y cobre. Sólo de la mina de Santa Eulalia, se dijo, extrajo lo suficiente para empedrar de plata las calles de su ciudad natal, Enden, junto al Mar del Norte.

Baur debió llegar aquí hacia 1915, es decir, en plena Revolución Mexicana. No tardó en hacerse dueño de varias minas importantes con fondos (se dijo entonces) proporcionados por el gobierno alemán, a su vez en plena Guerra Mundial. No hubiese bastado este apoyo (que nunca pasó de ser un rumor) si el ingeniero, además, no demostrara una notable capacidad de administrar, con rigor, las empresas a su cargo.

Sólo que Emil Baur no era sólo un técnico y un administrador eficiente. Era un alemán comprometido con las armas del Kaiser y nimbado —uso la palabra con plena intención— por un propósito geopolítico que, cuando hablaba del asunto, le daba a su cabeza —nos aseguran quienes lo trataron en esa época— una aureola casi espiritual.

Una cabeza noble, digna de un Sigfrido rubio, alto, de ojos azules —todos los clisés germánicos— y vestido a la usanza de los ingenieros de antaño. Saco de lana con cinturón, camisa de dril pero con corbata gruesa, de lana y oscura, los pantalones kaki del explorador y botas altas, raspadas y con clavos en las suelas. No, no usaba sarakof. Decía que era una prenda "colonial" insultante para los mexicanos.

—Pero si la usa el mismísimo Pancho Villa.

—Entonces digamos que me gusta que el sol me broncee la cara.

Así contrastaba más con sus ojos azules.

Su piel, decían, era tan suave y luminosa que Baur daba la impresión de nunca haberse rasurado. El rastrillo jamás profanó esas mejillas, dotadas entonces —nos cuentan— del vello rubio, frágil, intonso, de la adolescencia.

Era difícil asociar a un hombre de estas características con el más bárbaro de los guerrilleros mexicanos, el arriba mencionado general Francisco Villa, el antiguo bandido y prófugo capaz de levantar un ejército de ocho mil hombres en la frontera norte del país, cruzar el Río Grande y derrotar, desde Chihuahua hasta la Ciudad de México, al ejército de la Dictadura. En el camino, Villa sembró escuelas, repartió tierras, atrajo intelectuales, sedujo oligarcas, colgó usureros y fusiló enemigos reales e imaginarios. Hizo la revolución en marcha. Creyó contar —y así fue— con el apoyo de los Estados Unidos hasta que éstos, al dividirse la Revolución en 1915, se fueron con la facción constitucionalista de Carranza y Obregón. Es decir, con la "gente decente" del movimiento.

Villa, brazo armado "lépero" y analfabeta, sería inútil cuando se estableciera la paz. Ignorante, brutal, capaz de matar sin un parpadeo de sus ojos orientales o una mueca de su sonrisa de maíz, el Centauro Pancho Villa sólo servía para la guerra. No se le podía, en efecto, desmontar de su caballo.

En 1917 el destino del mundo se jugaba en las grandes batallas de Arras y de Ypres. Pero también en Chihuahua la Gran Guerra tenía un frente y el káiser Guillermo se propuso explotarlo. Las divisiones internas en México invitaban a ello. Si los norteamericanos seducían a Carranza y abandonaban a Villa, la diplomacia alemana le daría mate a los "gringos". Arthur Zimmerman, el ministro de Relaciones Exteriores de la Alemania imperial, envió un famoso telegrama cifrado al embajador alemán en México en enero de 1917. En él, el káiser le proponía a Carranza un pacto contra Estados Unidos para "reconquistar los territorios perdidos de Texas, Nuevo México y Arizona". El telegrama fue interceptado por el almirantazgo británico y enviado a Washington, precipitando la entrada en guerra del presidente Wilson.

Al mismo tiempo el káiser, ni tardo ni perezoso, se propuso seducir a Villa —jugaba a todas las cartas— explotando el resentimiento del guerrillero contra Wilson y "los gringos" y prometiéndole, a Villa también, la reconquista del suroeste norteamericano.

El telegrama de Zimmerman desinfló como un globo caído entre nopales la posible alianza entre Carranza y Guillermo II. Le reveló a Villa el doble juego de la diplomacia alemana pero no lo despojó de su ánimo antiyanqui, que lo había llevado, en 1916, a invadir la población norteamericana de Columbus y a "devolver", como dijo un corrido, "la frontera" —aunque sólo fuese por unas horas.

De allí la relación entre el ingeniero Emil Baur y el general Francisco Villa. El ingeniero actuó como patriota alemán y agente de Berlín en el "blando vientre" sur de los Estados Unidos. Esto lo sabía todo el mundo y nadie se lo reprochaba. El sentimiento pro alemán en México era muy fuerte en aquellos tiempos y su razón sumamente clara. Sólo Alemania podía oponerse a los Estados Unidos y lo hacía con las mismas armas de éstos: la disciplina, el trabajo, la creación de riqueza, la fuerza militar. Lo que los mexicanos le envidiaban a los gringos, se lo podían admirar a los alemanes.

En 1933, derrotada Alemania desde 1918, el ingeniero Emil Baur vio una nueva luz, el fuego de una gran venganza, el llamado renovado de la sangre en el ascenso de Adolf Hitler. Baur volvió a sentir la tentación de Tántalo. Aliado con Alemania, México se vengaría de los Estados Unidos, distrayendo a Washington de irse al frente europeo porque su frente sur, México, era el verdadero peligro.

De nuevo, Baur explotó con habilidad el sentimiento pro alemán de los mexicanos, en abierta contradicción con la política antifascista del presidente Lázaro Cárdenas. Baur, con orgullo, señalaba la existencia de grupos de choque nazis en México, los "Camisas Doradas" que invocaban como santo patrón nada menos que al general Pancho Villa y que se atrevieron a escenificar una batalla campal, con taxis a guisa de tanques, en el zócalo de la Ciudad de México en 1937.

Bien parecido, activo y atractivo, Baur llegaba a los cincuenta y cinco años al concluir la Segunda Guerra Mundial en 1945, enmedio de los escombros del Tercer Reich. Es cuando, viajó por primera vez desde que la abandonó en 1915, a su patria alemana en ruinas. Durante el conflicto se defendió con vigor, habiendo México entrado a la guerra, del estigma de extranjero indeseable. No fue deportado pero, como todos los alemanes que permanecieron en México, fue objeto de sospecha oficial y reclusión domiciliaria. Al filo de la derrota nazi, México, por invitación de los Aliados, permitió a Baur viajar a Alemania como auxiliar técnico —doble espía, en realidad— en la filtración objetiva de nazis útiles e inútiles, perdonables o condenables. Recorrió con pasaporte suizo las zonas ocupadas y las que aún obedecían, agónicas, al Reich. De este "filtro" salieron, oportunamente, como es sabido, científicos alemanes a Rusia por un lado y a los Estados Unidos por el otro.

De vuelta en México, Emil Baur hizo dos cosas a tiempo. Se recluyó en una extraña mansión neogótica o victoriana aislada enmedio del desierto y mandó traer una esposa del grupo menonita de Chihuahua. Los menonitas se originaron en Holanda, en Suiza y Alemania, pero sobre todo en la Rusia zarista, de donde se autoexiliaron para no cumplir servicio militar, prohibido por su religión. Emigraron a los Estados Unidos pero allí se les prohibió hablar ruso o alemán a fin de fundirlos cuanto antes en la hirviente caldera común de la nación americana.

Los menonitas se establecieron a unos cien kilómetros de la ciudad de Chihuahua, entre Pedernales y El Charco, y a veces se les veía, vestidos de negro de pies a cabeza y tocada ésta por sombreros oscuros —los hombres— o cofias negras —las mujeres— caminando con gran reserva por las calles de la ciudad con las miradas bajas y prohibitivas.

Digo todo esto para pasar a la segunda cosa que hizo Emil Baur y que nos acerca a nuestra historia, cuyo prólogo biográfico e histórico me ha parecido —ojalá que no me equivoque— necesario.

Emil Baur escogió a una muchacha de la secta menonita para contraer, a los cincuenta y cinco años de edad, matrimonio. Esto se supo en la ciudad de Chihuahua por la obligación legal de publicar los bandos nupciales entre Emil Baur, de la ciudad de Chihuahua, y Alberta Simmons, del Lago de las Vírgenes.

Naturalmente, estos datos provocaron en Chihuahua chistes vulgares, pero sobre todo misterios insondables. Nadie conocía a la novia y nadie la conoció. La boda tuvo lugar en el municipio de Terrazas y los curiosos citadinos, que nunca faltan, presurosamente llegados, sin que nadie los invitara, a la boda a puerta cerrada, sólo pudieron capturar una fugaz visión de la desposada al subir al monumental Hispano-Suiza anterior a la guerra que la condujo, con velo negro ocultándole la cara, al caserón victoriano o neogótico (como gusten) que Emil Baur se mandó hacer enmedio del desierto.

Nadie volvió a ver a la novia.

Pero todos se preguntaron por qué, desde el edificio municipal de Terrazas, Baur llevaba cargada en brazos a la recién casada. ¿No era ésta costumbre reservada para el ingreso a la recámara nupcial? Los menonitas de Chihuahua, interrogados sobre la persona de Alberta Simmons, sólo dijeron que su comunidad nunca daba información alguna sobre los miembros de la misma.

2

Hacia 1975 el ingeniero Emil Baur, me hizo una llamada telefónica a la ciudad de Chihuahua.

—Doctor, me urge que venga a vernos.

—¿A dónde, señor Baur?

—A mi casa del desierto. ¿Conoce el camino?

—Sí, quién no…

Me medí. Continué.

—¿De qué se trata?

—Aquí mismo lo sabrá.

—¿Debo llevar algo especial?

—Examine y decida. Quizá tendría que permanecer aquí algunos días. Su fama lo precede.

—Ya hablaremos, señor Baur.

Esa "fama" a la que se refería Baur era bastante local. Acaso el hecho de haberme graduado en la Escuela de Medicina de Heidelberg me daba mayores méritos a los ojos del ingeniero, que los realmente comprobables.

En todo caso, el juramento de Hipócrates me obligaba a emprender la ruta a la casa, ubicada en pleno desierto de Chihuahua, del ingeniero Emil Baur, a cien kilómetros de la ciudad.

Como no podía abandonar repentinamente a mis pacientes, hice la cita para las siete de la noche. No me quejo. La belleza del desierto se multiplica como los espejismos que encierra. Me sorprendí pensando, a lo largo de ese vago automatismo que procrea una carretera larguísima en línea recta, que los espejos del desierto son reflejos de la nada actual —¿quién se ve reflejado en la roca o en la arena?—, aunque bien podrían esconder la imagen perdida de nuestro pasado más remoto.

Rodeado del atardecer en el páramo convocaba, porque el paisaje era vacío y eterno, todas las imágenes de mi pasado, pero con un perfil que mis ojos irritados no tardaron en ubicar. Cada noticia sobre mi vida se duplicaba y hasta triplicaba en este trayecto a lo largo de un paisaje vacío que, por el hecho de serlo, podía contener todas las historias imaginables, las de la vida recordada y las de la vida olvidada, las de lo que fue y las de lo que pudo haber sido… ¿Espejismos? El diccionario los define como ilusiones ópticas. ¿Su razón? La reflexión de la luz cuando atraviesa capas de aire de densidad distinta.

Los objetos lejanos nos entregan una imagen invertida. Debajo del suelo como si se reflejasen en el agua. O arriba de ella, cuando de verdad hay agua: en el mar. Me entretuve hilando un enigma. Si el espejo se hubiese inventado en México, ¿habría sido de metal o de vidrio? Acaso pensé esto porque sabía que la fortuna del ingeniero Baur se fundaba en oro, plata y cobre. Y de metal eran los espejos antiguos, hasta que los venecianos del siglo XV tuvieron la ocurrencia de fabricarlos de vidrio, como si entendiesen que nuestra identidad fugitiva se refleja mejor en lo que puede perderse que en lo duradero. Después de todo, es en Venecia donde, para describir a los espejos de Murano, se inventó el adjetivo "cristalino".

Me entretenía pensando estas cosas para aligerar el trayecto e imaginar este desierto poblado de cristales invisibles, erectos como las ruinas más antiguas, pero engañosamente abiertos a las miradas que los traspasan...

Hay algo que margina toda información o teoría sobre el desierto de Chihuahua. Este no es el desierto. Es el asombro. La tierra extrae una belleza roja de sus entrañas, como si sólo al anochecer sangrara. Las enormes cactáceas se recortan hasta perder otra consistencia que no sea su propia silueta.

Silueta. Los contrafuertes de la Sierra Madre Oriental se levantan como prohibitivas murallas entre Chihuahua y el Pacífico, dejando adivinar las barrancas, los desfiladeros, las cataratas y los derrumbes de roca que amenazan al temerario viajero.

Sólo al atardecer, bajo un cielo tan abochornado como la tierra, llegan a los oídos del peregrino atento los rumores de cantos ceremoniales sin fecha. Son las voces de la Sierra Tarahumara y sus indios fuertes, grandes corredores de fondo, acostumbrados a escalar las montañas más escarpadas, cada vez más arriba en busca del sustento que les quitamos nosotros, los seres "civilizados", los ambiciosos "ladinos" blancos y mestizos que, me di cuenta manejando el volkswagen, éramos tan racistas como el peor, aunque más invisible, verdugo del Tercer Reich.

Me acercaba a la mansión desértica del ingeniero Emil Baur. Doblemente desértica, por el llano rojizo que la rodeaba y por su propia construcción de ladrillo apagado, dos altos pisos coronados de torrecillas decorativas, ventanas cerradas con postigos fijos y maderas quebradizas, una planta baja vedada por pesados cortinajes en cada ventana, un sótano, a su vez velado, asomándose con ojillos de rata medrosa. Todas las ventanas del caserón eran ojos viciosos insertados en una cabeza inquieta.

Los peldaños de mármol ascendían a la puerta de entrada, pesada, de dos hojas, metálica como en los presidios y simbólica, me dije, de la profesión del ingeniero de minas Emil Baur.

Me detuve. Aparqué. Subí los escalones. No fue necesario tocar a la puerta. Ésta se abrió y una voz desencarnada me dijo:

—Pase.

Entré a una penumbra que parecía *fabricada*. Es decir, no era la sombra que atribuimos naturalmente a tiempos y espacios acostumbrados, sino una tiniebla que parecía pertenecer sólo a este sitio y a ninguno más. De verdad, como si la mansión de Emil Baur generase su propia bruma.

—Pase. Rápido —dijo la voz con impaciencia.

Me di cuenta de que una parte de la niebla interior se escapaba por la puerta abierta y se disipaba en el ligero viento crepuscular del desierto. Entré y la puerta se cerró velozmente detrás de mí.

Soy un hombre cortés y portaba mi maletín grande —decidí llevar algunos objetos de aseo, una muda de ropa, siguiendo la sugerencia de mi anfitrión— en la mano izquierda para saludar con la derecha al ingeniero. Baur no me tendió la suya.

Se apartó de la sombra y apareció una ruina humana. Nada quedaba de aquel héroe wagneriano famosamente descrito por quienes lo conocieron de joven. El pelo de una blancura parecida a nieve sucia le colgaba de la coronilla a los hombros, dejando al descubierto un domo de calvicie, más que pecosa, teñida, como si el cráneo descubierto tuviese un color distinto del resto de la piel: amarillo, amostazado, derrumbándose hacia el gris arcilloso de la cara surcada por hondas comisuras labiales y nasales, una frente de velo rasgado como si pensar fuese un líquido viscoso que una oruga impenitente va dejando como seda cada vez más luída entre ceja y ceja.

Tres pelos blancos en cada ceja, los párpados de un saurio prehistórico, la mirada azul desvelada hasta convertirse en piedra de alúmina. La nariz fina y delgada aún, pero tendiendo a colgarse, señalando hacia los labios descarnados y apuntalados por múltiples signos de admiración arriba y abajo. El ejército de arrugas se anudaba y se aflojaba simultáneamente bajo un mentón decidido a adelantarse con orgullo a los acontecimientos. Desmentido por la ruina del cuello, delator inconfundible de la edad avanzada.

Debo admitir que Emil Baur intentaba, a pesar de todo, mantener una postura gallarda. La osteoporosis, lo noté enseguida, vencía a la antigua altivez, lo doblaba pero aún no lo jorobaba. Yo miraba un cuerpo vencido. Pero con igual evidencia, era testigo de un espíritu indomable. Indomable pero profundamente dolido. No bastaba, sin embargo, recordar la fama de sus derrotas históricas para entender, por una parte, un estrago más poderoso que el paso de los años y, por la otra, el esfuerzo final por llegar a la muerte con algún resto de la dignidad perdida…

—Sígame —ordenó, se detuvo y añadió—. Por favor.

El pasillo de entrada nos condujo a una inmensa sala de muebles oscuros —cuero de pardo animal, como si acabaran de arrancarle la piel a un saurio agónico—. Las paredes estaban recubiertas de maderas igualmente sombrías. Pero en lo alto de la altísima sala la luz del desierto entraba con fuerza crepuscular, iluminando oblicuamente los tres grandes retratos, de cuerpo entero, que colgaban lado a lado encima de la chimenea. El káiser Guillermo II, el general Francisco Villa y el führer Adolf Hitler. El primero con su gala imperial y una corta capa de húsar colgándole con displicencia de un hombro. El segundo con su traje de campaña: camisa y pantalón de dril, botas, ese sarakof colonial que Emil Baur evitaba y la pistola al cinto. Y Hitler con su habitual atuendo de camisa parda y pantalones similares a los del ingeniero de minas, botas negras y cinturón amenazante.

La luz del atardecer, digo, iluminaba oblicuamente, desde lo alto, a los tres héroes de mi anfitrión, pero permanecía en penumbras el resto de un vasto salón que, recuperado de mi asombro, asocié para siempre con un intenso olor de ceniza.

Baur me condujo a un pequeño estudio vecino a la gran sala, como si entendiese que en ésta no era posible platicar sino, apenas, recogerse religiosamente o admirarse para esconder el disgusto, si tal hubiese… Por lo menos, el mío, ya que mis estudios en Alemania me obligaron a detestar al régimen enloquecido que tanto dolor inútil trajo al mundo.

Acaso Baur adivinó mi pensamiento. Sentado frente a una enorme mesa de trabajo atestada de rollos de papel, sólo me dijo:

—Sé que usted no comparte mis convicciones, doctor.

Yo no dije nada, sentado frente a Baur en una silla de espalda recta e incómoda.

—Piense solamente —explicó sin que yo se lo pidiera— que donde otros buscaban la verdad en la base económica y social, él la encontró en la ideología.

—¿Los otros? —inquirí, dispuesto a dejarlo pasar todo, menos la interrogación expresa o tácita.

—Los rojos. Los comunistas. Los socialistas.

—¿La ideología? —insistí—. ¿La ideología importa más que las infraestructuras socioeconómicas?

—Sí, doctor. Lo que realmente mueve a los seres humanos. Sus mitos ancestrales, su fe nacional, su sentido del destino de excepción, por encima del común de los…

Lo interrumpí, asintiendo cortésmente. No cedí.

—Ingeniero, usted ha requerido mis servicios profesionales.

Miré el reloj, dándole a entender que debía regresar a la ciudad y recorrer cien kilómetros.

—Es mi mujer, Alberta.

Esperé de nuevo.

—Sufre de una rara enfermedad nerviosa.

—¿Desde cuándo?

—Usted es neurólogo —prosiguió sin contestarme.

Volví a asentir.

—Quiero que la vea.

Me extrañó que no dijera "Quiero que la examine."

Asentí de nuevo, como un San Pedro que en vez de negar dice siempre sí. Acepté la propuesta del anciano ingeniero.

Lo seguí por una escalera ancha y crujiente, sin alfombrar, hasta una segunda planta aún más oscura que la primera. Él no necesitaba ver. Conocía su casa.

Un largo corredor con seis puertas, tres enfrentadas a otras tres, invitaba a continuar hasta la tercera a la derecha. El viejo se detuvo. Me miró. Abrió la puerta.

Era una recámara oscura, iluminada por una vela solitaria sobre una mesita. Mis ojos debieron acostumbrarse a la penumbra. Al cabo distinguí una gran cama, la cabecera pegada al muro desnudo, el pie del lecho dirigido hacia la entrada.

Digo "el pie" pero juro que jamás anticipé lo que hizo Emil Baur.

Se arrodilló junto al extremo de la cama y sólo entonces vi que, bajo un cúmulo de edredones, asomaba un pie.

Baur lo tomó con gran delicadeza entre ambas manos —sus manos torcidas por la artritis—, lo llevó a sus labios y lo besó lentamente.

Abandonó el pie y, siempre de rodillas, se volteó a mirarme.

—Acérquese. Tóquela.

Yo no sabía qué hacer. Veía el pie desnudo pero el cuerpo estaba oculto bajo los edredones.

—¿El pie? —inquirí.

El viejo afirmó con la cabeza.

No me hinqué. Me agaché. Toqué el pie asomado. Me incorporé, aterrado. Había tocado hielo. Un pie blanco, sin sangre. Un pie muerto.

Sentí terror y náusea. No entendía la situación.

El viejo hincado me imploró.

—Por favor. Toque. Acaricie.

Cerré los ojos y le obedecí. A mi tacto, poco a poco, regresó el color a ese pie helado. El color y el calor.

Emil Baur me miró con los ojos llenos de lágrimas.

—Gracias —me dijo—. Gracias. Al fin.

3

El diagnóstico resultó cierto. Le dije a Baur que estábamos ante un caso típico de narcolepsia aguda. Como ésta suele manifestarse cuando el paciente se queda dormido enmedio de la tranquilidad o la monotonía, un médico tendría que observar el caso en vivo, digamos, viendo al paciente en su rutina para saber si, súbitamente, enmedio de la normalidad cotidiana, se queda dormido.

La otra posibilidad —continué con mi apreciación— era una cataplexia recurrente. En estos casos, el paciente suele caer al suelo súbitamente sin perder el conocimiento. El ataque puede ser provocado —lo dije con la cara más seria— por una risa incontrolable. (Me abstuve de contar el caso de un hombre que murió de un ataque de risa en un cine, viendo a Laurel y Hardy.)

—¿Puede ser a causa de una fuerte emoción? —preguntó el ingeniero.

Afirmé con la cabeza.

—Doctor, yo vivo aislado en el desierto. ¿Está usted conforme en que el caso requiere atención constante?

—Así es. El paciente requeriría hospitalización a fin de ser observado día y noche. Los signos de la enfermedad se presentan sin previo aviso.

—Por desgracia, mi esposa no puede ser trasladada a otro lugar.

—Le aseguro, ingeniero, que las ambulancias son…

—¿Seguras? ¿Bien equipadas? No se trata de eso.

Mi pregunta la hice en silencio.

—Alberta se moriría si pone un pie fuera de la recámara.

—¿Por qué?

—Porque nunca, desde que nos casamos, la ha abandonado.

—¿Quiere decirme que durante treinta años ha vivido encerrada aquí?

—Desde que nos casamos.

—Espero que haya contado con asistencia —dije con cierta severidad.

—Aquí sólo vivimos ella y yo. Yo atiendo a todas las necesidades de mi mujer.

Yo iba a decir "En ese caso, salgo sobrando." Me cerró la boca la misteriosa revelación del pie, primero y enseguida, cuando Baur me condujo a la cabecera del lecho y apartó levemente el edredón, la negra cabellera desparramada del ser que allí yacía.

No dije "mujer" porque no me constaba. He aprendido a aceptar, sin sobresaltos, la imaginación de los seres humanos y su disposición a adaptar la realidad a sus deseos, a sus sueños, a sus pesadillas, a sus perversiones... La figura con el cuerpo cubierto por el edredón y la faz oculta por la cabellera no tenía, para mí, sexo. Podía ser un hombre con pelo largo. ¿Alberta o Alberto? Yo no iba a rendirme, en esta situación excepcional, a ninguna afirmación que no me constara —es hombre, es mujer, nada previo a la prueba.

Baur cubrió rápidamente la cabeza del ser durmiente, su "mujer" según él. Introduzco esta nota de escepticismo porque ahora me doy cuenta de que, desde el primer instante, quise poner a prueba todas las palabras de mi anfitrión, incluso las que se referían —sobre todo las que se referían— a la persona de su "mujer".

—Alberta Simmons.

Levanté la mirada y descubrí en los ojos viejos de Emil Baur un fulgor perdido al fondo de la mirada. Era la inconfundible chispa del amor.

—Se lo ruego.

—Necesito algunas medicinas, algunos…

—Aquí tengo todo lo necesario.

—Es que la paciente…

—Sea usted paciente —dijo Baur porque no me oyó bien.

Entonces pensé que la persona escondida bajo los edredones era no sólo paciente, sino *paciente*. Intenté, sin éxito, sonreír. Pero acordé quedarme, felicitándome por mi previsión. Traía conmigo no sólo mi negro maletín profesional, sino una maleta de viaje con mudas de ropa, artículos de aseo, hasta un libro.

Nunca se sabe…

—Los dejo solos —dijo Baur con una voz apagada por la emoción.

Me acerqué al lecho. Aparté con suavidad el edredón que cubría el cuerpo. Miré la larga cabellera negra que ocultaba la cara bocabajo. Un movimiento curioso me hizo llegar con la mano hasta el cráneo. Retiré la mano. Había tocado, debajo de la masa de pelo, una cabeza fría.

Audacia. Falta de respeto. Impunidad. Me salía sobrando cualquier autoacusación. Arranqué de un golpe la peluca sedosa y encontré una cabeza rapada en la que el pelo, espinoso, volvía a crecer lentamente. *Notoriamente.* Tuve la sensación de que era mi tacto lo que hacía brotar el pelo de esa cabeza que, a menos que yo alucinara, estaba totalmente calva cuando le quité la peluca.

Tan lo creí que poco a poco fui bajando la mano a las mejillas de este ser inerte al que Baur presentaba como "Alberta, mi mujer." Al contacto con mis dedos, la piel de Alberta —acepté el nombre— adquiría tibieza, como si mi mano médica poseyese poderes de recuperación hasta ese instante insospechados por mí.

Entusiasmado (lo admito ahora), sentado al filo de la cama, recorrí el rostro dormido. Cada caricia mía parecía despertar de su sueño a la mujer. ¿Y si tocaba sus labios, hablaría? ¿Y si rozaba sus ojos, los abriría?

Cerré los míos, invadido por la extraña sensación de que no estaba ya cumpliendo funciones de galeno, sino de brujo. Confieso el miedo que me dio ver a la mujer.

Aparté de la cama mis ojos cerrados.

Los abrí.

Posado sobre el buró de noche, mis ojos descubrieron un retrato.

Era el mío.

Era yo.

Era mi cara.

Parpadeé furiosamente, como en un trance.

Entonces ella abrió los ojos. Ojos negros. Me miró lánguidamente y dijo con una voz del fondo del tiempo:

—Has regresado. Gracias. No me abandones más.

Me aparté, presa de un pánico que luchaba equitativamente con mi disciplinada atención médica del fenómeno.

Alberta continuaba cubierta por el edredón hasta la barbilla, protegida, como una niña dormilona e inepta para la vida.

Yo me llegué hasta la puerta, salí de la recámara, no quería, por el momento, mirar hacia atrás… Salí.

En el corredor me tropecé con Emil Baur.

—¿Qué le sucede? —me preguntó con una voz, esta vez, alarmada.

—Mi retrato —dije intentando permanecer en calma, a pesar de un incontrolable jadeo.

—¿Cuál retrato? —preguntó Baur.

—Yo… Allí… Junto a la cama.

—No le entiendo —dijo el viejo, guiándome de regreso a la recámara.

Me apretó el brazo.

—Mire usted, doctor. Es mi foto. Alberta siempre ha tenido mi foto al lado de su cama.

Era cierto. El retrato posado sobre el buró era el del ingeniero Emil Baur, con treinta años menos.

—Le juro que vi el mío —le dije.

Él, hasta donde era posible en ese rostro momificado, sonrió.

—Vio usted lo que quería ver.

Dejó de sonreír.

—Quiso verse, mi querido doctor, en mi lugar.

4

Decidí quedarme en esa casa lúgubre. Primero, por deber profesional. Luego, por natural curiosidad. Finalmente, por algo que se llama pasión y que no se explica ni racional ni emotivamente, ya que la pasión abruma a la mente y sujeta las emociones a una búsqueda exigente e incómoda de la razón.

La pasión arrebata. Deja sin emoción a la razón y a la emoción sin razón. Arrebata porque se basta.

Esperaba una recámara propia. Baur me suplicó —era una orden prácticamente militar— quedarme en la recámara de Alberta, observarla día y noche. ¿No había dicho yo mismo que estos casos se dan bajo el signo de la sorpresa? ¿Que así como el paciente cae en el más profundo sueño, puede despertar súbitamente?

Alguien tiene que estar aquí, añadió Baur, para ese momento.

—¿El despertar?

—Sí.

—¿Usted lo ha intentado?

—Sí.

—¿Qué pasó?

—Perdí el poder —dijo altivamente.

—¿Cree que yo lo tengo? —lo contrarié con humildad, sin entender de qué poder se trataba.

—No lo creo. Lo sé. Lo he visto.

—¿Cuando le toqué el pie?

—Sí.

¿Qué cosa había en la mirada que acompañó tan sencilla afirmación? ¿Derrota, resignación, esperanza, perversidad? Acaso un poco de todo. Lo confirmó su siguiente frase.

—Tóquela, doctor. Reconózcala con sus manos.

—Sí, pero…

—Sin límite, doctor. Sin prohibición alguna. No se mida…

Me dio la espalda, como si quisiera ocultarme la angustia o la vergüenza de la situación. Sus instrucciones no hacían falta. Un médico se siente autorizado a auscultar plenamente a un enfermo.

Quizá me convencí, en ese instante, de que Baur quería la recuperación de su esposa pero, absurdamente, no deseaba verme tocarla. Iba a decirle que no se preocupara, era un examen médico. Pero él ya se había retirado.

Me dejó frente a la puerta de la recámara. No sé qué diabólico espíritu se apoderó de mí. Recordé fugitivamente la disciplina a la que fui sometido como estudiante de medicina en Heidelberg. Sólo que entonces no tuve esta poderosa sensación de placer, un placer sin límite, sin pecado, porque el marido complaciente de esta mujer me la entregaba no sólo por razones médicas. Seguramente su impotencia sexual —admitida por él mismo con sorprendente candor en un hombre de reputación temible, imperialista, villista, nazi, viril— me hacía entrega de las llaves de ese cuerpo frío, inerte, desconocido, al que ahora me correspondía calentar, mover, conocer… Médico y amante.

Casi reí. Casi. La puerta de la recámara se cerró detrás de mí. Mi maletín médico, pero también mi maleta de viaje, estaban al pie de la cama. No había ventanas. Tres paredes estaban acolchadas, como en un manicomio. La cuarta la cubría una ancha y larga cortina carmesí. Sobre una mesa había un lavabo y un jarrón con agua vieja. Me asomé con curiosidad. Una nata la cubría… Como por descuido, descansaba al lado del recipiente un jabón sin perfume. Busqué lo que faltaba. Debajo de la cama asomaba un bacín de porcelana carcomida por el óxido.

No había un segundo lecho. El que debía corresponder —casi sonreí— a los huéspedes. Pero la cama donde yacía "Alberta" era de tamaño matrimonial.

Pongo su nombre entre comillas porque el incidente de la peluca negra y la cabeza rapada me hacía dudar, pese a todo. Sólo había, por supuesto, una manera de averiguar si me las había con mujer u hombre. El ingeniero, después de todo, me había autorizado a explorar sin límites ese cuerpo. A pesar de ello, un extraño pudor se apoderaba de mí apenas me acercaba a la figura cubierta de edredones, como si el permiso de Emil Baur se convirtiese, perversamente, en prohibición que yo me imponía a mí mismo.

No poseía, en otras palabras, el coraje necesario para conocer, de un golpe, la verdad. O acaso la libertad que me otorgaba mi anfitrión yo mismo la convertía en temeroso misterio. Poseía, eso sí, la cobertura profesional, cada vez más frágil, de ser un médico auscultante.

El hecho es que, detenido de pie junto a esa figura, volví a acariciarle la cabeza ya sin asombrarme de que, a mi tacto, la cabellera brotase cada vez con más vigor: negra, lustrosa, captando luces que este sitio no autorizaba.

Me hinqué entonces al lado de la figura y apartando la profusa cabellera descubrí un rostro de acusados perfiles, agresivo aun en el sueño, como si su vida onírica fuese, más que una segunda existencia, el manantial mismo de su personalidad oculta, retenida, sumergida por eso mismo que yo diagnostiqué como narcolepsia o —mi propia segunda opinión— cataplexia recurrente. Los rasgos de "Alberta" eran tan poderosos que mal se avenían con mi idea de una fe

religiosa —la menonita— identificada con el pacifis-
mo, la no violencia, la no resistencia.

El perfil de "Alberta", la nariz larga y aguda, la tez
gitana, las cejas muy pobladas, la delgada y prominen-
te estructura ósea, la espesura negra de las pestañas,
los gruesos, sensuales labios, la barbilla ligeramente
saliente, desafiante, mal se avenían, además, con el
estado perdido, narcoléptico, de mi paciente...

Me dije a mí mismo esa palabra —"paciente"—
y en el acto dudé de su propiedad. La fuerza de los
rasgos de esta persona no sólo desmentía la pasividad
de su estado. Anunciaba un poder dormido por el
momento pero que, al despertar, se afirmaría de manera avasallante.

"Alberta" no me dio miedo. Y sin embargo, yo
era el amo de su actual esclavitud. Estaba en mis
manos. Mi palma abierta sintió el aliento de su nariz.
No era una respiración tibia. Era ardiente. Descendí,
amedrentado, a los labios. Los rocé. Estoy seguro de
que estaban blancos, drenados de sangre. Al tocarlos,
les devolví el color. Y algo más: el habla.

Movió los labios.

Dijo:

—No piense eso.

Iba a pedirle que se explicase. Me detuvieron dos
cosas. Era una voz de mujer. Y mi experiencia médica
me indicó que era inútil inquirir. La mujer hablaba sin
haber recuperado la conciencia. Las frases siguientes
vinieron a confirmar mi opinión.

—¿Sabe usted?

Sin dejar de tocarle los labios, acerqué el oído a
su voz.

—Duerma tranquilo.

Asentí en silencio.

—Olvide esas cosas.

Retiré la mano de los labios y Alberta calló. Sus palabras inconexas, casi ininteligibles, me produjeron una especie de náusea, como si una parte olvidada o desconocida de mí mismo las entendiera, pero no mi persona *actual.*

Alberta abrió los ojos negros como el carbón, pero como éste, escudo del diamante.

Yo sentí que las posiciones se revertían, que ella despertaba, me miraba y ahora era yo quien caía, sin poderlo evitar, bajo el poder de una mirada hipnótica. Era como si los ojos de Alberta fuesen dos agujas que penetraban con poderes fluctuantes en mi cuerpo, potenciando por un momento el flujo de la sangre sobre la lucidez mental, hasta ahogar el pensamiento revirtiendo enseguida el proceso: la sangre parece huir, abandonando una mente perfectamente clara pero igualmente vacía.

Yo sabía lo suficiente para dudar entre el poder hipnótico que los ojos abiertos de Alberta ejercían sobre mí y el poder de la autohipnosis que el despertar de la mujer provocaba, como una especie de defensa, en mí también.

Quería huir del despertar de la bella durmiente.

Temblé de miedo.

Me entregué al azar.

5

Nunca podré distinguir entre lo que propiamente era una auscultación profesional del cuerpo de Alberta y lo que, con certeza onírica, era la posesión del cuerpo de Alberta.

¿No me había dado permiso el marido de explorar el cuerpo de su mujer?

¿Explorar implicaba poseer?

¿Conquistar?

Acaso sólo quería trazarle una forma.

Mis sensaciones eran como la corriente alterna en electricidad. Por momentos acariciaba un cuerpo ardiente, convulso, que clamaba amor. Ya no cabía duda, era mujer, era dueña de una piel más blanca que su rostro sombrío, como si la cara hubiese estado expuesta a un sol inclemente y el cuerpo sólo conociese la sombra. Quizá porque las zonas oscuras de la piel —los pezones grandes, redondos como monedas olvidadas en el fondo de una cueva, el vello negro ascendiendo hasta cerca del ombligo— eran tan sombrías que iluminaban el resto del cuerpo tendido, excitante y vivo cuando yo lo tocaba, exangüe apenas lo abandonaba.

¿Pude pensar, para mi vergüenza y horror, que ese cuerpo de mujer vivía dos momentos separados pero contiguos, instantáneos aunque sucesivos, como una luz eléctrica que se enciende y se apaga sin tregua? ¿Que uno de esos momentos era el de la vida y el otro el de la muerte? ¿Y que esta misma, la muerte, alternaba en Alberta el fallecimiento somático, el cuerpo sin vida ya y la muerte molecular, en la que los tejidos y células siguen respondiendo a estímulos externos por cierto tiempo?

Me sorprendió el cinismo de mi respuesta física.

Me desnudé rápidamente, abracé a la mujer, consigné el pálpito acelerado de su sangre, el revivir de su piel entera, froté con placer mi pene erecto contra la selva de su pubis, ella gimió, yo penetré su sexo con fuerza, con temblor, hasta lo más hondo y escondido de la vagina, sintiendo cómo mis pelos frotando contra su clítoris la excitaban fuera de todo control, tomando cuidado de que sólo el vello, como ala de pájaro, tocara la intimidad de su placer, tan externo como profundo era el mío.

Alberta gimió cuando los ritmos de ambos placeres se conjugaron. Abrió los ojos en vez de cerrarlos. Me miró.

Me reconoció.

Estoy seguro. Una cosa es ser mirado por alguien. Otra, ser reconocido.

Adentro de ella, reteniendo mi orgasmo con un acto de voluntad suprema, traté de entender sus nuevas palabras.

—Has regresado. No sabes cuánto lo he deseado.

Yo, instintivamente, me uní a sus palabras como un extraño que descubre después de una jornada de marchas forzadas en el desierto un fresco río fluyente y se sumerge en sus aguas.

¿Era un espejismo?

Lo puse a prueba: bebí.

—Yo también.

—¿Te quedarás conmigo?

—Sí. Claro que sí.

—¿Me lo juras?

—Te lo juro.

—¿Cómo sé que la próxima vez que te vayas regresarás?

—Porque te amo.

—¿Tú me amas?

—Lo sabes.

—No basta. Otras veces vienes, prometes y luego te vas…

—¿Qué quieres decir?

—No basta.

—¿Qué más puedo darte?

—Amarme ya no es un misterio para ti.

—No, tienes razón. Es una realidad.

Alejó mi cabeza de la suya.

—Pero yo no soy razonable —murmuró.

No aguanté más. Un diálogo puramente casual, azaroso, intuitivo, había encajado perfectamente con las palabras de la mujer, asombrando y desarticulando mi voluntad. No aguanté más. Me vine poderosamente como si mi cuerpo fuese en ese momento el árbitro de la vida y de la muerte, me vine con un rugido y el torso levantado, mirándola mientras ella se mordía la mano para no gritar y no cerraba los ojos como lo dicta el protocolo del orgasmo.

Tampoco me miraba a mí.

Giré el cuello para ver si yo veía lo mismo que ella.

Ella miraba con una mezcla de burla, satisfacción y temor casi infantil a la cortina carmesí del cuarto que sólo entonces sentí sofocante.

Caí, sin embargo, satisfecho sobre el hombro de Alberta. La abracé. Libré una mano para acariciarle el hombro, el brazo…

Rocé en ese cuerpo desnudo —por eso me llamó la atención— un pequeño espacio recubierto. Traté de adivinar. Era una tela adhesiva pegada al antebrazo. Ella se dio cuenta de mi insignificante descubrimiento y rápidamente ocultó el brazo debajo de la almohada.

Su cuerpo vibraba con una nueva vida. Lo digo sin ambages. Yo había conocido a una hembra yacente, prácticamente muerta, por lo menos ausente del mundo.

Ahora esa mujer vigorizada, esta menonita prisionera que se parecía más bien a una heroína bíblica, una Judith resurrecta, se incorporó, me tomó de la mano, me obligó a hincarme, desnudos los dos, al pie de la cama, comenzó a murmurar: "Bienaventurados los que lloran, porque serán consolados; bienaventurados los misericordiosos, porque alcanzarán misericordia; bienaventurados los perseguidos, porque de ellos es el reino de los cielos…"

Entonces, con calma, se incorporó, tomó el aguamanil, se hincó frente a mí y procedió a lavarme los pies, sin dejar de murmurar,

—La iglesia de Dios es invisible. La iglesia de Dios está separada del mundo.

Lo decía con convicción. También con miedo.

Miraba con insistencia hacia la cortina carmesí.

Yo mismo volteé a mirarla. Juro que percibí un movimiento detrás del tercipelo del lienzo.

Alberta interrumpió su oración. Yo ya la conocía. Era el Sermón de la Montaña. Los menonitas aprenden a recitarlo de memoria.

—Bienaventurados los perseguidos —murmuró Alberta y calló.

Me miró mirando la cortina.

Su mirada me interrogó.

Sentí que estábamos siendo observados.

¿Ella también lo sentía?

—¿Tienes miedo de que mi marido nos sorprenda?

Trastabillé. —Sí, un poco.

—No te preocupes. Le gusta.

—¿Le gusta o lo quiere?

—Las dos cosas.

—¿Por qué?

—Porque me vas a acompañar.

—Él te puede acompañar. Lleva treinta años acompañándote.

—Pero tú me haces vivir —dijo con una sonrisa francamente odiosa, llena de desprecio, rencor y amenaza.

—Ven —le dije suavemente, tomándola del brazo—. Ven. Recuéstate. No te fatigues demasiado.

Porque sentí que se desvanecía, como si el esfuerzo de amar y de orar la hubiesen vaciado.

De pie, se abrazó con furia a mi cuerpo.

—Dime algo, por favor. Dime lo que sea. No me hagas creer que no existo.

Alberta le daba la espalda a la cortina.

Yo noté el movimiento de un cuerpo detrás del paño.

Sólo entonces admití que aquí vivía una pareja casada desde hacía treinta años. Baur tenía más de ochenta. Pero ella seguía siendo la joven novia menonita de 1945.

6

No he contado las horas desde que volví a recostar a Alberta. El tiempo aquí huye. O se suspende. Afuera, ¿es de día, es de noche? ¿Cuánto tiempo llevaba sin comer? ¿Por qué no tenía hambre? ¿Por qué no sentía sed? Era como si hubiese penetrado a un mundo sin horarios ni deberes. Un mundo mudo, puramente negativo. Un mundo *sin necesidades*.

Y sin embargo, la proximidad del cuerpo de la mujer no era un figmento imaginario. Ella había caído en un sueño profundo, pero respiraba como la gente que duerme, con una hondura vital, como si nuestra existencia onírica, lejos de ausentarnos de la vida consciente, sólo la duplicara.

No sé por qué, mirándola dormir, me convencí de que ella se sentía protegida en esta extraña alcoba sin ventanas, acolchada, sin más decorado que la cortina carmesí. Casi, se diría, una habitación carcelaria. ¿Treinta años aquí, desde que se casó? ¿Era éste su lecho de bodas? ¿1945? ¿Qué edad tendría Alberta al casarse? Baur tenía cincuenta y cinco años al terminar la guerra y casarse con Alberta. Baur envejecía. Su mujer no. Él mismo, el doctor, ¿dónde estaba en 1945? ¿Cómo sabía que habían pasado treinta años? ¿Cómo sabía, siquiera, que este día, el que vivía en este momento, pasaba en 1975?

Hice un esfuerzo fuerte, doloroso, de memoria.

Emil Baur.

La biblioteca.

El calendario en la biblioteca.

El 30 de abril de 1975.

Era un reloj-calendario.

Baur lo había desplazado para ponerlo ante la mirada del joven doctor.

El joven doctor.

Se tocó los brazos.

Me palpó la cara.

¿Cuándo se había visto, por última vez, en un espejo?

¿Por qué presumía, convencido, de no tener más de treinta y cinco años?

¿Por qué era él la pareja en edad de Alberta y no su octogenario marido?

¿Quién le había dicho su propia edad?

Sacudí la cabeza para espantar al espanto que me obligaba a referirme a mí mismo en tercera persona.

Yo era yo.

Me llamaba Jorge Caballero.

Doctor Jorge Caballero.

Graduado en Heidelberg.

¿Cuándo?

¿Qué año?

Las fechas se confundían en mi cabeza.

Los números me bailaban ante la mirada.

Si yo tenía treinta y cinco años, en 1945 era un niño de apenas cuatro años.

Miré hacia la cama. Si Alberta se había casado con Emil Baur en 1945, hoy tendría más de cincuenta años, pero parecía de veinticinco, treinta cuando mucho.

Ella veinticinco. Yo treinta y cinco. Emil Baur ochenta y cuatro.

Poseía estos datos. Pero no acudía a mi memoria nada inmediato, nada próximo, lo ocurrido antes de entrar a esta casa. ¿Por qué conocía mi propio nombre, mi profesión? ¿Por qué no sabía qué cosa hice ayer, a quiénes atendí? ¿Por qué se había vuelto mi memoria un filtro que sólo dejaba pasar… lo que yo no quería? Me di cuenta de que nada de esto correspondía a mi voluntad. Alguien, otro, había eliminado mi memoria mediata e inmediata. Alguien, otro, había seleccionado los datos que deseaba para plantarlos en mi cabeza. *Los datos que le convenían.*

Con la mirada desorbitada, busqué lo que no había en esta prisión. Un calendario. Un periódico con fecha. Recordé (me fue permitido recordar): traía un libro. Un médico siempre debe traer un libro. Muchas horas muertas.

Era *El diván* de Goethe. Lo abrí al azar.

El más extraño de los libros
es el libro del amor.
Lo leo con atención.
Pocas páginas de placer,
cuadernos eternos de dolor:
la separación es una herida…

Cerré los ojos para memorizarlo, seguro de que un poema era mi salud. Pero los números me bailaban ante la mirada. El poema se llamaba "Libro de lectura". La página era la número 45.

Cuarenta y cinco, cuarenta y cinco, el número danzaba por su cuenta, yo lo repetía mecánicamente, hasta entender que la voz no era mía, era una voz extraña, venía de detrás de la cortina carmesí.

Me adelanté a correrla.

Allí estaba él, con una palidez atroz, mirándome con ojos encapotados de bestia sáurica, convirtiendo el azul de los iris en hielo abrasador, rígido como una momia, moviendo los labios en mi nombre,

"La separación es una herida"

y como si contara hacia atrás,

"¿Qué año?

"¿Cuándo?

"Graduado en Heidelberg"

y entonces, Doktor Georg Reiter, Georg von Reiter, ¿quién se lo había dicho?, ¿por qué presumía, convencido de no tener más de treinta y cinco años?, ¿cuándo se había visto, por última vez, en un espejo?

Hablaba Emil Baur, vestido normalmente (como era su costumbre) de explorador antiguo, pero transformado en demonio, eso me pareció en ese instante, un demonio que manipulaba mis palabras y dirigía mis actos hacia el lecho de Alberta y mis manos hacia el brazo desnudo de Alberta y mis dedos hacia la tela adhesiva del antebrazo, que arranqué sin pensarlo dos veces, sin despertar a la bella durmiente, revelando el número indeleble allí tatuado.

Más que tatuado. Grabado. Marcado para siempre con hierro candente.

No recuerdo el número. No importa. Sabía su significado.

Emil Baur avanzó hacia la cama.

Ella acostada.

Yo sentado a su lado.

Baur traía, incongruentemente, un libro de teléfonos bajo el brazo.

—Doctor Jorge Caballero —dijo.

Asentí. No dije "A sus órdenes." Sólo asentí.

—¿Está seguro?

Yo debía hablar. —Sí, doctor Jorge Caballero.

—¿Domicilio?

—Avenida División del Norte 45.

—¿Dónde?

—Ciudad de Chihuahua. Junto a la universidad. A dos pasos de la estación de trenes.

—¿Teléfono?

—No… no lo recuerdo en este momento…

—¿No recuerda su propio número telefónico?

—Sucede —balbuceé—… Uno no suele llamarse a sí mismo.

—Búsquelo en el anuario —me dijo tendiéndome el libro de hojas amarillas.

Hojeé. Llegué a la C. Busqué mi nombre. No existía. Ni domicilio. Ni teléfono. Miré con asombro el libro telefónico del cual yo había desaparecido.

—¿Te gusta mi mujer? ¿La amas?

No respondí.

—Déjame decirte algo, doctor. Sólo puedes convencer a una mujer de que la amas cuando le demuestras que quieres abarcar a su lado el tiempo de la vida. Mejor: todos los tiempos. Los que fueron. También los que no fueron. Los que pudieron ser.

—Es verdad —habló mi alma romántica, mi sueño—. Así se ama.

—¿Amas a mi mujer?

Luché contra esa alma que se me revelaba súbitamente.

—Acabo de conocerla.

—La conociste hace treinta años —dijo brutalmente, sin transición en las buenas maneras, con un silbido babeante, el ingeniero Emil Baur.

—Está usted loco —me levanté de la cama con violencia.

Mi cuerpo descontrolado se estrelló contra la pared acolchada.

—Usted está muerto —dijo con la más fría sencillez.

Tragué aire. —Jorge Caballero, médico graduado de…

—¿Domicilio?

—Heidelberg.

—Teléfono.

—Está prohibido.

—¿Quién lo prohibe?

—Ellos.

—¿Dónde?

—¡No sé! —grité—. Sin nombre. El lugar sin nombre. ¡Todo está prohibido! ¡Nadie tiene nombre! ¡Sólo hay *números*!

—¿Qué número? ¿Cuántos?

—¡Cuarenta y cinco!

Quería evitar la mirada de Emil Baur. No pude. Era demasiado poderosa. Yo mismo, ingenuamente, se lo había explicado. Narcolepsia, estado onírico; cataplexia, derrumbe físico sin perder conciencia; hipnosis, el sueño receptivo a la memoria del pasado más olvidado, rechazo de la memoria de lo más actual e inmediato; autohipnosis, primero más sangre que cerebro, enseguida más cerebro que sangre…

Prisionero del desencuentro de memoria y conciencia.

—Escoja el estado que quiera, doctor. Siéntase libre de hacerlo.

—¿Mi estado? —repliqué con violencia—. Mi estado es normal. Ocúpese de su mujer. Ella es la enferma.

—Ya no puedo ocuparme de ella. Por eso lo traje aquí, doctor.

Emil Baur habló con una sencillez que disfrazaba el frío horror de sus palabras.

—Los dos sufren de la misma enfermedad, doctor. ¿No se da usted cuenta?

—¿Los dos? —pregunté, desorientado.

—Sí, usted y ella.

—¿El mismo mal?

—Un mal sin remedio, doctor. La muerte.

7

No entendí la crueldad de Emil Baur hasta el momento en que me ordenó vestirme y bajar con él al gran salón.

Lo hice y estaba a punto de abandonar la recámara de la mujer cuando ella gimió con una voz que parecía el eco lejano de su plegaria menonita, el Sermón de la Montaña:

—Bienaventurados los que padecen persecución, porque suyo es el reino de los cielos.

Sólo que esta vez no repetía una plegaria religiosa, sino una oración personal:

—¿Te estás yendo? Ya no puedo reconocerte. ¿Me reconocerás tú a mí?

Estas palabras me conmovieron tanto que quise darme media vuelta y regresar a la alcoba.

—Dime algo, por favor, dime lo que sea, no me hagas creer que no existo —dijo ella con voz cada vez más apagada.

Baur me tomó poderosamente del brazo, con un vigor que desmentía su ancianidad, y me alejó de la recámara. La puerta de metal se cerró con estrépito.

El ingeniero no tuvo que esforzarse para guiarme escalera abajo al salón. Yo carecía de fuerzas. Yo carecía de voluntad.

Nos sentamos frente a frente, bajo las miradas inquietantes, absurdas si se quiere, temibles también, de los tres personajes heroicos en la vida de mi anfitrión.

El viejo me miró como si me reconociera. Extraña sensación de desplazamiento. No como el día que acudí profesionalmente a su llamado. Ni siquiera con los ojos demoniacos de su aparición en la recámara de Alberta.

Me miró como me había mirado por primera vez. Hace muchísimo tiempo.

Hubo un largo silencio.

Baur unió las manos nudosas y manchadas. Las uñas se le hundían en la carne. Parecían pezuñas. El lugar olía a mostaza, a aceite rancio, a manteca de puerco, a humo de invierno…

Pasó media hora en que nos mirábamos sin hablar mientras nos observaban Guillermo II, Pancho Villa y Adolf Hitler. Yo no tenía voluntad ni fuerza ni razones. Mi experiencia en la mansión de fin de siglo de Emil Baur me había desposeído de todo.

—No se sienta despojado de nada —sonrió con inexplicable beatitud el sujeto—. Al contrario. Si le place, escoja el destino que más le acomode.

Negué con la cabeza. La abulia me vencía. Me sentí como una página en blanco. Seguramente, Baur lo sabía. Al final de cuentas, yo era un individuo con la libertad —que él acababa de ofrecerme— de escoger su propio destino. Libertad suprema pero indeseable. Cómo añoré en ese instante los movimientos libres del puro azar, la medida de lo jamás previsto que se va filtrando día a día en nuestras vidas, confundido con la necesidad, hasta configurar un destino.

Sólo Baur me daba a entender con todas sus acciones y todas sus palabras que para mí había llegado la hora en que escoger el futuro significaba escoger el pasado.

El viejo ingeniero lanzó una carcajada.

—En 1944 usted, doctor Georg Reiter, era médico auxiliar en el campo de Treblinka en Polonia.

—No.

—Su misión era eliminar a los incapacitados mentales y a los físicamente impedidos.

—No.

—Nunca exterminó a un judío.

—No.

—Pero los judíos no eran las únicas víctimas.

—Gitanos. Comunistas. Homosexuales. Pacifistas. Cristianos rebeldes —repetí de memoria.

—Los menonitas eran una minoría en Alemania. Pero su fe los condenaba. Les estaba prohibido combatir en una guerra.

—Sí.

—El aparato nazi no discriminaba. Un hombre. Una mujer. Menonitas. Pacifistas. Condenados.

—Sí.

—Los campos estaban organizados como la sociedad alemana en su conjunto.

—Sí.

—Los campos eran simplemente una parte especializada del todo social.

—Sí.

—La maquinaria de la muerte no se habría movido sin miles de abogados, banqueros, burócratas, contadores, ferrocarrileros… y doctores.

—Sí.

—Que sin ser criminales, aseguraban la puntualidad del crimen.

—Sí.

—Parte de su obligación era estar presente en la estación cuando llegaba el cargamento.

—¿El cargamento?

—Los prisioneros.

—Sí. Llegaban prisioneros. Eso lo sabe todo el mundo.

—Usted debía, a ojos vistas, separar a los fuertes de los débiles, a los viejos de los jóvenes, a los hombres de las mujeres, a los padres de los hijos.

—No recuerdo.

—A los superiores se les permitía escoger mujeres para su servicio doméstico. Y para la cama.

—Quizá.

—El corazón le dio un salto cuando la vio llegar a la estación.

—A quién.

—A una mujer de pelo negro y lustroso, suelto porque traía en la mano, con aire de vergüenza altiva, la cofia de su secta. Una mujer de rasgos fuertes, labios gruesos, mentón desafiante.

—Está arriba. Duerme.

—Usted la escogió.

—Sí. La escojo.

—Creyó que era para servir en su casa.

—Lo creímos los dos. Ella y yo.

—Usted sabía que era sólo por un rato. Había que procesar el crimen. Primero los ancianos, luego los niños, las mujeres sólo más tarde, ocupadas entretanto en servir a los jefes y acostarse con ellos.

—Sí.

—Pero ésta era una mujer violenta en defensa de la paz, violenta porque creía profundamente en la revelación religiosa de su fe…

—Sí.

—Igual que nosotros, los alemanes, creíamos violentamente en la revelación espiritual de una patria resucitada, grande, fuerte, bajo un solo führer.

—Eso es.

—Había que cumplir con el deber.

—Así es.

—Aun cuando llegue un momento en que hay que desobedecer a los jefes para obedecer a la conciencia.

—Sí.

—Ella sentía que ser menonita implica confesar públicamente la fe para identificarse realmente con ella.

—Sí. Era terca.

—Usted la escogió.

—Sí, la escojo.

—Creyó que era para servir en su casa.

—Sí.

—Pero sabía que al cabo iban a experimentar con su cuerpo, la iban a entregar a un judío para que tuviera un hijo que no pudiera esconderse bajo el manto de Cristo...

—Sí. Bastaba ser parcialmente hebreo para perder la salvación cristiana.

—Los comandantes se sentían autorizados. Citaban a Hitler. "Jesús fue el judío que introdujo la cristiandad en el Mundo Antiguo a fin de corromperlo."

—Eso dijo, sí.

—Usted luchó por mantener a Alberta en su casa, como criada...

—No sé.

—Usted y Alberta fueron amantes.

—Sí. Ahora mismo...

—Usted recibió la orden de entregarla al hospital.

—Sí. Pero usted dijo que no era posible moverla de la recámara.

—Usted iba a operarla, martirizarla, sembrar el semen judío en su cuerpo, usted…

—Yo la salvé.

—Usted la salvó poniendo el nombre de "Alberta Simmons" entre la lista de los muertos.

—Yo la hubiera salvado.

—No, usted la condenó. Nadie podía escapar. Nadie podía esconderse. Usted creyó que ponerla en la lista la salvaba.

—Sí.

—Usted creyó que podía burlarse de la máquina burocrática del Tercer Reich.

—No. Yo la salvé.

—Usted la condenó. Usted no tenía dónde esconderla.

—No.

—Usted preparó la fuga de la mujer llamada "Alberta Simmons" que ya estaba en la lista de los exterminados.

—Sí.

—Sólo que la lista no correspondía a la realidad. Los nazis eran expertos en contar e identificar cadáveres. Su engaño fracasó, Herr Doktor.

—¿Sí?

—Una mañana lo arrestaron a usted.

—Me arrestaron a mí…

—Una mañana. Alberta Simmons desapareció.

—¿Desapareció?

—La misma mañana. Lo arrestaron a usted.

—Me arrestaron, sí.

—Lo llevaron primero al Totenlager, el área de exterminio…

—El basurero…

—Estaba lleno de cadáveres.

—Piel azul, piel negra…

—Uno de esos cadáveres era el de Alberta.

—Alberta. Alberta Simmons.

—Usted lo rescató de noche. Llevó el cuerpo a un bosque. Quiso darle sepultura cristiana.

—Ese hombre estaba loco. La vigilancia estaba en todas partes. ¿Por qué no la dejé entre el montón de cadáveres? ¿Azules, negros, dijo usted?

—Azules. Negros.

—El comandante Wagner decía que no podía desayunar a gusto si antes no mataba.

—A usted lo fusilaron ese mismo día por causa de desobediencia.

—¿Los dos morimos el mismo día?

—"Respire hondo. Fortalezca sus pulmones." El doctor Reiter se dijo a sí mismo lo mismo que le decía, piadosamente, a los condenados antes del exterminio o de la operación.

Baur hizo una pausa.

—Ahora dígame, doctor. ¿Traje yo los cadáveres de Georg von Reiter y de Alberta Simmons desde Treblinka hasta Chihuahua al terminar la guerra?

—No sé —aumentó el diapasón de mi voz.

—¿O están ustedes enterrados en Polonia?

—No sé —mi voz tembló.

—Alberta y usted, ¿serán un invento mío?

—No sé, no sé.

—¿Quise compensar la culpa alemana devolviéndolos a la vida?

—¿Debo darle las gracias?

—Alegué que eran mis deudos.

—¿Por qué sólo nosotros? ¿Por qué sólo dos?

—Porque ustedes estaban abrazados. Era un milagro. Los mataron a distintas horas. Pero en el trasiego de cadáveres, terminaron abrazados; muertos, desnudos y abrazados. Por eso los reclamé como mis deudos. Ese abrazo de dos amantes muertos incendió mi alma.

—Usted ha sido fiel al Reich. Todos estos años.

—No doctor. Yo soñaba otro mundo. Un mundo idéntico a mi juventud. Cuando supe la verdad, sentí que debía dejar atrás las pasiones de ayer y convertirlas en el luto de hoy.

—¿Tiene pruebas? —dije fríamente.

—Abra su maleta.

Lo hice. Allí estaba el uniforme de médico del ejército alemán. Allí estaba la ropa rayada de la prisionera.

—Mire las ropas con las que los traje hasta aquí.

Guardó silencio.

Lo miré con un odio intenso.

—Me ha acusado usted de la muerte de Alberta en Treblinka…

Logré irritarlo.

—Bájese del pedestal de la virtud, doctor. Para ella, usted no existe. Para ella, usted ha sido un intruso necesario. Un doctor que pasa a verla, a asegurarle que está bien. Que no ha muerto. ¿Eso quiere creer? Créalo.

—Yo me acosté con una mujer verdadera.

—Dese cuenta —dijo Baur con desprecio—. Le doy la libertad de escoger. ¿Se acostó con un cadáver o con un fantasma?

Me puse de pie, desafiante.

—Y yo le devuelvo la libertad. ¿Para qué nos rescató? ¿Para qué fue a Treblinka? ¿No es usted un patriota alemán, un nazi ferviente?

—No. Sólo alemán. Sólo alemán.

—¿Y el cuadro? —indiqué hacia el retrato de Hitler.

—Un alemán culpable de soñar con la grandeza y amar a su patria. Absuélvame, doctor. Absuelva a toda una nación.

No entiendo por qué esas palabras, momentáneamente, me embargaron, me alzaron y me dejaron caer en un pozo de dudas. Las imágenes y los pensamientos más absurdos o inconexos pasaron como ráfagas por mi mente. Soy otro. Me corto el pelo. Regreso al lugar del crimen. Soy visto como era entonces. Una mujer me da de comer. Viste un traje a rayas. Me gradué en Heidelberg. ¿Y luego? No recuerdo nada después de esos datos revueltos. Un espasmo de rebeldía agitó mi pecho. Sacudí la cabeza. ¿Era Baur dueño de mi memoria? ¿Escogía lo que yo debía y lo que no debía recordar?

La bruma interior de la casa aumentaba.

—Oiga la verdad, Herr Doktor Reiter. Sólo usted puede devolverle la vida a Alberta.

Lo interrogué con la mirada. Me contestó:

—Porque usted se la quitó.

—¿Cuándo?

—Una sola vez. Cuando quiso salvarla en Treblinka.

—No, quiero decir, ¿cuántas veces le he devuelto la vida?

—Cada vez que usted regresa aquí.

—Es la primera vez que vengo…

—En treinta años ha regresado cuantas veces ella y yo lo hemos necesitado…

Baur observó con resignación mi azoro.

—Pronto se dará cuenta de la verdad…

—¿Cuál de ellas? —dije desconcertado.

—Escoja usted la versión que mejor le acomode —me dijo Baur mirándome fijamente.

—Escojo la verdad —respondí.

—¿La verdad? ¿Quién la posee?

—Usted me admitió como amante de su mujer. ¿Por qué?

—Para mirarlos. Para admirar la posesión viril de mi mujer.

—¿Por qué?

—Porque la trató como si estuviera viva.

—Yo la amé, ingeniero. La poseí sexualmente.

—Sólo otro muerto podía hacerlo.

No supe qué contestarle.

Se levantó y lo seguí. Me condujo hasta la puerta.

Salimos a un crepúsculo turbio, cerrando la puerta para que no escapara la bruma.

Caminamos por el desierto un corto trecho. El terreno se estaba quebrando. Baur me condujo hasta un espacio poco visible en la inmensidad del erial.

Me indicó las dos lápidas horizontales, tendidas como lechos de piedra en la tierra.

ALBERTA SIMMONS
1920-1945

GEORG VON REITER
1910-1945

Se alejó de mí lentamente, dándome la espalda, dueño de la tierra que pisaba, pero expulsado de la muerte que no supo compartir.

Soplaba con fuerza el viento del desierto. El calor del día se transformaba en noche helada.

Emil Baur nos miraba desde los altos ventanales de su salón.

Yo la vi venir de lejos.

Era ella, con su belleza agresiva, fosforescente, negra.

Se acercó a mí poco a poco.

Me habló.

—Dime algo, por favor. Dime lo que sea.

Vestía igual que en su alcoba y caminaba con los pies descalzos.

La tomé de la mano.

Ella apretó la mía.

Emil Baur murmuró solitario en su mansión del desierto:

—Podemos partir de la muerte al amor. Podemos postular la muerte como condición del amor.

Ella me miró con los ojos oscuros, no por el color, sino por las sombras.

—¿No tienes otra pasión? —me dijo Alberta—. ¿No quieres a otra?

—Sí, quiero a otra.

—¿Quién es? —ella bajó la mirada.

—Tú misma, Alberta. Tú eres la otra. Como eras cuando vivías.

Alberta y yo nos alejamos tomados de la mano.

El desierto es inmenso y solitario.

Y ocupar un cuerpo vacío es vocación de fantasmas.

Pasaron volando en formación las aves del invierno.

8

—¿Oyen los muertos lo que los vivos dicen de ellos? —murmuró Emil Baur—. ¿Se confunde la muerte con el paso del sueño?

Guardó silencio un momento y luego entonó: —¿Se confunde la muerte con el paso del sueño? ¿Pude salvar a más muertos? ¿Sólo a dos entre millones? ¿Bastan dos cuerpos rescatados para perdonarme? ¿Hasta cuándo nos seguirán culpando? ¿No comprenden que el dolor de las víctimas ya fue igualado por la vergüenza de los verdugos?

Eternamente sentada al lado de Emil Baur en la sala de la mansión del desierto, supe, una vez más, que mi propia voz no sería escuchada por mi marido. Yo sólo era el fantasma que servía de voz a otros fantasmas. ¿Qué iba a decirle para cerrar este libro una vez más, antes de iniciarlo de vuelta?

—Emil, ¿crees que salvas tu responsabilidad resucitando una y otra vez a Georg y a Alberta? ¿No te das cuenta de que yo misma estoy siempre a tu lado? No me importa que nunca me mires o me dirijas la palabra. Soy tu mujer, Emil. Soy La Menonita. Me has despojado de nombre. Me has vuelto invisible. Pero yo soy tu verdadera mujer, Emil Baur. Yo vivo siempre a tu lado. ¿Ya no me recuerdas? ¿Por qué no tienes una sola fotografía mía en esta casa?

Sonreí y suspiré al mismo tiempo, mirando la grotesca colección de retratos, el Káiser, el Centauro, el Führer.

—Un día tendrás que verme a la cara. Yo sé que sólo me usas para darle voz a tus espectros. Si me mirases, tendrías que darme la palabra a mí y quitársela a ellos. No te engañes, Emil Baur. Yo soy tu verdadero fantasma.

Él no me miró. Nunca me mira. No admite mi presencia. Pero yo sé por qué estoy en esta casa embrujada. Estoy para contar. Estoy para repetirle una y otra vez la historia a mi marido Emil Baur. Para salvarme, como Scherezada, de una muerte cada noche gracias a la voz de una mujer que murió hace treinta años:

"En Chihuahua todo el mundo sabe del ingeniero Emil Baur. No sé si esta es la manera más correcta de empezar mi relato…"

Vlad

A Cecilia, Rodrigo y Gonzalo,
los niños monstruólogos de Sarriá.

Duérmase mi niña,
que ahí viene el coyote;
a cogerla viene
con un gran garrote…
<small>CANCIÓN INFANTIL MEXICANA</small>

I

"No le molestaría, Navarro, si Dávila y Uriarte es-
tuviesen a la mano. No diría que son sus inferiores
—mejor dicho, sus subalternos— pero sí afirmaría
que usted es *primus inter pares*, o en términos anglo-
parlantes, *senior partner*, socio superior o preferente
en esta firma, y si le hago este encargo es, sobre todo,
por la importancia que atribuyo al asunto…"

Cuando, semanas más tarde, la horrible aventura
terminó, recordé que en el primer momento atribuí al
puro azar que Dávila anduviese de viaje lunamielero
en Europa y Uriarte metido en un embargo judicial
cualquiera. Lo cierto es que yo no iba a marcharme
en viaje de bodas, ni hubiese aceptado los trabajos,
dignos de un pasante de derecho, que nuestro jefe le
encomendaba al afanoso Uriarte.

Respeté —y agradecí el significativo aparte de
su confianza— la decisión de mi anciano patrón.

Siempre fue un hombre de decisiones irrebatibles. No acostumbraba consultar. Ordenaba, aunque tenía la delicadeza de escuchar atentamente las razones de sus colaboradores. Sin embargo, a pesar de todo lo dicho, cómo iba yo a ignorar que su fortuna —tan reciente en términos relativos, pero tan larga como sus ochenta y nueve años y tan ligada a la historia de un siglo enterrado ya— se debía a la obsecuencia política (o a la flexibilidad moral) con las que había servido —ascendiendo en el servicio— a los gobiernos de su largo tiempo mexicano. Era, en otras palabras, un "influyente".

Admito que nunca lo vi en actitud servil ante nadie, aunque pude adivinar las concesiones inevitables que su altiva mirada y su ya encorvada espina debieron hacer ante funcionarios que no existían más allá de los consabidos sexenios presidenciales. Él sabía perfectamente que el poder político es perecedero; ellos no. Se ufanaban cada seis años, al ser nombrados ministros, antes de ser olvidados por el resto de sus vidas. Lo admirable del señor licenciado don Eloy Zurinaga es que durante sesenta años supo *deslizarse* de un periodo presidencial al otro, quedando siempre "bien parado". Su estrategia era muy sencilla. Jamás hubo de romper con nadie del pasado porque a ninguno le dejó entrever un porvenir insignificante para su pasajera grandeza política. La sonrisa irónica de Eloy Zurinaga nunca fue bien entendida más allá de una superficial cortesía y un inexistente aplauso.

Por mi parte, pronto aprendí que si no le incumbía mostrar nuevas fidelidades, es porque jamás demostró perdurables afectos. Es decir, sus relaciones oficiales eran las de un profesionista probo y eficaz. Si la probidad era sólo aparente y la eficacia sustantiva —y ambas fachada para sobrevivir en el pantano de la corrupción política y judicial— es cuestión de conjetura. Creo que el licenciado Zurinaga nunca se querelló con un funcionario público porque jamás quiso a ninguno. Esto él no necesitaba decirlo. Su vida, su carrera, incluso su dignidad, lo confirmaban…

El licenciado Zurinaga, mi jefe, había dejado, desde hace un año, de salir de su casa. Nadie en el bufete se atrevió a imaginar que la ausencia física del personaje autorizaba lasitudes, bromas, impuntualidades. Todo lo contrario. Ausente, Zurinaga se hacía más presente que nunca.

Es como si hubiera amenazado: —Cuidadito. En cualquier momento me aparezco y los sorprendo. Atentos.

Más de una vez anunció por teléfono que regresaría a la oficina, y aunque nunca lo hizo, un sagrado terror puso a todo el personal en alerta y orden permanentes. Incluso, una mañana entró y media hora más tarde salió de la oficina una figura idéntica al jefe. Supimos que no era él porque durante esa media hora telefoneó un par de veces para dar sus instrucciones. Habló de manera decisiva, casi dictatorial, sin admitir respuesta o comentario, y colgó con rapidez. La voz se corrió pero cuando la figura salió vista de espaldas era idéntica a la del ausente abogado: alto, encorvado, con un viejo abrigo de polo de solapas levantadas hasta las orejas y un sombrero de fieltro marrón con ancha banda negra, totalmente pasado de moda, del cual irrumpían, como alas de pájaro, dos blancos mechones volátiles.

El andar, la tos, la ropa, eran las suyas, pero este visitante que con tanta naturalidad, sin que nadie se opusiera, entró al *sancta sanctorum* del despacho, no era Eloy Zurinaga. La broma —de serlo— no fue tomada a risa. Todo lo opuesto. La aparición de este doble, sosias o espectro —vaya usted a saber— sólo inspiró terror y desapaciguamiento...

Por todo lo dicho, mis encuentros de trabajo con el licenciado Eloy Zurinaga tienen lugar en su residencia. Es una de las últimas mansiones llamadas porfirianas, en referencia a los treinta años de dictadura del general Porfirio Díaz entre 1884 y 1910 —nuestra *belle époque* fantasiosa— que quedan de pie en la colonia Roma de la Ciudad de México. A nadie se le ha ocurrido arrasar con ella, como han arrasado con el barrio entero, para construir oficinas, comercios o condominios. Basta entrar al caserón de dos pisos más una corona de mansardas francesas y un sótano inexplicado, para entender que el arraigo del abogado en su casa no es asunto de voluntad, sino de gravedad. Zurinaga ha acumulado allí tantos papeles, libros, expedientes, muebles, bibelots, vajillas, cuadros, tapetes, tapices, biombos, pero sobre todo recuerdos, que cambiar de sitio sería, para él, cambiar de vida y aceptar una muerte apenas aplazada.

Derrumbar la casa sería derrumbar su existencia entera...

Su oscuro origen (o su gélida razón sin concesiones sentimentales) excluía de la casona de piedra gris, separada de la calle por un brevísimo jardín desgarbado que conducía a una escalinata igualmente corta, toda referencia de tipo familiar. En vano se buscarían fotografías de mujeres, padres, hijos, amigos. En cambio, abundaban los artículos de decoración fuera de moda que le daban a la casa un aire de almacén de anticuario. Floreros de Sévres, figurines de Dresden, desnudos de bronce y bustos de mármol, sillas raquíticas de respaldos dorados, mesitas del estilo Biedermayer, una que otra intrusión de lámparas *art nouveau*, pesados sillones de cuero bruñido... Una casa, en otras palabras, sin un detalle de gusto femenino.

En las paredes forradas de terciopelo rojo se encontraban, en cambio, tesoros artísticos que, vistos de cerca, dejaban apreciar un común sello macabro. Grabados angustiosos del mexicano Julio Ruelas: cabezas taladradas por insectos monstruosos. Cuadros fantasmagóricos del suizo Henry Füssli, especialista en descripción de pesadillas, distorsiones y el matrimonio del sexo y el horror, la mujer y el miedo...

—Imagínese —me sonreía el abogado Zurinaga—. Füssli era un clérigo que se enemistó con un juez que lo expulsó del sacerdocio y lo lanzó al arte...

Zurinaga juntó los dedos bajo el mentón.

—A veces, a mí me hubiese gustado ser un juez que se expulsa a sí mismo de la judicatura y es condenado al arte...

Suspiró. —Demasiado tarde. Para mí la vida se ha convertido en un largo desfile de cadáveres... Sólo me consuela contar a los que aún no se van, a los que se hacen viejos conmigo...

Hundido en el sillón de cuero gastado por los años y el uso, Zurinaga acarició los brazos del mueble como otros hombres acarician los de una mujer. En esos dedos largos y blancos, había un placer más perdurable, como si el abogado dijese: —La carne perece, el mueble permanece. Escoja usted entre una piel y otra…

El patrón estaba sentado cerca de una chimenea encendida de día y de noche, aunque hiciese calor, como si el frío fuese un estado de ánimo, algo inmerso en el alma de Zurinaga como su temperatura espiritual.

Tenía un rostro blanco en el que se observaba la red de venas azules, dándole un aspecto transparente pero saludable a pesar de la minuciosa telaraña de arrugas que le circulaban entre el cráneo despoblado y el mentón bien rasurado, formando pequeños remolinos de carne vieja alrededor de los labios y gruesas cortinas en la mirada, a pesar de todo, honda y alerta —más aún, quizás, porque la piel vencida le hundía en el cráneo los ojos muy negros.

—¿Le gusta mi casa, licenciado?

—Por supuesto, don Eloy.

—*A dreary mansion, large beyond all need…* —repitió con ensoñación insólita el anciano abogado, *rara avis* de su especie, pensé al oírlo, un abogado mexicano que citaba poesía inglesa… El viejo volvió a sonreír.

—Ya ve usted, mi querido Yves Navarro. La ventaja de vivir mucho es que se aprende más de lo que la situación autoriza.

—¿La situación? —pregunté de buena fe, sin comprender lo que quería decirme Zurinaga.

—Claro —unió los largos dedos pálidos—. Usted desciende de una gran familia, yo asciendo de una desconocida tribu. Usted ha olvidado lo que sabían sus antepasados. Yo he decidido aprender lo que ignoraban los míos.

Alargó la mano y acarició el cuero gastado y por eso bello del cómodo sillón. Yo reí.

—No lo crea. El hecho de ser hacendados ricos en el siglo XIX no aseguraba una mente cultivada. ¡Todo lo contrario! Una hacienda pulquera en Querétaro no propiciaba la ilustración de sus dueños, esté seguro.

Las luces de los troncos ardientes jugaban sobre nuestras caras como resolanas turbias.

—A mis antepasados no les interesaba saber —rematé—. Sólo querían tener.

—¿Se ha preguntado, licenciado Navarro, por qué duran tan poco las llamadas "clases altas" en México?

—Es un signo de salud, don Eloy. Quiere decir que hay movilidad social, desplazamientos, ascensos. Permeabilidad. Los que lo perdimos todo —y teníamos mucho— en la Revolución, no sólo nos conformamos. Aplaudimos el hecho.

Eloy Zurinaga apoyó el mentón sobre sus manos unidas y me observó con inteligencia.

—Es que todos somos coloniales en América. Los únicos aristócratas antiguos son los indios. Los europeos, conquistadores, colonizadores, eran gente menuda, plebe, ex-presidiarios... Las líneas de sangre del Viejo Mundo, en cambio, se prolongan porque no sólo datan de hace siglos, sino porque no dependen, como nosotros, de migraciones. Piense en Alemania. Ningún Hohenstauffen ha debido cruzar el Atlántico para hacer fortuna. Piense en los Balcanes, en la Europa Central... Los Arpad húngaros datan de 886, ¡por San Esteban! El gran zupán Vladimir unió a las tribus serbias desde el noveno siglo y la dinastía de los Numanya gobernó desde 1196 del país de Zeta a la región de Macedonia. Ninguno necesitó hacer la América...

Toda conversación con don Eloy Zurinaga era interesante. La experiencia me decía también que el abogado nunca hablaba sin ninguna intención ulterior, clara, mediatizada por toda suerte de referencias. Ya lo dije: con nadie es *abrupto*, ni con los inferiores ni con los superiores, aunque, siendo tan superior él mismo, Zurinaga no admite a nadie por encima de él. Y a los que están por debajo, ya lo dije también, les presta atención cortés.

No me sorprendió que, después de este amable preámbulo, mi jefe fuese al grano.

—Navarro, quiero hacerle un encargo muy especial.

Accedí con un movimiento de la cabeza

—Hablábamos de la Europa Central, de los Balcanes.

Repetí el movimiento.

—Un viejo amigo mío, desplazado por las guerras y revoluciones, ha perdido sus propiedades en la frontera húngaro-rumana. Eran tierras extensas, dotadas de alcázares en ruinas. Lo cierto (dijo Zurinaga con cierta tristeza) es que la guerra sólo exterminó lo que ya estaba muerto...

Ahora lo miré inquisitivamente.

—Sí, usted sabe que no es lo mismo ser dueño de la propia muerte que ser víctima de una fuerza ajena... Digamos que mi buen amigo era el amo de su propia decadencia nobiliaria y que ahora, entre fascistas y comunistas, lo han despojado de sus tierras, de sus castillos, de sus...

Por primera vez en nuestra relación sentí que don Eloy Zurinaga titubeaba. Incluso noté un nervio de emoción en su sien.

—Perdone, Navarro. Son los recuerdos de un viejo. Mi amigo y yo somos de la misma edad. Imagínese, estudiamos juntos en la Sorbona cuando el derecho, así como las buenas costumbres, se aprendían en francés. Antes de que la lengua inglesa lo corrompiese todo —concluyó con un timbre amargo.

Miró al fuego de la chimenea como para templar su propia mirada y prosiguió con la voz de siempre, una voz de río arrastrando piedras.

—El caso es que mi viejo amigo ha decidido instalarse en México. Ya ve usted con qué facilidad caen las generalizaciones. La casa señorial de mi amigo data de la Edad Media y sin embargo, aquí lo tiene, buscando techo en la Ciudad de México.

—¿En qué puedo servirle, don Eloy? —me apresuré a decirle.

El viejo observó sus manos trémulas acercadas al fuego. Lanzó una carcajada.

—Mire lo que son las cosas. Normalmente, estos asuntos los atiende Dávila quien, como sabemos, cumple en este momento deberes más placenteros. Y Uriarte, francamente, *ne s'y connaît pas trop*… Bueno, el hecho es que le voy a encargar a usted que le encuentre techo a mi transhumante amigo…

—Con gusto, pero yo…

—Nada, nada, no sólo es un favor lo que le pido. También tomo en cuenta que usted es de madre francesa, habla la lengua y conoce la cultura del Hexágono. Ni mandado hacer para entenderse con mi amigo.

Hizo una pausa y me miró cordialmente.

—Imagínese, fuimos estudiantes juntos en la Sorbona. Es decir, somos de la misma edad. El viene de una vieja familia centroeuropea. Fueron grandes propietarios en los Balcanes, entre el Danubio y Bistriza, antes de la devastación de las grandes guerras…

Por primera vez, con una mirada de cierta ensoñación, Zurinaga se repetía. Acababa de decirme lo mismo. Hube de pasar el hecho por alto. Signo inequívoco de vejez. Admisible. Perdonable.

—Siempre he seguido sus instrucciones, señor licenciado —me apresuré a decir.

Ahora él me acarició la mano. La suya, a pesar del fuego, estaba helada.

—No, no es una orden —sonrió—. Es una feliz coincidencia. ¿Cómo está Asunción?

Zurinaga, una vez más, me desconcertaba. ¿Cómo estaba mi esposa?

—Bien, señor.

—Qué feliz coincidencia —repitió el viejo—. Usted es abogado en mi bufete. Ella tiene una agencia de bienes raíces. Albricias, como se decía antes. Entre los dos, el problema habitacional de mi amigo está resuelto.

II

Asunción y yo siempre desayunamos juntos. Ella lleva a la escuela a nuestra pequeña de diez años, Magdalena, y regresa cuando yo he terminado de ducharme, afeitarme y vestirme. A sabiendas de que no nos veremos hasta la hora de la cena, anticipamos y prolongamos nuestros desayunos. Candelaria, nuestra cocinera, ha estado desde siempre con nosotros y antes, con la familia de mi mujer. El padre de Asunción, un probo notario. Su madre, una mujer sin imaginación. En cambio, a Candelaria la criada la imaginación le sobra. No hay en el mundo desayunos superiores a los de México y Candelaria no hace sino confirmar, cada mañana, esta verdad con una mesa colmada de mangos, zapotes, papayas y mameyes, preparando el paladar para la suculenta fiesta de chilaquiles en salsa verde, huevos rancheros, tamales costeños envueltos en hojas de plátano y café hirviente, acompañado de la variedad de panecillos dulces primorosamente bautizados conchas, alamares, polvorones y campechanas...

Un desayuno, como debe ser, de una hora de duración. Es decir, un lujo en el mundo actual. Es, para mí, el cimiento del día. Un momento de miradas amorosas que contienen el recuerdo no dicho del amor nocturno y que rebasan aunque incluyen el placer culinario mediante la memoria de Asunción desnuda, entregada, irradiando su propia luz gracias a la intensidad de mi amor. Asunción exacta y bella en toda su forma, dócil al tacto, ardiente mirada, sí, hielo abrasador...

Asunción es mi imagen contraria. Su melena larga, lacia y oscura. Mi pelo corto, ensortijado y castaño. Su piel blanca y redondamente suave, la mía canela y esbelta. Sus ojos muy negros, los míos verdigrises. A sus treinta años, Asunción mantiene el lustre oscuro y juvenil de su cabellera. A mis cuarenta, las canas son ya avanzadas del tiempo. Nuestra hija, Magdalena, se parece más a mí que a su madre.

Diríase una regla de las descendencias, hijos como la madre, niñas como el padre... La cabellera rizada y rebelde de la niña irritaba a mi suegra, pues decía que los pelos "chinos" delatan raza negra, mirándome (como siempre) con sospecha. La buena señora quería plancharle la cabellera a su nieta. Murió apopléjica, aunque su mal pudo confundirse con un estado de coma profundo y los doctores dudaron antes de certificar la defunción. Su marido mi suegro los escuchó con alarma no disimulada y lanzó un gran suspiro de alivio al saberla, de veras, muerta. Pero no duró mucho sin ella. Como si se vengara desde el otro mundo, doña Rosalba de la Llave condenó a su marido el notario don Ricardo a vivir, de allí en adelante, confuso, sin saber dónde encontrar el pijama, la pasta de dientes, qué hora era o, lo que es peor, dónde había dejado la cartera y dónde el portafolios. Creo que murió de confusión.

Magdalena nuestra hija ha crecido, pues, con su natural pelo rizado, sus ojos verdigrises pero curiosamente rasgados de plata, su tez color de luna, mezcla de los cutis de padre y madre y, a los diez años de edad, dueña de una deliciosa forma infantil aún, ni regordeta ni delgada: llenita, abrazable, deliciosa... Su madre no le permite usar pantalones, insiste en faldas escocesas y *cardigan* azul sobre blusa blanca, como las niñas bien educadas de la Escuela Francesa, las *jeunes filles* o "yeguas finas" de la clase alta mexicana... Tobilleras blancas y zapatos de charol.

Todo ello le da a Magdalena un aire no precisamente de muñeca, pero sí de niña antigua, de otra época. Veo a sus compañeritas vestidas de sudadera y pantalón de mezclilla y me pregunto si Asunción no pone demasiado a prueba la adaptabilidad de nuestra hija en el mundo moderno. (También en este punto tuvimos dificultades, esta vez con mi madre. Francesa, insistía en ponerle "Madeleine" a la niña pero Asunción se impuso, la abuela podía llamarla como quisiera, Madeleine y hasta el horrible Madó, pero en casa sería Magdalena y cuando mucho, Magda.) El hecho es que la propia Asunción guarda la llama sagrada de las tradiciones, acepta con dificultad las modas modernas y se viste, ella misma, como quisiera que lo hiciese nuestra hija al crecer. Traje sastre negro, medias oscuras, zapatos de medio tacón.

Esta, diríase, es nuestra vida cotidiana. No digo que sea nuestra vida normal, porque no puede serlo la de un matrimonio que ha perdido a un hijo. Didier, nuestro muchachito de doce años, murió hace ya cuatro en un momento de fatalidad irreparable. Desde chiquillo había sido buen nadador, valiente y aventurado. Como tenía talento para todos los quehaceres mecánicos y prácticos, desde andar en bicicleta hasta hacer montañismo y ansiar una motocicleta propia, creyó que el mar también estaba a sus órdenes, dio un grito de alegría una tarde en la playa de Pie de la Cuesta en Acapulco y entró corriendo al mar de olas gigantescas y resacas temibles.

No lo volvimos a ver. El mar no lo devolvió nunca. Su ausencia es por ello doble. No poseemos, Asunción y yo, el recuerdo, por terrible que sea, de un cadáver. Didier se disolvió en el océano y no puedo escuchar el estallido de una gran ola sin pensar que una parte de mi hijo, convertido en sal y espuma, regresa a nosotros, circulando sin cesar como un navegante fantasma, de océano en océano… Tratamos de fijar su recuerdo en las fotos de la infancia y sobre todo en las imágenes finales de su corta vida. Era como su madre, en niño. Blanco, de grandes ojos negros y pelo lacio, grueso, con una caída natural sobre la nuca y un corte hermoso sobre la amplia frente. Pero es difícil encontrar un retrato en el que sonría. "Se ve uno zonzo", decía cuando le pedían que dijera *cheese*, manteniendo una dignidad extraña para uno tan muchachillo como él. Aunque igualmente serias eran sus actividades deportivas, como si en ellas le fuera la vida. Y le fue. Se le fue. Se nos fue.

Ni Asunción ni yo somos particularmente religiosos. Mi familia materna de hugonotes franceses nunca se plegó a las prácticas católicas pero a Asunción la he sorprendido, más de una vez, hablándole a una foto de Didier, o murmurando, a solas, palabras de añoranza y amor por nuestro hijo. Es cierto que yo lo hago, pero en silencio.

Hemos querido olvidar la contienda doméstica que nos enfrentó al desaparecer Didier. Ella quería dragar el fondo del mar, explorar toda la costa, escarbar en la arena y perforar la roca; agotar el océano hasta recuperar el cadáver del niño. Yo pedí serenidad, resignación y ofendí a mi mujer cuando le dije: —No lo quiero volver a ver. Quiero recordarlo como era…

No olvido la mirada de resentimiento que me dirigió. No volvimos a hablar del asunto.

Esa ausencia que es una presencia. Ese silencio que clama a voces. Ese retrato para siempre fijado en la niñez…

III

O sea, desayunamos juntos vestidos ya para salir a la calle y al trabajo. Si doy estos detalles de nuestra apariencia formal, es sólo para resaltarla con el contraste de nuestra pasión nocturna. Entonces, Asunción es una salamandra en el lecho, fría sólo para incendiar, ardiente sólo para helar, fugaz como el azogue y concentrada como una perla, entregada, misteriosa, sorprendente, coqueta, imaginada e imaginaria... Hace, no habla. Amanece, desayunamos y reasumimos nuestros papeles profesionales, con el recuerdo de una noche apasionada, con el deseo de la noche por venir. Con la alegría de tener a Magdalena y el dolor de haber perdido a Didier.

Le expliqué a Asunción la solicitud de licenciado Zurinaga y ambos celebramos a medias un hecho que nos arrojaba, profesionalmente, juntos...

—El amigo de Zurinaga quiere una casa aislada, con espacio circundante, fácil de defender contra intrusos y, óyeme nada más, con una barranca detrás...

—Nada más fácil —sonrió Asunción—. No sé por qué pones cara de preocupación. Me estás describiendo cualquier número de casas en Bosques de las Lomas.

—Espera —interpuse—. Nuestro cliente pide que desde antes de que tome la casa, se clausuren todas las ventanas.

Me dio gusto sorprenderla. —¿Se clausuren?

—Sí. Tapiarlas o como se llame.

—¿Va a vivir a oscuras?

—Parece que sólo tolera la luz artificial. Un problema de los ojos.

—Será albino.

—No, creo que eso se llama fotofobia. Además, requiere que se cave un túnel entre su casa y la barranca.

—¿Un túnel? Excéntrico, nuestro cliente…

—Que pueda comunicarse sin salir a la calle de su casa a la barranca.

—Excéntrico, te digo. ¿Lo conoces?

—No, aún no llega. Espera a que la casa esté lista para habitar. Tú encuentra la casa, yo preparo los contratos, Zurinaga paga las obras y pone los muebles.

—¿Son muy amigos?

—Así parece. Aunque don Eloy hizo por primera vez en su vida algo distinto al despedirse de mí.

—¿Qué cosa?

—Se despidió sin mirarme.

—¿Cómo?

—Con la mirada baja.

—Exageras, mi amor. ¿Va a vivir solo el cliente?

—No. Tiene un sirviente y una hija.

—¿De qué edad?

—El criado no sé —sonreí—. La niña tiene diez años, me dijo don Eloy.

—Qué bien. Puede que haga migas con nuestra Magdalena.

—Ya veremos. Fíjate, nuestro cliente tiene la misma edad que don Eloy, o sea casi noventa años, y una hijita de diez.

—Puede que sea adoptada.

—O el viejo tomará Viagra —traté de bromear.

—No te preocupes —dijo mi mujer con su tono más profesional—. Hablaré con Alcayaga, el ingeniero, para lo del túnel. Es el papá de Chepina, la amiguita de nuestra Magdalena, ¿recuerdas?

Luego salimos cada cual a su trabajo, Asunción a su oficina de bienes raíces en Polanco, yo al antiquísimo despacho que Zurinaga siempre había ocupado y ocuparía en la Avenida del Cinco de Mayo en el Centro Histórico de nuestra aún más antigua ciudad hispano-azteca. Asunción recogería a Magdalena en la escuela a las cinco. Su horario libérrimo se lo permitía. Yo estaría de vuelta hacia las siete. Asunción comía sola en su despacho, café y un sandwich, jamás con clientes que podrían comportarse con familiaridad. Yo, en cambio, me daba el lujo nacional mexicano de una larga comida de dos o tres horas con los amigos en el Danubio de República del Uruguay si me quedaba en el centro, o en algún sitio de la Zona Rosa, el Bellinghausen de preferencia. A las ocho, puntualmente, acostaríamos a la niña, la escucharíamos, le contaríamos cuentos y sólo entonces, Asunción de mi alma, la noche era nuestra, con todas sus dudas y sus deudas…

IV

Los pasos fueron dados puntualmente. Asunción encontró la casa adecuada en el escarpado barrio de Lomas Altas. Yo preparé los contratos del caso y se los entregué a don Eloy. Zurinaga, contra su costumbre, se encargó personalmente de ordenar el mobiliario de la casa en un estilo discretamente opuesto a sus propios, anticuados gustos. Limpia de excrecencias victorianas o neobarrocas, muy Roche-Bobois, toda ángulos rectos y horizontes despejados, la mansión de las Lomas parecía un monasterio moderno. Grandes espacios blancos —pisos, paredes, techos— y cómodos muebles negros, de cuero, esbeltos. Mesas de metal opaco, plomizas. Ningún cuadro, ningún retrato, ningún espejo. Una casa construida para la luz, de acuerdo con dictados escandinavos, donde se requiere mucha apertura para poca luz, pero contraria a la realidad solar de México. Con razón un gran arquitecto como Ricardo Legorreta busca la sombra protectora y la luz interna del color. Pero divago en vano: el cliente de mi patrón había exiliado la luz de este palacio de cristal, se había amurallado como en sus míticos castillos centroeuropeos mencionados por don Eloy.

De suerte que el día que Zurinaga mandó tapiar las ventanas, un sombrío velo cayó sobre la casa y la desnudez de decorados apareció, entonces, como un necesario despojo para caminar sin tropiezos en la oscuridad. Como para compensar tanta sencillez, un detalle extraño llamó mi atención: el gran número de coladeras a lo largo y ancho de la planta baja, como si nuestro cliente esperase una inundación cualquier día.

Se cavó el túnel entre la parte posterior de la casa y la barranca abrupta, desnuda también y talada, por orden del inquilino, de sus antiguos sauces y ahuehuetes.

—¿A nombre de quién hago los contratos, señor licenciado?

—A mi nombre, como apoderado.

—Hace falta la carta-poder.

—Prepárela, Navarro.

—¿Quién es el derecho-habiente?

Eloy Zurinaga, tan directo pero tan frío, tan cortés pero tan distante, titubeó por segunda vez en mi conocimiento de él. Se dio cuenta de que bajaba, de manera involuntaria, la cabeza, se compuso, tosió, tomó con fuerza el brazo del sillón y dijo con voz controlada:

—Vladimir Radu. Conde Vladimir Radu.

—Vlad, para los amigos —me dijo sonriendo nuestro inquilino cuando, instalado ya en la casa de las Lomas, me dio por primera vez cita una noche, un mes más tarde.

—Excuse mis horarios excéntricos —prosiguió, extendiendo cortésmente una mano, invitándome a tomar asiento en un sofá de cuero negro—. Durante la guerra se ve uno obligado a vivir de noche y pretender que nada sucede en la morada propia, *monsieur* Navarro. Que está deshabitada. Que todos han huido. ¡No hay que llamar la atención!

Hizo una pausa reflexiva. —Entiendo que habla usted francés, *monsieur* Navarro.

—Sí, mi madre era parisina.

—Excelente. Nos entenderemos mejor.

—Pero como usted mismo dice, no hay que llamar la atención…

—Tiene razón. Puede llamarme "señor" si desea.

—El *monsieur* nos distrae e irrita a los mexicanos.

—Ya veo, como dice usted.

¿Qué veía? El conde Vlad aparecía vestido, más que como un aristócrata, como un bohemio, un actor, un artista. Todo de negro, *sweater* o *pullover* o *jersey* (no tenemos palabra castellana para esta prenda universal) de cuello de tortuga, pantalones negros y mocasines negros, sin calcetines. Unos tobillos extremadamente flacos, como lo era su cuerpo entero, pero con una cabeza masiva, grande pero curiosamente indefinida, como si un halcón se disfrazase de cuervo, pues debajo de las facciones artificialmente plácidas, se adivinaba otro rostro que el conde Vlad hacía lo imposible por ocultar.

Francamente, parecía un fantoche ridículo. La peluca color caoba se le iba de lado y el sujeto debía acomodarla a cada rato. El bigote "de aguacero" como lo llamamos en México, un bigote ranchero, caído, rural, sin forma, obviamente pegado al labio superior, lograba ocultar la boca de nuestro cliente, privándolo de esas expresiones de alegría, enojo, burla, afecto, que nuestras comisuras enmarcan y, a veces, delatan. Pero si el bigote disfrazaba, los anteojos oscuros eran un verdadero antifaz, cubrían totalmente su mirada, no dejaban un resquicio para la luz, se encajaban dolorosamente en las cuencas de los ojos y se cerraban sin misericordia alrededor de las orejas pequeñísimas, infantiles y rodeadas de cicatrices, como si el conde Vlad se hubiera hecho la cirugía plástica más de una vez.

Sus manos eran elocuentes. Las movía con displicente elegancia, las cerraba con fuerza abrupta, pero no deseaba, en todo caso, esconder la extraña anomalía de unas uñas de vidrio, largas, transparentes, como esas ventanas que él vetó en su casa.

—Gracias por acudir a mi llamado —dijo con una voz gruesa, varonil, melodiosa.

Incliné la cabeza para indicar que estaba a sus órdenes.

—¿Puedo ofrecerle algo de beber? —dijo enseguida.

Por cortesía asentí. —Quizás una gota de vino tinto… siempre y cuando usted me acompañe.

—Yo nunca bebo… vino —dijo con una pausa teatral el conde. Y abruptamente pasó a decirme, sentado sobre una otomana de cuero negro—. ¿Siente usted la nostalgia de su casa ancestral?

—No la conocí. Las haciendas fueron incendiadas por los zapatistas y ahora son hoteles de lujo, lo que en España llaman "paradores"…

Prosiguió como si no me hiciera caso. —Debo decirle ante todo que yo siento la necesidad de mi casa ancestral. Pero la región se ha empobrecido, ha habido demasiadas guerras, no hay recursos para sobrevivir allí… Zurinaga me habló de usted, Navarro. ¿No ha llorado usted por la suerte fatal de las viejas familias, hechas para perdurar y preservar las tradiciones?

Esbocé una sonrisa. —Francamente, no.

—Hay clases que se aletargan —continuó como si no me oyese— y se acomodan con demasiada facilidad a eso que llaman la vida moderna. ¡La vida, Navarro! ¿Es vida este breve paso, esta premura entre la cuna y la tumba?

Yo quería ser simpático. —Me está usted resucitando una vaga nostalgia del feudalismo perdido.

Él ladeó la cabeza y debió acomodarse la peluca. —¿De dónde nos vienen las tristezas inexplicables? Deben tener una razón, un origen. ¿Sabe usted? Somos pueblos agotados, tantas guerras intestinas, tanta sangre derramada sin provecho… ¡Cuánta melancolía! Todo contiene la semilla de la corrupción. En las cosas se llama la decadencia. En los hombres, la muerte.

Las divagaciones de mi cliente volvían difícil la conversación. Me di cuenta de que el *small talk* no cabía en la relación con el conde y las sentencias metafísicas sobre la vida y la muerte no son mi especialidad. Agudo, Vlad ("Llamadme Vlad", "Soy Vlad para los amigos") se levantó y se fue al piano. Allí empezó a tocar el más triste preludio de Chopin, como una extraña forma de entretenerme. Me pareció, de nuevo, cómica la manera como la peluca y el bigote falsos se tambaleaban con el movimiento impuesto por la interpretación. Mas no reía al ver esas manos con uñas transparentes acariciando las teclas sin romperse.

Mi mirada se distrajo. No quería que la figura excéntrica y la música melancólica me hipnotizaran. Bajé la cabeza y me fasciné nuevamente con algo sumamente extraño. El piso de mármol de la casa contaba con innumerables coladeras, distribuidas a lo largo del salón.

Empezó a llover afuera. Escuché las gotas golpeando las ventanas condenadas. Nervioso, me incorporé otorgándome a mí mismo el derecho de caminar mientras oía al conde tocar el piano. Pasé de la sala al comedor que daba sobre la barranca. Las ventanas, también aquí, habían sido tapiadas. Pero en su lugar, un largo paisaje pintado —lo que se llama en decoración un engaño visual, un *trompe l'oeil*— se extendía de pared a pared. Un castillo antiguo se levantaba a la mitad del panorama desolado, escenas de bosques secos y tierras yermas sobrevoladas por aves de presa y recorridas por lobos. Y en un balcón del castillo, diminutas, una mujer y una niña se mostraban asustadas, implorantes.

Creí que no iba a haber cuadros en esta casa.

Sacudí la cabeza para espantar esta visión.

Me atreví a interrumpir al conde Vlad.

—Señor conde, sólo falta firmar estos documentos. Si no tiene inconveniente, le ruego que lo haga ahora. Se hace tarde y me esperan a cenar.

Le tendí al inquilino los papeles y la pluma. Se incorporó, acomodándose la ridícula peluca.

—¡Qué fortuna! Tiene usted familia.

—Sí —tartamudeé—. Mi esposa encontró esta casa y la reservó para usted.

—¡Ah! Ojalá me visite un día.

—Es una profesionista muy ocupada, ¿sabe?

—¡Ah! Pero lo cierto es que ella conoció esta casa antes que yo, señor Navarro, ella caminó por estos pasillos, ella se detuvo en esta sala…

—Así es, así es…

—Dígale que olvidó su perfume.

—¿Perdone?

—Sí, dígale a… ¿Asunción, se llama? ¿Asunción, me dijo mi amigo Zurinaga?… Dígale a Asunción que su perfume aún permanece aquí, suspendido en la atmósfera de esta casa…

—Cómo no, una galantería de su parte…

—Dígale a su esposa que respiro su perfume…

—Sí, lo haré. Muy galante, le digo. Ahora, por favor excúseme. Buenas noches. Y buena estancia.

—Tengo una hija de diez años. Usted también, ¿verdad?

—Así es, señor conde.

—Ojalá puedan verse y congenien. Tráigala a jugar con Minea.

—¿Minea?

—Mi hija, señor Navarro. Avísele a Borgo.

—¿Borgo?

—Mi sirviente.

Vlad tronó los dedos con ruido de sonaja y castañuela. Brillaron las uñas de vidrio y apareció un pequeño hombre contrahecho, un jorobadito pequeño pero con las más bellas facciones que yo haya visto en un macho. Pensé que era una visión escultórica, uno de esos perfiles ideales de la Grecia antigua, la cabeza del Perseo de Cellini. Un rostro de simetrías perfectas encajado brutalmente en un cuerpo deforme, unidos ambos por una larga melena de bucles casi femeninos, color miel. La mirada de Borgo era triste, irónica, soez.

—A sus órdenes, señor —dijo el criado, en francés, con acento lejano.

Apresuré groseramente, sin quererlo, arrepentido enseguida de ofender a mi cliente, mis despedidas.

—Creo que todo está en orden. Supongo que no nos volveremos a ver. Feliz estancia. Muchas gracias… quiero decir, buenas noches.

No pude juzgar, detrás de tantas capas de disfraz, su gesto de ironía, desdén, diversión. Al conde Vlad yo le podía sobreimponer los gestos que se me antojara. Estaba disfrazado. Borgo el criado, en cambio, no tenía nada que ocultar y su transparencia, lo confieso, me dio más miedo que las truculencias del conde, quien se despidió como si yo no hubiese dicho palabra.

—No lo olvide. Dígale a su esposa… a Asunción, ¿no es cierto?… que la niña será bienvenida.

Borgo acercó una vela al rostro de su amo y añadió:

—Podemos jugar juntos, los tres…

Lanzó una risotada y cerró la puerta en mis narices.

V

Una noche tormentosa. Los sueños y la vida se
mezclan sin fronteras. Asunción duerme a mi lado
después de una noche de intenso encuentro sexual
urgido, casi impuesto, por mí, con la conciencia de
que quería compensar el fúnebre tono de mi visita
al conde.

No quisiera, en otras palabras, repetir lo que ya
dije sobre mi relación amorosa con Asunción y la
discreción que ciñe mis evocaciones. Pero esta noche,
como si mi voluntad, y mucho menos mis palabras,
no me perteneciesen, me entrego a un placer erótico
tan grande que acabo por preguntarme si es completo.
—¿Te gustó, mi amor? —Esta pregunta tradicional
del hombre a la mujer se agota pronto. Ella siempre
dirá que sí, primero con palabras, luego asintiendo con
un gesto, pero un día, si insistimos, con fastidio. La
pregunta ahora me la hago a mí mismo. ¿La satisface?
¿Le di todo el placer que ella merece? Sé que yo obtuve
el mío, pero considerar sólo esto es rebajarse y rebajar
a la mujer. Dicen que una mujer puede fingir un orgasmo pero el hombre no. Yo siempre he creído que
el hombre sólo obtiene placer en la medida en que se
lo da a la mujer. Asunción, ¿ese placer que me colma
a mí, te llena a ti? Como no lo puedo preguntar una
sola vez más, debo adivinarlo, medir la temperatura
de su piel, el diapasón de sus gemidos, la fuerza de
sus orgasmos y, contemplándola, deleitarme en la
temeridad redescubierta de su pubis, la hondura del
manantial ocluso de su ombligo, la juguetería de sus
pezones erectos enmedio de la serenidad cómoda,
acojinada y maternal de sus senos, su largo cuello de

modelo de Modigliani, su rostro oculto por la postura del brazo, la indecencia deliciosa de sus piernas abiertas, la blancura de los muslos, la fealdad de los pies, el temblor casi alimenticio de las nalgas... Veo y siento todo esto, Asunción adorada, y como ya no puedo preguntar como antes, ¿te gustó, mi amor?, me quedo con la certeza de mi propio placer pero con la incertidumbre profunda, inexplicable, ¿ella también gozó?, ¿gozaste tanto como yo, mi vida?, ¿hay algo que quieras y no me pides?, ¿hay un resquicio final de tu pudor que te impide pedirme un acto extremo, una indecencia física, una palabra violenta y vulgar?

Cruza por mi mente la sensación palpitante del cuerpo de Asunción, el contraste entre la cabellera negra, larga, lustrosa y lacia, y la mueca de su pubis, la maraña salvaje de su pelambre corta, agazapada como una pantera, indomable como un murciélago, que me obliga a huir hacia adentro, penetrarla para salvarme de ella, perderme en ella para ocultar con mi propio vello la selva salvaje que crece entre las piernas de Asunción, ascendiendo por el monte de Venus y luego como una hiedra por el vientre, anhelando arañar el ombligo, el surtidor mismo de la vida...

Me levanto de la cama, esa noche precisa, pensando, ¿me faltó decir o hacer algo? ¿Cómo lo voy a saber si Asunción no me lo dice? ¿Y cómo me lo va a decir, si su mirada después del coito se cierra, no me deja entrever siquiera si de verdad está satisfecha o si quiere más o si en aras de nuestra vida en común se guarda un deseo porque conoce demasiado bien mis carencias?

Vuelvo a besarla, como si esperase que de nuestros labios unidos surgiese la verdad de lo que somos y queremos.

Largo rato, esa madrugada, la miré dormir.

Luego, alargando la mano debajo de la cama, busqué en vano mis zapatillas de noche.

Desacostumbradamente, no estaban allí.

Alargué la mano debajo de la cama y la retiré horrorizado.

Había tocado otra mano posada debajo del lecho.

Una mano fría, de uñas largas, lisas, vidriosas.

Respiré hondo, cerré los ojos.

Me senté en la cama y pisé la alfombra.

Me disponía a iniciar la rutina del día.

Entonces sentí que esa mano helada me tomaba con fuerza del tobillo, enterrándome las uñas de vidrio en las plantas del pie y murmurando con una voz gruesa:

—Duerme. Duerme. Es muy temprano. No hay prisa. Duerme, duerme.

Sentí que alguien abandonaba el cuarto.

VI

Soñé que estaba en mi recámara y que alguien la abandonaba. Entonces la recámara ya no era la mía. Se volvía una habitación desconocida porque alguien la había abandonado.

Abrí los ojos con el sobresalto de la pesadilla. Miré con alarma el reloj despertador. Eran las doce del día. Me toqué las sienes. Me restregué los ojos. Me invadió el sentimiento de culpa. No había llegado a la oficina. Había faltado a mi deber. Ni siquiera había avisado, dando alguna excusa.

Sin pensarlo dos veces, tomé el teléfono y llamé a Asunción a su oficina.

Ella tomó con ligereza y una risa cantarina mis explicaciones.

—Cariño, entiendo que estés cansado —rió.

—¿Tú no? —traté de imitar su liviandad.

—Hmmm. Creo que a ti te tocó anoche el trabajo pesado. ¿Qué diablo se te metió en el cuerpo? Descansa. Tienes derecho, amor. Y gracias por darme tanto.

—¿Sabes una cosa?

—¿Qué?

—Sentí que anoche mientras hacíamos el amor, alguien nos miraba.

—Ojalá. Gozamos tanto. Que les dé envidia.

Pregunté por la niña. Asunción me dijo que éste era día feriado en la escuela católica —una fiesta no reconocida por los calendarios cívicos, la Asunción de la Virgen María, su ascenso tal como era en vida al Paraíso— y como coincidía con el cumpleaños de Chepina, Josefina Alcayaga, ¿sabes?, la hija del ingeniero Alcayaga y su esposa María de Lourdes, pues hay fiesta de niños y llevé a Magdalena temprano, aprovechando para presentarle recibos al ingeniero por el túnel que se encargó de hacer en casa de tu cliente, el conde…

Guardé un silencio culpable.

—*Asunción. Es tu santo.*

—Bueno, el calendario religioso no nos importa mucho a ti y a…

—Asunción. Es tu santo.

—Claro que sí. Basta.

—Perdóname, mi amor.

—¿De qué, Yves?

—No te felicité a tiempo.

—¿Qué dices? ¿Y el festejo de anoche? Oye, estaba segura de que esa era tu manera de celebrarme. Y lo fue. Gracias.

Rió quedamente.

—Bueno, mi amor. Todo está en orden —concluyó Asunción—. Recogeré a la niña esta tarde y nos vemos para cenar juntos. Y si quieres, volvemos a celebrar la Asunción de la Santísima Virgen María.

Volvió a reír con coquetería, sin abandonar, de todos modos, esa voz de profesionista que adopta en la oficina de manera automática.

—Descanse usted, señor. Se lo merece. Chau.

No acababa de colgar cuando sonó el teléfono. Era Zurinaga.

—Habló usted largo, Navarro —dijo con una voz impaciente, poco acorde con su habitual cortesía—. Llevo horas tratando de comunicarme.

—Diez minutos, señor licenciado —le contesté con firmeza y sin mayores explicaciones.

—Perdone, Yves —regresó a su tono normal—. Es que quiero pedirle un favor.

—Con gusto, don Eloy.

—Es urgente. Visite esta noche al conde Vlad.

—¿Por qué no me llama él mismo? —dije, dando a entender que ser "mandadero" no se llevaba bien ni con la personalidad de don Eloy Zurinaga ni con la mía.

—Aún no le instalan el teléfono…

—¿Y cómo se comunicó con usted? —pregunté ya un poco fastidiado, sintiéndome sucio, pegajoso de amor, con púas en las mejillas, un incómodo sudor en las axilas y cosquillas en la cabeza rizada.

—Envió a su sirviente.

—¿Borgo?

—Sí. ¿Ya lo vio usted?

No dijo "conoció". Dijo "vio". Y yo me dije reservadamente que había jurado no regresar a la casa del conde Vlad. El asunto estaba concluido. El famoso conde no tenía, ni por asomo, la gracia del gitano. Además, yo debía pasar por la oficina, así fuese *pro forma*. Bastante equívoca era la ausencia del primer jefe, Zurinaga; peligrosa la del segundo de abordo, yo... No contesté a la pregunta de Zurinaga.

—Me daré una vuelta por la oficina, don Eloy, y más tarde paso a ver al cliente —le dije con firmeza.

Zurinaga colgó sin decir palabra.

Me asaltó, manejando el BMW rumbo a la oficina enmedio del paso de tortuga del Periférico, la preocupación por Magdalena, de visita en casa de los Alcayaga. Me tranquilizó el recuerdo de Asunción.

—No te preocupes, amor. Yo pasaré a recogerla y nos vemos para cenar.

—¿A qué hora la recoges?

—Ya ves cómo son las fiestas infantiles. Se prolongan. Y María de Lourdes tiene un verdadero arsenal de juegos, piñatas, que los encantados, que doña Blanca, las escondidillas, tú la traes, ponches, pasteles, pitos y flautas...

Rió y terminó: —¿Ya no te acuerdas de que fuiste niño?

VII

El jorobado abrió la puerta y me observó de cerca, con desfachatez. Sentí su aliento de yogurt. Me reconoció y se inclinó servilmente.

—Pase, *maître* Navarro. Mi amo lo espera.

Entré y busqué inútilmente al conde en la estancia.

—¿Dónde?

—Suba usted a la recámara.

Ascendí la escalera semicircular, sin pasamanos. El criado permaneció al pie de los escalones, no sé si haciendo gala de cortesía o de servilismo; no sé si vigilándome con sospecha. Llegué a la planta alta. Todas las puertas de lo que supuse eran habitaciones estaban cerradas, salvo una. A ella me dirigí y entré a un dormitorio de cama ancha. Como eran ya las nueve de la noche, se me ocurrió notar que la cama seguía cubierta de satín negro, sin preparativo alguno para la noche del amo.

No había espejos. Sólo un tocador con toda suerte de cosméticos y una fila de soportes de pelucas. El señor conde, al peinarse y maquillarse debía, al mismo tiempo, adivinarse...

La puerta del baño estaba abierta y un ligero vapor salía por ella. Dudé un instante, como si violara la intimidad de mi cliente. Pero su voz se dejó oír, "Entre, señor Navarro, pase, con confianza..."

Pasé al salón de baño, donde se concentraba el vapor de la ducha. Detrás de una puerta de laca goteante, el conde Vlad se bañaba. Miré alrededor. Un baño sin espejos. Un baño —la curiosidad me ganó— sin los utensilios comunes, brochas, peines, rastrillos para afeitar, cepillos de dientes, pastas... En cambio, como en el resto de la casa, coladeras en cada rincón...

Vlad emergió de la ducha, abrió la puerta y se mostró desnudo ante mi mirada azorada.

Había abandonado peluca y bigotes.

Su cuerpo era blanco como el yeso.

No tenía un solo pelo en ninguna parte, ni en la cabeza, ni en el mentón, ni en el pecho, ni en las axilas, ni en el pubis, ni en las piernas.

Era completamente liso, como un huevo.

O un esqueleto.

Parecía un desollado.

Pero su rostro guardaba una rugosidad de pálido limón y su mirada continuaba velada por esas gafas negras, casi una máscara, pegadas a las cuencas aceitunadas y encajadas en las orejas demasiado pequeñas, cosidas de cicatrices.

—Ah, señor Navarro —exclamó con una sonrisa roja y ancha—. Por fin nos vemos tal como somos…

Quise tomar las cosas a la ligera.

—Perdone, señor conde. Yo estoy vestido.

—¿Está seguro? ¿La moda no nos esclaviza y desnuda a todos, eh?

En los extremos de la sonrisa afable, ya sin el disfraz de los bigotes, aparecieron dos colmillos agudos, amarillos como ese limón que, vista de cerca, la palidez de su rostro sugería.

—Excuse mi imprudencia. Por favor, páseme mi bata. Está colgada allí —señaló a lo lejos y dijo con premura—. Bajemos a cenar.

—Excúseme. Tengo cita con mi familia.

—¿Su mujer?

—Sí. Así es.

—¿Su hija?

Asentí. El rió con una voz caricaturesca.

—Son las nueve de la noche. ¿Sabe dónde están sus hijos?

Pensé en Didier muerto, en Magdalena que había ido a la fiesta de cumpleaños de Chepina y debía estar de regreso en casa mientras yo permanecía como un idiota en la recámara de un hombre desnudo, depilado, grotesco, que me preguntaba ¿dónde están sus hijos?

Hice caso omiso de su presencia.

—¿Puedo hablar a mi casa? —dije confusamente.

Me llevé la mano a la cabeza. Zurinaga me lo advirtió. Tuve la precaución de traer mi celular. Lo saqué de la bolsa trasera del pantalón y marqué el número de mi casa. No hubo contestación. Mi propia voz me contestó. "Deje un mensaje." Algo me impidió hablar, una sensación de inutilidad creciente, de ausencia de libertad, de involuntario arrastre a una barranca como la que se precipitaba a espaldas de esta casa, el dominio del puro azar, el reino sin albedrío...

—Debe estar en casa de los Alcayaga —murmuré para mi propia tranquilidad.

—¿El amable ingeniero que se encargó de construir el túnel de esta morada?

—Sí, el mismo —dije atolondrado.

Marqué apresuradamente el número.

—Bueno, María de Lourdes...

—Sí...

—Soy Yves, Yves Navarro... el padre de Magdalena...

—Ah sí, qué tal Yves...

—Mi hija... Nadie contesta en mi casa.

—No te preocupes. La niña está aquí. Se quedó a pasar la noche con Chepina.

—¿Puedo hablarle?

—Yves. No seas cruel. Están rendidas. Duermen desde hace una hora…

—Pero Asunción, mi mujer…

—No apareció. Nunca llegó por Magdalena. Pero me llamó para avisar que se le hizo tarde en la oficina y que iría directamente por ti a casa de tu cliente, ¿cómo se llama?

—El conde Vlad…

—Eso es. El conde fulano. ¡Cómo me cuestan los nombres extranjeros! Espérala allí…

—Pero, ¿cómo sabe…?

María de Lourdes colgó. Vlad me miraba con sorna. Fingió un escalofrío.

—Yves… ¿Puedo llamarlo por su nombre?

Asentí sin pensar.

—Y recuerde que soy Vlad, para los amigos. Yves, mi bata por favor. ¿Quiere usted que me dé pulmonía? Allí, en el armario de la izquierda.

Caminé como sonámbulo hasta el clóset. Lo abrí y encontré una sola prenda, un pesado batón de brocados, antiguo, un poco raído, con cuello de piel de lobo. Un batón largo hasta los tobillos, digno del zar de una ópera rusa, bordado de oros viejos.

Tomé la prenda y la arrojé sobre los hombros del conde Vlad.

—No se olvide de cerrar la puerta del armario, Yves.

Volví la mirada al clóset (palabra por lo visto desconocida por Vlad Radu) y sólo entonces vi, pegada con tachuelas a la puerta interior de la puerta, la fotografía de mi mujer, Asunción, con nuestra hija, Magdalena, sobre sus rodillas.

—Vlad. Llámeme Vlad. Vlad, para los amigos.

VIII

Aún no entiendo por qué me quedé a cenar con Vlad esa noche. Racionalizo. No tenía de qué preocuparme. Magdalena, mi hija, estaba bien, durmiendo en casa de los Alcayaga. A mi mujer Asunción simplemente se le hizo tarde y vendría a recogerme aquí mismo. De todos modos llamé al celular de mi esposa, no respondió y dejé el consabido mensaje.

Me rehusé a comentar el descubrimiento de la foto. Era darle una ventaja a este sujeto. Yo no tenía ante él más defensa que la serenidad, no pedir explicación de nada, jamás mostrarme sorprendido. ¿Haría otra cosa un buen abogado? Claro, Zurinaga le había dado fotos mías, de mi familia, al exiliado noble balcánico, para que viera con quién iba a tratar en este lejano y exótico país, México…

La explicación me serenó.

El conde y yo nos sentamos a las cabeceras de una mesa de metal opaco, sin reflejos, una extraña mesa de plomo, diríase, poco propicia para abrir el apetito, sobre todo si el menú —como en este caso— consistía únicamente de vísceras. Hígados, riñones, criadillas, tripas, desganados pellejos… todo ahogado en salsas de cebolla y hierbas que reconocí gracias a las viejas recetas francesas que disfrutaba mi madre: perejil, estragón, claro, pero otras que mi paladar no reconocía y condimentos que faltaban, sobre todo el ajo.

—¿No hay ajo? —pregunté sin esperar la mirada fulminante del conde Vlad y su brusco silencio, seguido de un rápido cambio de tema.

—Polvo de cerdo, *maître* Navarro. Una vieja receta usada por San Estiquio para expulsar al demonio que una monja se tragó por descuido.

Mi expresión de incredulidad pareció divertir a Vlad.

—Es decir, la monja inadvertente, según la leyenda de mi tierra, se sentó sobre el Diablo y éste dijo, "¿Qué iba a hacer? Se sentó sobre una planta y era yo…"

Disimulé muy bien mi asco.

—Entradas y salidas, señor Navarro. A eso se reduce la vida. O dicho en lengua de bárbaros, *exits and entrances*. Por delante, por detrás. Todo lo que entra, debe salir. Todo lo que sale, debe entrar. Las costumbres del hambre son muy variadas. Lo que es asqueroso para un pueblo, es delicia de otro. Imagínese lo que los franceses piensan de los mexicanos comiendo hormigas y saltamontes y gusanos. Pero ellos mismos, los franceses, ¿no consumen alegremente ranas y caracoles? Muéstreme un inglés que pueda saborear el mole poblano: su estómago siente náuseas de tan sólo imaginar esa mezcla de chile, pollo y chocolate… ¿Y no se deleitan ustedes con el huitlacoche, el hongo del maíz, que en el resto del mundo produce asco y le es aventado a los cerdos? Y hablando de cerdos, ¿cómo pueden soportar los ingleses platos cocinados —más bien dicho arruinados— por el *lard*, la manteca de puerco? ¡Y no hablo de los norteamericanos, que carecen de paladar y pueden comer papel periódico relamiéndose de gusto!

Rió con esa peculiar manera suya, bajando forzadamente el labio superior como si quisiera disimular sus intenciones.

—Hay que ser como el lobo, señor Navarro. ¡Qué sabiduría la del viejo *lupus* latino, que se convierte en mi *wulfuz* teutón, qué sabiduría natural y eterna la del lobo que es inofensivo en verano y otoño, cuando está satisfecho, y sólo sale a atacar cuando tiene hambre, en el invierno y en la primavera! Cuando tiene hambre…

Hizo un gesto de mando con la pálida mano de uñas vidriosas.

Borgo, el jorobado, hacía las veces de mayordomo y una criada de movimientos demasiado lentos servía los platos, inútilmente urgida por los chasquidos de Borgo, vestido para la ocasión con una chaquetilla de rayas rojas y negras y corbata de moño, que sólo se veían en antiguas películas francesas. Creía compensar con este uniforme pasado de moda, coquetamente, su deformidad física. Al menos, eso me decía su mirada satisfecha y a veces pícara.

—Le agradezco profundamente que haya aceptado mi invitación, *maître* Navarro. Generalmente como solo y ello engendra tristes pensamientos, *croyez-moi*.

El criado se acercó a servirme el vino tinto. Se abstuvo de ofrecérselo a su amo. Interrogué a Vlad con la mirada, alzando mi copa para brindar…

—Ya le dije… —el conde me miró con amable sorna.

—Sí, no bebe vino —quise ser ligero y cordial—. ¿Bebe solo?

Con esa costumbre suya de no escuchar al interlocutor e irse por su propio tema, Vlad simplemente comentó:

—Decir la verdad es insoportable para los mortales.

Insistí con cierta grosería. —Mi pregunta era muy simple. ¿Bebe a solas?

—Decir la verdad es insoportable para los mortales.

—No sé. Yo soy mortal y soy abogado. Parece un silogismo de esos que nos enseñan en la escuela. Los hombres son mortales. Sócrates es hombre. Por lo tanto, Sócrates es mortal.

—Los niños no mienten —prosiguió sin hacerme caso—. Y pueden ser inmortales.

—¿Perdón?

Unas manos de mujer enguantadas de negro me ofrecieron el platón de vísceras. Sentí repugnancia pero la cortesía me obligó a escoger un hígado aquí, una tripa allá…

—Gracias.

La mujer que me servía se movió con un ligero crujido de faldas. Yo no había levantado la mirada, ocupado en escoger entre las asquerosas viandas. Me sonreí solo. ¿Quién mira a un camarero a la cara cuando nos sirve? La vi alejarse, de espaldas, con el platón en la mano.

—Por eso amo a los niños —dijo Vlad, sin tocar bocado aunque invitándome a comer con la mano de uñas largas y vidriosas—. ¿Sabe usted? Un niño es como un pequeño Dios inacabado.

—¿Un Dios inacabado? —dije con sorpresa—. ¿No sería esa una mejor definición del Diablo?

—No, el Diablo es un ángel caído.

Tomé un largo sorbo de vino, armándome para un largo e indeseado diálogo de ideas abstractas con mi anfitrión. ¿Por qué no llegaba a salvarme mi esposa?

—Sí —reanudó el discurso Vlad—. El abismo de Dios es su conciencia de ser aún inacabado. Si Dios acabase, su creación acabaría con él. El mundo no podría ser el simple legado de un Dios muerto. Ja, un Dios pensionado, en retiro. Imagínese. El mundo como un círculo de cadáveres, un montón de cenizas... No, el mundo debe ser la obra interminable de un Dios inacabado.

—¿Qué tiene esto que ver con los niños? —murmuré, dándome cuenta de que la lengua se me trababa.

—Para mí, señor Navarro, los niños son la parte inacabada de Dios. Dios necesita el secreto vigor de los niños para seguir existiendo.

—Yo... —murmuré con voz cada vez más sorda.

—Usted no quiere condenar a los niños a la vejez, ¿verdad, señor Navarro?

Me rebelé con un gesto impotente y un manotazo que regó los restos de la copa sobre la mesa de plomo.

—Yo perdí a un hijo, viejo cabrón...

—Abandonar a un niño a la vejez —repitió impasible el conde—. A la vejez. Y a la muerte.

Borgo recogió mi copa. Mi cabeza cayó sobre la mesa de metal.

—¿No lo dijo el Inmencionable? ¿Dejad que los niños vengan a mí?

IX

Desperté sobresaltado. Como sucede en los viajes, no supe dónde estaba. No reconocí la cama, la estancia. Y sólo al consultar mi reloj vi que marcaba las doce. ¿Del día, de la noche? Tampoco lo sabía. Las pesadas cortinas de bayeta cubrían las ventanas. Me levanté a correrlas con una terrible jaqueca. Me enfrenté a un muro de ladrillos. Volví en mí. Estaba en casa del conde Vlad. Todas las ventanas habían sido condenadas. Nunca se sabía si era noche o día dentro de la casa.

Yo seguía vestido como a la hora de esa maldita cena. ¿Qué había sucedido? El conde y su criado me drogaron. ¿O fue la mujer invisible? Asunción nunca vino a buscarme, como lo ofreció. Magdalena seguiría en casa de los Alcayaga. No, si eran las doce del día, estaría en la escuela. Hoy no era feriado. Había pasado la fiesta de la Asunción de la Virgen. Las dos niñas, Magdalena y Chepina, estarían juntas en la escuela, seguras.

Mi cabeza era un remolino y la abundancia de coladeras en la casa del conde me hacía sentir como un cuerpo líquido que se va, que se pierde, se vierte en la barranca…

La barranca.

A veces una sola palabra, una sola, nos da una clave, nos devuelve la razón, nos mueve a actuar. Y yo necesitaba, más que nada, razonar y hacer, no pensar cómo llegué a la absurda e inexplicable situación en la que me hallaba, sino salir de ella cuanto antes y con la seguridad de que, salvándome, comprendería.

Estaba vestido, digo, como la noche anterior. Supe que aquella era "la noche anterior" y este "el día siguiente" en el momento en que me acaricié el mentón y las mejillas con un gesto natural e involuntario y sentí la barba crecida, veinticuatro horas sin rasurarme…

Pasé mis manos impacientes por los pantalones y el saco arrugados, la camisa maloliente, mi pelo despeinado. Me arreglé inútilmente el nudo de la corbata, todo esto mientras salía de la recámara a la planta alta de la casa e iba abriendo una tras otra las puertas de los dormitorios, mirando el orden perfecto de cada recámara, los lechos perfectamente tendidos, ninguna huella de que alguien hubiese pasado la noche allí. A menos, razoné, y di gracias de que mi lógica perdida regresara de su largo exilio nocturno, a menos de que todos hubiesen salido a la calle y el hacendoso Borgo hubiese arreglado las camas...

Una recámara retuvo mi atención. Me atrajo a ella una melodía lejana. La reconocí. Era la tonada infantil francesa *Frère Jacques*.

Frère Jacques,
dormez-vous?
Sonne la matine.
Ding-dang-dong.

Entré y me acerqué al buró. Una cajita de música emitía la cancioncilla y una pastorcilla con báculo en la mano y un borrego al lado giraba en redondo, vestida a la usanza del siglo XVIII.

Aquí todo era color de rosa. Las cortinas, los respaldos de las sillas, el camisón tendido cuidadosamente junto a la almohada. Un breve camisón de niña con listones en los bordes de la falda. Unas pantuflas rosa también. Ningún espejo. Un cuarto perfecto pero deshabitado. Un cuarto que esperaba a alguien. Sólo faltaba una cosa. Aquí tampoco había flores. Y súbitamente me di cuenta. Había media docena de muñecas reclinadas contra las almohadas. Todas rubias y vestidas de rosa. Pero todas sin piernas.

Salí sin admitir pensamiento alguno y entré a la habitación del conde. Las pelucas seguían allí, en sus estantes, como advertencia de una guillotina macabra. El baño estaba seco. La cama, virgen.

Bajé por la escalera a salones silenciosos. Había un ligero olor mohoso. Seguí por el comedor perfectamente aseado. Entré a una cocina desordenada, apestosa, nublada por los humos de entrañas regadas a lo ancho y largo del piso y el despojo de un animal inmenso, indescriptible, desconocido para mí, abierto de par en par sobre la mesa de losetas. Decapitado.

La sangre de la bestia corría aún hacia las coladeras de la cocina.

Me cubrí la boca y la nariz, horrorizado. No deseaba que un solo miasma de esta carnicería entrase a mi cuerpo. Me fui dando pequeños pasos, de espaldas, como si temiera que el animal resucitase para atacarme, hasta una especie de cortina de cuero que se venció al apoyarme contra ella. La aparté. Era la entrada a un túnel.

Recordé la insistencia de Vlad en tener un pasaje que conectara la casa con la barranca. Yo ya no me podía detener. Tenté con las manos la anchura entre las paredes. Procedí con cautela extrema, inseguro de lo que hacía, buscando en vano la salida, la luz salvadora, dejándome guiar por el subconsciente que me impelía a explorar cada rincón de la mansión de Vlad.

No había luz. Eché mano de mi *briquet*. Lo encendí y vi lo que temía, lo que debí sospechar. El horror concentrado. La cápsula misma del misterio.

Féretro tras féretro, al menos una docena de cajas mortuorias hacían fila a lo largo del túnel.

El impulso de dar la espalda a la escena y correr fuera del lugar era muy poderoso, pero más fuerte fue mi voluntad de saber, mi necia y detestable curiosidad, mi deformación de investigador legal, el desprecio de mí mismo al abrir féretro tras féretro sin encontrar nada más que tierra dentro de cada uno, hasta abrir el cajón donde yacía mi cliente, el conde Vlad Radu, tendido en perfecta paz, vestido con su suéter, sus pantalones y sus mocasines negros, con las manos de uñas vidriosas cruzadas sobre el pecho y la cabeza sin pelo, recostada sobre una almohadilla de seda roja, como rojo era el acolchado de la caja.

Lo miré intensamente, incapaz de despertarlo y pedirle explicaciones, paralizado por el horror de este encuentro, hipnotizado por los detalles que ahora descubría, teniendo a Vlad delante de mí, postrado, a mi merced, pero ignorante, al cabo, de los actos que yo podría cometer, sometido, como lo estaba, a la leyenda del vampiro, a los remedios propalados por la superstición y la ciencia, indisolublemente unidas en este caso. El collar de ajos, la cruz, la estaca…

El intenso frío del túnel me arrancaba vahos de la boca abierta pero me aclaraba la mente, me hacía atento a los detalles. Las orejas de Vlad. Demasiado pequeñas, rodeadas de cicatrices, que yo atribuí a sucesivas cirugías faciales, habían crecido de la noche a la mañana. Pugnaban, ante mi propia mirada, por desplegarse como siniestras alas de murciélago. ¿Qué hacía este ser maldito, recortarse las orejas cada atardecer antes de salir al mundo, disfrazar su mímesis en quiróptero nocturno? Una peste insoportable surgía de los rincones del féretro de Vlad. Allí se acumulaba la murcielaguina, la mierda del vampiro…

Un goteo hediondo cayó sobre mi cabeza. Levanté la mirada. Los murciélagos colgaban cabeza abajo, agarrados a la piedra del túnel por las uñas.

La mierda del vampiro. Las orejas del conde Vlad. La falange de ratas ciegas colgando sobre mi cabeza. ¿Qué importancia tenían al lado del detalle más siniestro?

Los ojos de Vlad.

Los ojos de Vlad sin las eternas gafas oscuras.

Dos cuencas vacías.

Dos ojos sin ojos.

Dos lagunas de orillas encarnadas y profundidades de sangre negra.

Allí mismo supe que Vlad no tenía ojos. Sus anteojos negros eran sus verdaderos ojos. Le permitían ver.

No sé qué me movió más cuando cerré con velocidad la tapa del féretro donde dormía el conde Vlad.

No sé si fue el horror mismo.

No sé si fue la sorpresa, la ausencia de instrumentos para destruirlo en el acto, mis amenazadas manos vacías.

Sí sé.

Sé que fue la preocupación por mi mujer Asunción, por mi hija Magdalena. La sospecha que se imponía, por más que la rechazase la lógica normal, de que algo podía unir el destino de Vlad al de mi familia y que si ello era así, yo no tenía derecho a tocar nada, a perturbar la paz mortal del monstruo.

Intenté recuperar el ritmo normal de mi respiración. Mi corazón palpitaba de miedo. Pero al respirar, me di cuenta del olor de esta catacumba fabricada para el conde Vlad. No era un olor conocido. En vano traté de asociarlo a los aromas que yo conocía. Esta emanación que permeaba el túnel no sólo era distinta a cualquier aroma por mí aspirado. No sólo era diferente. Era un tufo que venía de otra parte. De un lugar muy lejano.

X

Hacia la una de la tarde logré regresar a mi casa en el Pedregal de San Ángel. Candelaria nuestra sirvienta me recibió con aire de congoja.

—¡Ay señor! ¡Estoy espantada! ¡Es la primera vez que nadie llega a dormir! ¡Qué solita me sentí!

¿Qué? ¿No había regresado la señora? ¿Dónde anda la niña?

Llamé de prisa, otra vez, a la señora Alcayaga.

—Qué tal Yves. Sí, Magdalena se fue con Chepina a la escuela desde tempranito. No, no te preocupes. Tu niña es muy pulcra, una verdadera monada. Se dio su buen regaderazo mientras yo le planchaba personalmente la ropa. Le expliqué a la escuela que hoy Magdita no iría de uniforme, porque se quedó a dormir. Bye-bye.

Llamé a la oficina de Asunción. No, me dijo la secretaria, no ha venido desde ayer. ¿Pasa algo?

Me di una ducha, me rasuré y me cambié de ropa.

—¿No quiere sus chilaquiles, señor? ¿Su cafecito?

—Gracias, Candelaria. Llevo prisa. Si viene la señora, dile que no se mueva de aquí, que me espere.

Eché un vistazo a mi estancia. La costumbre irrenunciable de ver si todo está en orden antes de salir. No vemos nada porque todo está en su lugar. Salimos tranquilos. Nada está fuera de su sitio, el hábito reconforta...

No había flores en la casa. Los ramos habitualmente dispuestos, con cariño y alegría, por Asunción, a la entrada del lobby, en la sala, en el comedor visible desde donde me encontraba a punto de salir, no estaban allí. No había flores en la casa.

—Candelaria, ¿por qué no hay flores?

La sirvienta puso su cara más seria. Sus ojos retenían un reproche.

—La señora las tiró a la basura, señor. Antes de salir ayer me dijo, ya se secaron, se me olvidó ponerles agua, ya tíralas...

Era una mañana sorprendentemente cristalina. Nuestro valle de bruma enferma, antes tan transparente, había recuperado su limpieza alta y sus bellísimos cúmulos de nubes. Bastó este hecho para devolverme un ánimo que la sucesión de novedades inquietantes me había arrebatado.

Manejé de prisa pero con cuidado. Mis buenos hábitos, a pesar de todo, regresaban a mí, confrontándome, afirmando mi razón. Así deseaba que regresase a mí la ciudad de antes, cuando "la capital" era pequeña, segura, caminable, respirable, coronada de nubes de asombro y ceñida por montañas recortadas con tijera...

No tardé en volver a la inquietud.

No, me dijo la directora de la escuela, Magdalena no ha venido el día de hoy.

—Pero sus compañeras, sus amiguitas, ¿puedo hablar con ellas, con Chepina?

No, las niñas no vieron a Magdalena en ninguna fiesta ayer.

—En la fiesta tuya, Chepina.

—No hubo fiesta, señor.

—Era tu cumpleaños.

—No señor, mi santo es el día de la Virgen.

—¿De la Asunción, ayer?

—No señor, de la Anunciación. Falta mucho.

La niña me miró con impaciencia. Era la hora del recreo y yo le robaba preciosos minutos. Sus compañeras la miraban con extrañeza.

Llamé enseguida, otra vez, a la madre de Chepina. Protesté con irritación. ¿Por qué me mentía?

—Por favor —me dijo con la voz alterada—. No me pregunte nada. Por favor. Se lo ruego por mi vida, señor Navarro.

—¿Y la vida de mi hija? ¿De mi hija? —dije casi gritando y luego hablando solo, cuando corté la comunicación con violencia.

Tomé el coche y aceleré para llegar cuanto antes al último recurso que me quedaba, la casa de Eloy Zurinaga en la colonia Roma.

Nunca me pareció más torturante la lentitud del tráfico, la irritabilidad de los conductores, la barbarie de los camiones desvencijados que debieron quedar proscritos tiempo atrás, la tristeza de las madres mendigas cargando niños en sus rebozos y extendiendo las manos callosas, el asco de los baldados, ciegos y tullidos pidiendo limosna, la melancolía de los niños payasos con sus caras pintadas y sus pelotitas al aire, la insolencia y torpeza obscena de los policías barrigones apoyados contra sus motocicletas en las entradas y salidas estratégicas para sacar "mordida", el paso insolente de los poderosos en automóviles blindados, la mirada fatal, ensimismada, ausente, de los ancianos cruzando las calles laterales a tientas, inseguros, hombres y mujeres de pelo blanco y rostros de nuez resignados a morir como vivieron. Los ridículos, gigantescos anuncios de otro mundo fantástico de brassieres y calzoncillos, cuerpos perfectos, pieles blancas y cabelleras rubias, tiendas de lujo y viajes de encanto a paraísos comprobados.

A lo largo de túneles de cemento tan siniestros como el laberinto construido para el conde Vlad por su vil lacayo el ingeniero Alcayaga, esposo de la no menos vil y mentirosa María de Lourdes, mamá de la dulce pero impaciente niñita Chepina a la que empecé a imaginar como un monstruo más, íncubo infantil de mocos supurantes...

Frené abruptamente frente a la casa de mi patrón, don Eloy Zurinaga. Un criado sin facciones memorizables me abrió la puerta, quiso impedirme el paso, no se dio cuenta de mi firmeza, de mi creciente poder frente a la incertidumbre, nacido de la mentira y el horror con los que confronté al anciano Zurinaga, sentado como siempre frente al fuego, las rodillas cubiertas por una manta, los dedos largos y blancos acariciando el cuero gastado del sillón.

Al verme abrió los ojos encapotados pero el resto de su cara no se movió. Me detuve sorprendido por el envejecimiento creciente, veloz, del anciano. Ya era viejo, pero ahora parecía más viejo que nunca, viejo como la vejez misma, por un motivo que en el acto se impuso a mi percepción: este jefe ya no mandaba, este hombre estaba vencido, su voluntad había sido obliterada por una fuerza superior a la suya. Eloy Zurinaga respiraba aún, pero ya era un cadáver vaciado por el terror.

Me dio miedo ver así a un hombre que era mi jefe, al cual debía lealtad si no un afecto que él mismo jamás solicitó. Un hombre por encima de cualquier atentado contra su fuerte personalidad. Honesto o no, ya lo dije: yo no lo sabía. Pero hábil, superior, intocable. El hombre que mejor sabía cultivar la indiferencia.

Y ahora no. Ahora yo miraba, sentado allí con las sombras del fuego bailándole en la cara sin color, como un despojo, a un hombre sin belleza ni virtud, un viejo desgraciado. Sin embargo, para mi sorpresa, aún le quedaban tretas, arrestos.

Adelantó la mano transparente casi.

—Ya sé. Adivinó usted que el hombre con abrigo de polo y stetson antiguo que fue a la oficina era verdaderamente yo, no un doble…

Lo interrogué con la mirada.

—Sí, era yo. La voz que llamó por teléfono para hacer creer que no era yo, que yo seguía en casa, era una simple grabación.

Trató, con dificultad, de sonreír.

—Por eso fui tan cortante. No podía admitir interrupción. Debía colgar rápidamente.

La astucia volvió a brillar por un instante en su mirada.

—¿Por qué tuve que regresar dos veces a la oficina, rompiendo la regla de mi ausencia, Navarro?

Una pausa teatral.

—Porque en dos ocasiones tuve que consultar viejos papeles olvidados que sólo yo podía encontrar.

Apartó las manos como quien resuelve un misterio y pone punto final a la pesquisa.

—Sólo yo sabía dónde estaban. Perdone el misterio.

No era estúpido. Mi mirada, mi actitud toda, le dijeron que no era por eso que lo visitaba hoy, que sus tretas olvidadas me tenían sin cuidado. Pero era un litigante firme y no cedió más hasta que yo mismo se lo dije.

—Ha jugado usted con mi vida, don Eloy, con mis seres queridos. Créame que si no me habla con franqueza, no respondo de mí.

Me miró con debilidad de padre herido, o de perro apaleado. Pedía piedad, súbitamente.

—Si usted me entendiera, Yves.

No dije nada pero parado allí frente a él, en una actitud de desafío y rabia, no necesitaba decir nada. Zurinaga estaba vencido, no por mí, por él mismo…

—Me prometió la juventud recobrada, la vida eterna.

Zurinaga levantó una mirada sin victorias.

—Éramos iguales, ¿ve usted? Al conocernos éramos iguales, jóvenes estudiantes los dos y luego envejecimos iguales.

—¿Y ahora, licenciado?

—Vino a verme antenoche. Creí que era para agradecerme todo lo que he hecho por él. Facilitarle el traslado. Atender su súplica: "Necesito sangre fresca", ¡ah!

—¿Qué pasó?

—Ya no era como yo. Había rejuvenecido. Se rió de mí. Me dijo que no esperara nada de él. Yo no volvería a ser joven. Yo le había servido como un criado, como un zapato viejo. Yo me haría viejo y moriría pronto. Él sería eternamente joven, gracias a mi ingenua colaboración. Se rió de mí. Yo era su criado. Uno más. "Yo tengo el poder de escoger mis edades. Puedo aparecer viejo, joven o siguiendo el curso natural de los años."

El abogado cacareó como una gallina. Volvió a mirarme con un fuego final y me tomó la mano ardiente. La suya helada.

—Regrese a casa de Vlad, Navarro. Esta misma noche. Pronto no habrá remedio.

Quería desprenderme de su mano, pero Eloy Zurinaga había concentrado en un puño toda la fuerza de su engaño, de su desilusión y de su postrer aliento.

—¿Entiende usted mi conflicto?

—Sí, patrón —dije casi con dulzura, adivinando su necesidad de consuelo, vulnerado yo mismo por el cariño, por el recuerdo, hasta por la gratitud…

—Dése prisa. Es urgente. Lea estos papeles.

Me soltó la mano. Tomé los papeles. Caminé hacia la puerta. Le oí decir de lejos.

—Espere usted todo el mal de Vlad.

Y con voz más baja: —¿Cree que no tengo escrúpulos de conciencia? ¿Cree que no tengo una fiebre en el alma?

Le di la espalda. Supe que jamás lo volvería a ver.

XI

"En el año del Señor 1448 ascendió al trono de Valaquia Vlad Tepes, investido por Segismundo de Luxemburgo, Sacro Emperador Romano-Germánico, e instaló su capital en Tirgovisye, no lejos del Danubio, a orillas del Imperio Otomano, con la encomienda cristiana de combatir al Turco, en cuyas manos cayó Vlad, quien aprendió velozmente las lecciones del Sultán Murad II: sólo la fuerza sostiene al poder y el poder exige la fuerza de la crueldad. Fugándose de los turcos, Vlad recuperó el trono de la Valaquia con un doble engaño: tanto los turcos como los cristianos lo creyeron su aliado. Pero Vlad sólo estaba aliado con Vlad y con el poder de la crueldad. Quemó castillos y aldeas en toda Transilvania. Reunió en una recámara a los jóvenes estudiantes llegados a estudiar la lengua y los quemó a todos. Enterró a un hombre hasta el ombligo y lo mandó decapitar. A otros los asó como a cerdos o los degolló como corderos. Capturó las siete fortalezas de Transilvania y ordenó tasajear a sus habitantes como pedazos de lechuga. A los gitanos, insumisos a ser ahorcados por no ser costumbre de zíngaros, los obligó a hervir en caldera a uno de ellos y luego devorarle la carne. Una de sus amantes se declaró preñada para retener a Vlad: éste le abrió el vientre con una tajada de cuchillo para ver si era cierto. En 1462 ocupó la ciudad de Nicópolis y mandó clavar de la cabellera a los prisioneros hasta que muriesen de hambre. A los señores de Fagaras los decapitó, cocinó sus cabezas y se las sirvió a la población. En la aldea de Amlas le cortó las tetas a las mujeres y obligó a sus maridos a comerlas. Reunió en un palacio de Broad a todos los pobres, enfermos y ancianos de la región, los festejó con vino y comida y les preguntó si deseaban algo más.

"No, estamos satisfechos.

"Entonces los mandó decapitar para que muriesen satisfechos y jamás volviesen a sentir necesidad alguna.

"Pero él mismo no estaba satisfecho. Quería dejar un nombre y una acción imborrables en la historia.

Encontró un instrumento que se asociase para siempre a él: la estaca.

"Capturó el pueblo de Benesti y mandó empalar a todas las mujeres y a todos los niños. Empaló a los boyares de Valaquia y a los embajadores de Sajonia. Empaló a un capitán que no se atrevió a quemar la iglesia de San Bartolomé en Brasov. Empaló a todos los mercaderes de Wuetzerland y se apropió sus bienes. Decapitó a los niños de la aldea de Zeyding e introdujo las cabezas en las vaginas de sus madres antes de empalar a las mujeres. Le gustaba ver a los empalados torcerse y revolverse en la estaca 'como ranas'. Hizo empalar a un burro en la cabeza de un monje franciscano.

"Vlad gustaba de cortar narices, orejas, órganos sexuales, brazos y piernas. Quemar, hervir, asar, desollar, crucificar, enterrar vivos… Mojaba su pan en la sangre de sus víctimas. Se refinaba untando sal en los pies de sus prisioneros y soltando animales para lamerlos.

"Mas empalar era su especialidad y la variedad de la tortura su gusto. La estaca podía penetrar el recto, el corazón o el ombligo. Así murieron miles de hombres, mujeres y niños durante el reinado de Vlad el Empalador, sin jamás saciar su sed de poder. Sólo su propia muerte escapaba a su capricho. Oía las leyendas de su tierra con obsesión y deseo.

"Los *moroni* capaces de metamorfosis instantáneas, convirtiéndose en gatos, mastines, insectos o arañas.

"Los *nosferatu* escondidos en los más hondo de los bosques, hijos de dos bastardos, entregados a orgías sexuales que los agotan hasta la muerte, aunque apenas enterrados los *nosferatu* despiertan y abandonan su tumba para jamás regresar a ella, recorriendo la noche en forma de perros oscuros, escarabajos o mariposas. Envenenados de celo, gustan de aparecerse en las recámaras nupciales y volver estériles e impotentes a los recién casados.

"Los *lúgosi*, cadáveres vivientes, librados a las orgías necrofílicas al borde de las tumbas y delatados por sus patas de pollo.

"Los *strigoi* de Braila con los ojos perpetuamente abiertos dentro de sus tumbas.

"Los *varcolaci* de rostros pálidos y epidermis reseca que caen en profundo sueño para imaginar que ascienden a la luna y la devoran: son niños que murieron sin bautizo.

"Este era el ferviente deseo de Vlad el Empalador. Traducir su cruel poder político en cruel poder mágico: reinar no sólo sobre el tiempo, sino sobre la eternidad.

"Monarca temporal, Vlad, hacia 1457, había provocado demasiados desafíos rivales a su poder. Los mercaderes y los boyardos locales. Las dinastías en disputa y sus respectivos apoyos: los Habsburgos y su rey Ladislao Póstumo, la casa húngara de los Hunyadis y los poderes otomanos en la frontera sur de Valaquia. Estos últimos se declaraban 'enemigos de la Cruz de Cristo'. Los reyes cristianos asociaban a Vlad con la religión infiel. Pero los otomanos, por su parte, asociaban a Vlad con el Sacro Imperio y la religión cristiana.

"Capturado al fin enmedio de su última batalla por la facción del llamado Basarab Laiota, ágil aliado, como es costumbre balcánica, a todos los poderes en juego, por más antagónicos que sean, Vlad el Empalador fue condenado a ser enterrado vivo en un campamento junto al río Tirnava y conducido hasta allí, para su escarnio, entre los sobrevivientes de sus crímenes infinitos, que le iban dando la espalda a medida que Vlad pasaba encadenado, de pie, en un carretón rumbo al camposanto. Nadie quería recibir su última mirada.

"Sólo un ser le daba la cara. Sólo una persona se negaba a darle la espalda. Vlad fijó sus ojos en esa criatura. Pues era una niña apenas, de no más de diez años de edad. Miraba al Empalador con una mezcla impresionante de insolencia e inocencia, de ternura y rencor, de promesa y desesperanza.

"*Voivod*, príncipe, Vlad el Empalador iba a la muerte en vida soñando con los vivos en muerte, los *moroni*, los *nosferatu*, los *strigoi*, los *varcolaci*, los vampiros: *Drácula*, el nombre que secretamente le daban todos los habitantes de Transilvania y Moldavia, Frahas y Valaquia, los Cárpatos y el Danubio...

"Iba a la muerte y sólo se llevaba la mirada azul de una niña de diez años de edad, vestida de rosa, la única que no le dio la espalda ni murmuró en voz baja, como lo hacían todos los demás, el Nombre Maldito, Drácula...

"Estos son, amigo Navarro, los secretos —parciales— que puede comunicarle su fiel y seguro servidor

(fdo) Eloy Zurinaga"

XII

Leí el manuscrito sentado al volante del BMW. Sólo al terminarlo arranqué. Puse en cuarentena mis posibles sentimientos. Asco, asombro, duda, rebeldía, incredulidad.

Conduje mecánicamente de la Colonia Roma al acueducto de Chapultepec, bajo la sombra iluminada del Alcázar dieciochesco y subiendo por el Paseo de la Reforma (el antiguo Paseo de la Emperatriz) rumbo a Bosques de las Lomas. Agradecía el automatismo de mis movimientos porque me encontraba ensimismado, entregado a reflexiones que no son usuales en mí, pero que ahora parecían concentrar mi experiencia de las últimas horas y brotar de manera espontánea mientras las luces del atardecer se iban encendiendo, como ojos de gato parpadeantes, a lo largo de mi recorrido.

Lo que me asaltaba era una sensación de melancolía intensa: el mejor momento del amor, ¿es el de la melancolía, la incertidumbre, la pérdida? ¿Es cuando más presente, menos sacrificable a las necedades del celo, la rutina, la descortesía o la falta de atención, sentimos el amor? Imaginé a mi mujer, Asunción, y recuperando en un instante la totalidad de la pareja, de nuestra vida juntos, me dije que el placer nos deja atónitos: ¿cómo es posible que el alma entera, Asunción, pueda fundirse en un beso y pierda de vista al mundo entero?

Le hablaba así a mi amor, porque no sabía lo que me esperaba en casa del vampiro. Repetía como exorcismos las palabras de la esperanza: el amor siempre es generoso, no se deja vencer porque lo impulsa el deseo de poseer plena y al mismo tiempo infinitamente, y como esto no es posible, convertimos la insatisfacción misma en el acicate del deseo y lo engalanamos, Asunción, de melancolía, inquietud y la celebración de la finitud misma.

Como si adivinase lo que me esperaba, dejé escapar, Asunción, un sollozo y me dije:

—Este es el mejor momento del amor.

Caía la tarde cuando llegué a casa del conde Vlad. Me abrió Borgo, cerrándome, una vez más, el paso. Estaba dispuesto a pegarle, pero el jorobado se adelantó:

—La niña está atrás, en el jardín.

—¿Cuál jardín? —dije inquieto, enojado.

—Lo que usted llama la barranca. Los árboles —indicó el criado con un dedo sereno.

No quise correr al lado de la mansión de Vlad para llegar a eso que Borgo llamaba jardín y que era un barranco, según lo recordaba, con algunos sauces moribundos sobresalientes en el declive del terreno. Lo primero que noté, con asombro, fue que los árboles habían sido talados y tallados hasta convertirse en estacas. Entre dos de estas empalizadas colgaba un columpio infantil.

Allí estaba Magdalena, mi hija.

Corrí a abrazarla, indiferente a todo lo demás.

—Mi niña, mi niñita, mi amor —la besé, la abracé, le acaricié el pelo crespo, las mejillas ardientes, sentí la plenitud del abrazo que sólo un padre y una hija saben darse.

Ella se apartó, sonriendo.

—Mira, papá. Mi amiguita Minea.

Volteé para mirar a otra niña, la llamada Minea, que tomó la mano de mi Magdalena y la apartó de mí. Mi hijita vestía su uniforme escolar azul marino con cuello blanco y corbata de moño roja.

La otra niña vestía toda de rosa, como las muñecas en el cuarto que yo había visitado esa mañana.

Usaba un vestido rosa de falda ampona y llena de olanes, con rosas de tela cosidas a la cintura, medias color de rosa y zapatillas de charol negro. Tenía una masa de bucles dorados, en tirabuzón, con un moño inmenso, color de rosa, coronándola.

Era de otra época. Pero era idéntica a mi hija (que tampoco, como lo he indicado, y debido a las formalidades de su madre, era una niña moderna).

La misma estatura. La misma cara. Sólo el atuendo era distinto.

—¿Qué haces, Magda? —le dije desechando el asombro.

—Mira —señaló a las estacas del cárcamo.

No vi nada excepcional.

—Las ardillas, papá.

Sí, había ardillas subiendo y bajando por los troncos, correteando nerviosas, mirándonos como a intrusos antes de reanudar su carrera.

—Muy simpáticas, hija. En el jardín de la casa también las hay, ¿recuerdas?

Magdalena rió como niña, llevándose una mano a la boca. Se levantó la falda colegial al mismo tiempo que Minea hacía lo propio. Minea metió la mano en la parte delantera de su calzón infantil y sacó una ardilla palpitante, apretada entre las manos.

—¿A que no sabías, papá? A las ardillas los dientes les crecen por dentro hasta atravesarles la cabeza…

Mi hija tomó la ardilla que le ofreció Minea y levantándose la falda escolar, la guardó en su calzón sobre el pubis.

Me sentí arrollado por el horror. Había mantenido la vista baja, observando a las niñas, sin darme cuenta de la vigilante cercanía de Borgo.

El criado se acercó a mi hija y le acarició el cuello. Sentí una sublevación de asco. Borgo rió.

—No se preocupe, monsieur Navarro. Mi amo no me permite más que esto. *Il se réserve les petits choux bien pour lui...*

Lo dijo como un cocinero que acaricia una gallina antes de degollarla. Soltó a Magda, pidiendo paz con una mano. Las formas se volvían pardas como la noche lenta de la meseta.

—En cambio, a Minea, como es de la casa...

El obsceno criado le levantó la falda a la otra niña, le subió el vestido de olanes color de rosa hasta ocultarle el rostro, reveló el pecho desnudo con sus pezones infantiles e hincándose frente a Minea comenzó a chupárselos.

—¡Ay, monsieur Navarro! —dijo interrumpiendo su sucia labor—. ¡Qué formas y florilegios de los pezones! ¡Qué sensación de éxtasis sexual!

Apartó la cara y vi que en el pecho de la niña Minea habían desaparecido los pezones.

Busqué la mirada de mi hija, como si quisiera apartarla de estas visiones.

No sé si la miré con odio o si fue ella quien me dijo con los ojos: —Te detesto. Déjame jugar a gusto.

"Regrese a casa de Vlad. Pronto no habrá remedio."

Las palabras de Zurinaga resonaron en esa noche turbia y recién estrenada del altiplano de México, donde el calor del día cede en un segundo al frío de la noche.

XIII

No es cierto. No abandoné a Magdalena. El asco turbio que me produjo la escena del barranco no me desvió de mi propósito lúcido, que era enfrentarme al monstruo y salvar a mi familia.

Dándole la espalda a Borgo, a Minea y a mi hija, descubrí la entrada al túnel a boca de jarro sobre el cárcamo, empujé la puerta de metal y entré a ese pasaje recién construido por el maldito Alcayaga pero que tenía un musgoso olor a siglos, como si hubiese sido trasladado, en vez de construido aquí, desde las lejanas tierras de la Valaquia originaria de Vlad Radu.

Perfume de carnes sensualmente corruptas, dulces en su putrefacción.

Piélago antiquísimo de brea y percebes pegados a los féretros. Humo arenoso de una tierra que no era mía, que venía de muy lejos, encerrada entre maderos crujientes y clavos enmohecidos.

Caminé de prisa, sin detenerme porque la curiosidad acerca de este lúgubre cementerio ambulante ya la había saciado esta mañana. Me detuve con un grito sofocado. Detrás de un cajón de muerto, apareció Vlad, cerrándome el paso.

Por un instante no lo reconocí. Se envolvía en una capa dragona y la cabellera le caía sobre los hombros, negra y lustrosa. No era una peluca más. Era el cabello de la juventud, renacido, brillante, espeso. Lo reconocí por la forma del rostro, por la palidez calcárea, por los anteojos negros que ocultaban las cuencas sangrientas.

Recordé las palabras amargas de Zurinaga, Vlad escoge a voluntad sus edades, parece viejo, joven o siguiendo el curso natural de los años, nos engaña a todos…

—¿A dónde va tan de prisa, señor Navarro? —dijo con su voz untosa y profunda.

La simple pregunta me turbó. Si había abandonado en la barranca a mi hija, fue sólo para enfrentarme a Vlad.

Aquí lo tenía. Pero debí dar otra respuesta.

—Busco a mi mujer.

—Su mujer no me interesa.

—Qué bueno saberlo. Quiero verla y llevarnos a Magdalena. No será usted quien destruya nuestro hogar.

Vlad sonrió como un gato que desayuna canarios.

—Navarro, déjeme explicarle la situación.

Abrió de un golpe un féretro y allí yacía Asunción, mi esposa, pálida y bella, vestida de negro, con las manos cruzadas sobre el pecho. Busqué instintivamente su cuello. Dos alfilerazos morados, pequeñísimos capullos de sangre, florecían a la altura de la yugular externa.

Iba a reprimir un grito que el propio Vlad, con una fuerza de gladiador, sofocó con una mano de araña sobre mi boca, aprisionando con la otra mi pecho.

—Mírela bien y entiéndalo bien. No me interesa su esposa, Navarro. Me interesa su hija. Es la compañera ideal de Minea. Son casi gemelas, ¿se dio usted cuenta? Viera usted la cantidad de fotografías que hube de escudriñar en las largas noches de mi arruinado castillo en la Valaquia hasta encontrar a la niña más parecida a la mía. ¡Y en México, una ciudad de veinte millones de nuevas víctimas, como las llamaría usted! ¡Una ciudad sin seguridad policiaca! ¡Viera usted los trabajos que pasé con Scotland Yard en Londres! Y además —aunque he cultivado viejas amistades en todo el mundo—, la ciudad de mi viejo —viejísimo, sí— amigo Zurinaga. Todo salió a pedir de boca, por decirlo de algún modo… ¡Veinte millones de sabrosas morongas!

Vlad tuvo el mal gusto de relamerse.

—Son casi gemelas, ¿se dio usted cuenta? Minea ha sido una fuente de vida para mí. Crea en mis buenos sentimientos, Navarro. Usted que posee la mística de la familia. Esta niña es, realmente, mi única y verdadera familia.

Suspiró sentimentalmente. Yo permanecí, a medida que el conde aflojaba su fuerza sobre mi cuerpo, fascinado por el cinismo del personaje.

—Con Minea, ve usted, entendí, supe lo que no sabía. Imagínese, desde que empecé mi vida hace cinco siglos, en la fortaleza de Sigiscara sobre el río Tirnava, sólo viví luchando por el poder político, tratando de mantener la herencia de mi padre Vlad Dracu contra mi medio hermano Alexandru por el trono de Valaquia, contra la amante de mi padre, Caktuna, convertida en monja, y su hijo mi medio hermano, monje como su madre, conspiradores ambos bajo la santidad de la Iglesia, luchando contra los turcos que invadieron mi reino con la ayuda de mi traidor y corrupto hermano menor, Radu, efebo del sultán Mhemed en su harén masculino, prisionero yo mismo de los turcos, Navarro, donde aprendí las crueldades más refinadas y salí armado de venganza hasta teñir de rojo el Danubio entero, de Silistra a Tismania, llenar de cadáveres los pantanos de Balreni, cegar con hierro y enterrar vivos a mis enemigos y empalar en estacas a cuantos se opusieran a mi poder, empalados por la boca, por el recto, por el ombligo, así me gané el título de Vlad el Empalador. El nuncio papal Gabriele Rangone me acusó de empalar a cien mil hombres y mujeres y el Papa mismo me condenó a vivir incomunicado en una profundidad secreta bajo lápida de fierro en un camposanto a orillas del río Tirnava, después de dictaminar "La tierra sacra no recibirá tu cuerpo", condenándome a permanecer insepulto pero enterrado en vida… Así nació mi injusta leyenda de muerto-vivo en todas las aldeas entre el río Dambótiva y el Paso del Roterturn: toda muerte inexplicada, toda desaparición o secuestro, me eran atribuidos a mí, Vlad el Empalador, el Muerto en Vida, el Insepulto, mientras yo yacía vivo en una hondura cavernaria comiendo raíces y tierra, ratas y los murciélagos que pendían de las bóvedas de la caverna, serpientes y arañas, enterrado vivo, Navarro, buscado por crímenes que no cometí y pagando por los que sí cometí, buscado por la Santa Inquisición de las comunidades unidas, convencidas de que yo no había muerto y perpetraba todos los crímenes, ¿pero dónde me encontraba?, ¿cómo descubrir mi escondite en medio de las tumbas levantadas como dedos de piedra, estacas de mármol, en la orilla del Tirnava: sepultado sin nombre ni fecha por órdenes del difunto nuncio, borrado del mundo pero sospechoso de corromperlo? El sitio de mi reclusión forzada había sido celosamente guardado en Roma, olvidado o perdido, no sé. El nuncio se llevó el secreto a la tumba. Entonces los pobladores de la Valaquia oyeron el consejo ancestral. Que una niña desnuda montada a caballo recorra todos los cementerios de la región a galope, y allí donde se detenga el caballo estará escondido Vlad y allí mismo le hundiremos una estaca en el pecho al Empalador... Una noche al fin oí el galope funesto. Me abracé a mí mismo. Sólo esa noche tuve miedo, Navarro. El galope se alejó. Unas horas más tarde, la niña desnuda regresó al sitio de mi prisión, abrió las compuertas de fierro de mi desapacible cárcel papal. "Me llamo Minea", me dijo, "le encajé las espuelas al caballo cuando se iba a detener sobre tu escondite. Así supe que estabas encarcelado aquí. Ahora sal. He venido a rescatarte. Has aprendido a alimentarte de la tierra. Has aprendido a vivir enterrado. Has aprendido a no verte jamás a ti mismo. Cuando empezó la cacería contra ti, me ofrecí candorosa. Nadie sospecha de una niña de diez años. Aproveché mi apariencia, pero tengo tres siglos de rondar la noche. Vengo a ofrecerte un trato. Sal de esta cárcel y únete a nosotros. Te ofrezco la vida eterna. Somos legión. Has encontrado tu compañía. El precio que vas a pagar es muy bajo." La niña Minea se lanzó sobre mi cuello y allí me enterró los dientes. Había encontrado mi compañía. No soy un creador, Navarro, soy una criatura más, ¿entiende usted?... Yo vivía, como usted, en el tiempo. Como usted, habría muerto. La niña me arrancó del tiempo y me condujo a la eternidad...

Me estaba estrangulando.

—¿No siente compasión hacia mí? Ella me arrancó los ojos, se los chupó como se lo chupa todo, para que mis ojos no expresaran más otra necesidad que la sangre, ni otra simpatía que la noche...

Traté de morder la mano que me amordazaba obligándome a escuchar esta increíble y lejana historia y temí, como un idiota, que herir la sangre del vampiro era tentar al mismísimo Diablo. Vlad apretó su dominio sobre mi cuerpo.

—Los niños son pura fuerza interna, señor Navarro. Una parte de nuestro poderío vital está concentrado adentro de cada niño y la desperdiciamos, queremos que dejen de ser niños y se vuelvan adultos, trabajadores, "útiles a la sociedad".

Lanzó una espantosa carcajada.

—¡La historia! ¡Piense en la historia que acabo de narrarle y dígame si todo ese basurero de mentiras, esos biombos de nuestra mortalidad aterrada que llamamos profesiones liberales, política, economía, arte, incluso arte, señor Navarro, nos salvan de la imbecilidad y de la muerte! ¿Sabe cuál es mi experimento? Dejar que su hija crezca, adquiera forma y atractivo de mujer, pero no deje nunca de ser niña, fuente de vida y pureza…

—No, Minea nunca crecerá —dijo adivinando mi confusión—. Ella es la eterna niña de la noche.

Me mostró, haciéndome girar hasta darle la cara, las encías encendidas, los colmillos de un marfil pulido como espejo.

—Estoy esperando que su hija crezca, Navarro. Va a permanecer conmigo. Será mi novia. Un día será mi esposa. Será educada como vampiro.

El siniestro monstruo dibujó una sonrisa agria.

—No sé si le daremos nietos…

Me soltó. Extendió el brazo y me indicó el camino.

—Espere a su mujer en la sala. Y piense una cosa. Me he alimentado de ella mientras la niña crece. No quiero retenerla mucho tiempo. Sólo mientras me sea útil. Francamente, no veo qué le encuentra usted de maravillosa. *Elle est une femme de ménage!*

XIV

Caminé como sonámbulo y esperé sentado en la sala blanca de muebles negros y numerosas coladeras. Cuando mi mujer apareció, vestida de negro, con la melena suelta y la mirada inmóvil, sentí simpatía y antipatía, atracción y repulsión, una inmensa ternura y un miedo igualmente grande.

Me levanté y le tendí la mano para acercarla a mí. Asunción rechazó la invitación, se sentó frente a mí, poseída por una mirada neutra. No me tocó.

—Mi amor —le dije adelantando la cabeza y el torso hasta posar mis manos unidas sobre mis rodillas—. Vine por ti. Vine por la niña. Creo que todo esto es sólo una pesadilla. Vamos a recoger a Magda. Tengo el coche allí afuerita. Asunción, vámonos rápido de aquí, rápido.

Me miró con lo mismo que yo le otorgué al verla entrar, aunque sólo la mitad de mis sentimientos. Antipatía, repulsión y miedo. Me dejó esa carta única: el temor.

—¿Tú quieres a mi hija? —me dijo con una voz nueva, como si hubiese tragado arena y expulsándome de la paternidad compartida con ese cruel, frío posesivo: mi hija.

—Asunción, Magda —alcancé a balbucear.

—¿Tú recuerdas a Didier?

—Asunción, era nuestro hijo.

—ES. Es mi hijo.

—Nuestro, Asunción. Murió. Lo adoramos, lo recordamos, pero ya no es. Fue.

—Magdalena no va a morir —anunció Asunción con una serenidad helada—. El niño murió. La niña no va a morir nunca. No volveré a pasar esa pena, nunca.

¿Cómo iba a decirle algo como "todos vamos a morir" si en la voz y la mirada de mi mujer había ya, instalada allí como una llama perpetua, la convicción repetida?

—Mi hija no va a morir. Por ella no habrá luto. Magdalena vivirá para siempre.

¿Era este el sacrificio? ¿A esto llegaba el amor materno? ¿Debía admirar a la madre porque admitía esta inmolación?

—No es un sacrificio —dijo como si leyera mi pensamiento—. Estoy aquí por Magda. Pero también estoy aquí por mi gusto. Quiero que lo sepas.

Recuperé el habla, como un toro picado bajo el testuz sólo para embestir mejor.

—Hablé con ese siniestro anciano.

—¿Zurinaga? ¿Hablaste con Zurinaga?

Me confundí.

—Sí, pero me refiero a este otro anciano, Vlad…

Ella prosiguió.

—El trato lo hice con Zurinaga. Zurinaga fue el intermediario. Él le mandó a Vlad la foto de Magdalena. Él me ofreció el pacto en nombre de Vladimiro…

—Vladimiro —traté de sonreír—. Se burló de Zurinaga. Le ofreció la vida eterna y luego lo mandó a la chingada. Lo mismo les va a pasar a…

—Él me ofreció el pacto en nombre de Vladimiro —continuó Asunción sin prestarme atención—. La vida eterna para mi hija. Zurinaga sabía mi terror. Él se lo dijo a Vladimiro.

—A cambio de tu sexo para Vlad —interrumpí.

Por primera vez, ella esbozó una sonrisa. La saliva le escurría hacia el mentón.

—No, aunque no existiera la niña, yo estaría aquí por mi gusto…

—Asunción —dije angustiado—. Mi adorada Asunción, mi mujer, mi amor…

—Tu adorado, aburrido amor —dijo con diamantes negros en la mirada—. Tu esposa prisionera del tedio cotidiano.

—Mi amor —dije casi con desesperación, ciertamente con incredulidad—. Recuerda los momentos de nuestra pasión. ¿Qué estás diciendo? Tú y yo nos hemos querido apasionadamente.

—Son los momentos que más pronto se olvidan —dijo sin mover un músculo de la cara—. Tu amor repetitivo me cansa, me aburre tu fidelidad, llevo años incubando mi receptividad hacia Vladimiro, sin saberlo. Nada de esto pasa en un día, como tú pareces creer…

Como no tenía palabras nuevas, repetí las que ya sabía:

—Recuerda nuestra pasión.

—No deseo tu normalidad —escupió con esa espuma que le salía entre los labios.

—Asunción, vas al horror, vas a vivir en el horror, no te entiendo, vas a ser horriblemente desdichada.

Me miró como si me dijera "ya lo sé" pero su boca primero pronunció otras palabras.

—Sí, quiero a un hombre que me haga daño. Y tú eres demasiado bueno.

Hizo una pausa atroz.

—Tu fidelidad es una plaga.

Jugué otra carta, repuesto de todo asombro, tragándome mi humillación, superada la injuria gracias al amor constante y cierto que celebra su propia finitud y se ama con su propia imperfección.

—Dices todo esto para que me enfade contigo, mi amor, y me vaya amargado pero resignado…

—No —agitó la melena lustrosa, tan parecida ahora a la magnífica cabellera renaciente de Vlad—. No soy prisionera. Me he escapado de tu prisión.

Una furia sibilante se apoderó de su lengua, esparciendo saliva espesa.

—Gozo con Vlad. Es un hombre que conoce instantáneamente todas las debilidades de una mujer…

Pero esa voz siseante, de serpiente, se apagó en seguida cuando me dijo que no pudo resistir la atracción de Vlad. Vlad rompió nuestra tediosa costumbre.

—Y sigo caliente por él, aunque sepa que me está usando, que quiere a la niña y no a mí…

No pudo contener el brillo lacrimoso de un llanto incipiente.

—Vete, Yves, por lo que más quieras. No hay remedio. Si quieres, puedes imaginar que aunque te haga daño, te seguiré estimando. Pero sal de aquí y vive preguntándote, ¿quién perdió más?, ¿yo te quité más a ti, o tú a mí? Mientras no contestes esta pregunta, no sabrás nada de mí…

Rió impúdicamente.

—Vete. Vlad no tolera las fidelidades compartidas.

Acudí a otras palabras, no me quería dar por vencido, no entendía contra qué fuerzas combatía.

—Para mí, siempre serás bella, deseable, Asunción…

—No —bajó la cabeza—. No, ya no, para nadie…

—Lamento interrumpir esta tierna escena doméstica —dijo Vlad apareciendo repentinamente—. La noche avanza, hay deberes, mi querida Asunción…

En ese instante, la sangre brotó de cada coladera del salón.

Mi mujer se levantó y salió rápidamente de la sala, arrastrando las faldas entre los charcos de sangre.

Vlad me miró con sorna cortés.

—¿Me permite acompañarlo a la puerta, señor Navarro?

Los automatismos de la educación recibida, la cortesía ancestral, vencieron todas mis disminuidas resistencias. Me incorporé y caminé guiado por el conde hacia la puerta de la mansión de Bosques de las Lomas.

Cruzamos el espacio entre la puerta de la casa y la verja que daba a la calle.

—No luche más, Navarro. Ignora usted los infinitos recursos de la muerte. Conténtese. Regrese a la maldición del trabajo, que para usted es una bendición, lo sé y lo entiendo. Usted vive la vida. Yo la *codicio*. Es una diferencia importante. Lo que nos une es que en este mundo todos usamos a todos, algunos ganamos, otros pierden. Resígnese.

Me puso la mano sobre el hombro. Sentí el escalofrío.

—O únase a nosotros, Navarro. Sea parte de mi tribu errante. Mire lo que le ofrezco, a pesar de su insobornable orgullo: quédese con su mujer y su hija, aquí, eternamente… Piense que llegará un momento en que su mujer y su hija no serán vistas por nadie sino por mí.

Estábamos frente a la verja, entre la calle y la casa.

—De todos modos, va usted a morir y no las verá nunca más. Piénselo bien.

Levantó una mano de uñas vidriosas.

—Y dése prisa. Mañana ya no estaremos aquí. Si se va, no nos volverá a ver. Pero tenga presente que mi ausencia es a menudo engañosa. Yo siempre encuentro una debilidad, un resquicio por donde volverme a colar. Si un amigo tan estimado como usted me convoca, yo regresaré, se lo aseguro, yo apareceré…

Todo mi ser, mi formación, mi costumbre, mi vida entera, me impulsaban a votar por el trabajo, la salud, el placer que nos es permitido a los seres humanos. La enfermedad. La muerte. Y en contra de todo, luchaba en mí una intolerable e incierta ternura hacia este pobre ser. Él mismo no era el origen del mal. Él mismo era la víctima. Él no nació monstruo, lo volvieron vampiro… Era la criatura de su hija Minea, era una víctima más, pobre Vlad…

El maldito conde jugó su última carta.

—Su mujer y su hija van a vivir para siempre. Parece que eso a usted no le importa. ¿No le gustaría que su hijo resucitara? ¿Eso también lo despreciaría usted? No me mire de esa manera, Navarro. No acostumbro bromear en asuntos de vida y muerte. Mire, allí está su coche estacionado. Mire bien y decídase pronto. Tengo prisa en irme de aquí.

Lo miré interrogante.

—¿Se va de aquí?

Vlad contestó fríamente.

—Usted olvidará este lugar y este día. Usted nunca estuvo en esta casa. Nunca.

—¿Se va de la Ciudad de México? —insistí con voz de opio.

—No, Navarro. Me *pierdo* en la Ciudad de México, como antes me perdí en Londres, en Roma, en Bremerhaven, en Nueva Orleans, donde quiera que me ha llevado la imaginación y el terror de ustedes los mortales. Me pierdo ahora en la ciudad más populosa del planeta. Me confundo entre las multitudes nocturnas, saboreando ya la abundancia de sangre fresca, dispuesto a hacerla mía, a reanudar con mi sed la sed del sacrificio antiguo que está en el origen de la historia... Pero no lo olvide. Siempre soy Vlad, para los amigos.

Le di la espalda al vampiro, a su horror, a su fatalidad. Sí, iba a optar por la vida y el trabajo, aunque mi corazón ya estaba muerto para siempre. Y sin embargo, una voz sagrada, escondida hasta ese momento, me dijo al oído, desde adentro de mi alma, que el secreto del mundo es que está inacabado porque Dios mismo está inacabado. Quizá, como el vampiro, Dios es un ser nocturno y misterioso que no acaba de manifestarse o de entenderse a sí mismo y por eso nos necesita. Vivir para que Dios no muera. Cumplir viviendo la obra inacabada de un Dios anhelante.

Eché una mirada final, de lado, al cárcamo de bosques tallados hasta convertirlos en estacas. Magda y Minea reían y se columpiaban entre estacas, cantando:

Sleep, pretty wantons, do not cry,
and I will sing a lullaby:
rock them, rock them, lullaby...

Sentí drenada la voluntad de vivir, yéndose como la sangre por las coladeras de la mansión del vampiro. Ni siquiera tenía la voluntad de unirme al pacto ofrecido por Vlad. El trabajo, las recompensas de la vida, los placeres... Todo huía de mí. Me vencía todo lo que quedó incompleto. Me dolía la terrible nostalgia de lo que no fue ni será jamás. ¿Qué había perdido en esta espantosa jornada? No el amor; ese persistía, a pesar de todo. No el amor, sino la esperanza. Vlad me había dejado sin esperanza, sin más consuelo que sentir que cuanto había ocurrido le había ocurrido a otro, el sentido de que todo venía de otra parte aunque me sucediera a mí: yo era el tamiz, un misterio intangible pasaba por mí pero iba y venía de otra parte a otra parte... Y sin embargo, yo mismo, ¿no habré cambiado para siempre, por dentro?

Salí a la calle.

La verja se cerró detrás de mí.

No pude evitar una mirada final a la mansión del conde Vlad.

Algo fantástico sucedía.

La casa de Bosques de las Lomas, su aérea fachada moderna de vidrio, sus líneas de limpia geometría, se iban disolviendo ante mis ojos, como si se derritieran. A medida que la casa moderna se iba disolviendo, otra casa aparecía poco a poco en su lugar, mutando lo antiguo por lo viejo, el vidrio por la piedra, la línea recta no por una sinuosidad cualquiera, sino por la sustitución derretida de una forma en otra.

Iba apareciendo, poco a poco, detrás del velo de la casa aparente, la forma de un castillo antiguo, derruido, inhabitable, impregnado ya de ese olor podrido que percibí en las tumbas del túnel, inestable, crujiente como el casco de un antiquísimo barco encallado entre montañas abruptas, un castillo de atalaya arruinada, de almenas carcomidas, de amenazantes torres de flanco, de rastrillo enmohecido, de fosos secos y lamosos, y de una torre de homenaje donde se posaba, mirándome con sus anteojos negros, diciéndome que se iría de este lugar y nunca lo reconocería si regresaba a él, convocándome a entrar de vuelta a la catacumba, advirtiéndome que ya nunca podría vivir normalmente, mientras yo luchaba con todas mis fuerzas, a pesar de todo, consciente de todo, sabedor de que mi fuerza vital ya estaba enterrada en una tumba, que yo mismo viviría siempre, dondequiera que fuera, en la tumba del vampiro, y que por más que afirmara mi voluntad de vida, estaba condenado a muerte porque viviría con el conocimiento de lo que viví para que la negra tribu de Vlad no muriera.

Entonces de la torre de flanco salieron volando torpemente, pues eran ratas monstruosas dotadas de alas varicosas, los vespertillos ciegos, los morciguillos guiados por el poder de sus inmundas orejas largas y peludas, emigrando a nuevos sepulcros.

¿Irían Asunción mi mujer, Magda mi hija, entre la parvada de ratones ciegos?

Me fui acercando al coche estacionado.

Algo se movía dentro del auto.

Una figura borrosa.

Cuando al cabo la distinguí, grité de horror y júbilo mezclados.

Me llevé las manos a los ojos, oculté mi propia mirada y sólo pude murmurar:

—No, no, no...

Inquieta compañía de Carlos Fuentes
se terminó de imprimir en el mes de octubre de 2021
en los talleres de
Grafimex Impresores S.A. de C.V.
Av. de las Torres No. 256 Valle de San Lorenzo
Iztapalapa, C.P. 09970, CDMX, Tel:3004-4444